Das Buch

Ben Bentley ist ein junger vielversprechender Schauspieler und Dressman. Doch diese beginnende Karriere wird durch seinen gewaltsamen Tod jäh beendet – man findet ihn ermordet in der Badewanne.

Da Ben ein lebenslustiger und kontaktfreudiger junger Mann war, gibt es eine ganze Reihe von Verdächtigen. Es handelt sich dabei um eine bunt zusammengewürfelte Gesellschaft: Seth Piro, ein erfolgloser Schriftsteller, der mit Bentley zusammengelebt hat; Veronica, die frustrierte Noch-Ehefrau von Seth; der alternde Millionär Jameson Hurst; sein Masseur und Freund Adam Littlestorm; Ella, die Schwester von Jameson, eine überspannte Person. Die Polizei zeigt kein übermäßiges Interesse an der Aufklärung des Falls, bis Seth Piro ankündigt, eine Biographie des Ermordeten zu schreiben, in der er die Verbindungen zwischen den einzelnen Verdächtigen offenlegen wird.

Nun schaltet sich Pharoah Love ein, Beamter der New Yorker Polizei, Afro-Amerikaner und homosexuell. Er beginnt intensiv zu ermitteln und schon bald scheint sein Interesse an dem Fall weit über seine dienstlichen Belange hinauszureichen.

Der Autor

George Baxt wurde in Brooklyn geboren. Er ist ein vielbeschäftigter Drehbuchautor für Film und Fernsehen und hat eine Reihe erfolgreicher Kriminalromane verfaßt. Für diese zeichnete ihn die Mystery Writers' Association aus.

In vielen seiner Romane steht ein berühmter Hollywoodstar im Mittelpunkt, so zum Beispiel in *Mordfall für Bette Davis* (05/139), *Mordfall für Humphrey Bogart* (05/146) und *Mordfall für Marlene Dietrich* (05/162).

GEORGE BAXT

PHAROAH LOVE UND DIE BADEWANNE DES TODES

Aus dem Englischen
von Christine Strüh und Adelheid Zöfel

WILHELM HEYNE VERLAG
MÜNCHEN

HEYNE ALLGEMEINE REIHE
Nr. 01/10608

Titel der Originalausgabe
A QUEER KIND OF DEATH
erschienen 1979 bei St. Martin's Press, New York

Umwelthinweis:
Dieses Buch wurde auf
chlor- und säurefreiem Papier gedruckt.

Printed in Danmark 1998
Umschlagillustration: Nikolaus Heidelbach, Köln
Umschlaggestaltung: Atelier Ingrid Schütz, München
Satz: Buch-Werkstatt GmbH, Bad Aibling
Druck und Bindung: Nørhaven, Viborg

ISBN 3-453-13680-2

Für Jacqueline Babbin
Meine Schlechtwetterfreundin

Alle Personen und Ereignisse in diesem Roman
sind frei erfunden.
Ähnlichkeiten mit Lebenden oder Toten
wären rein zufällig.

Kapitel 1

Taxifahrer waren Seth Piro ein ständiges Ärgernis, ebenso wie die Kassiererinnen bei Daitch's Shopwell und Sybil Burtons gesellschaftliche Aktivitäten. Dabei war er Mrs. Burton noch nie begegnet,. vertrauliche Gespräche mit Kassiererinnen vermied er prinzipiell, und er wünschte sich sehnlichst, der übers Steuer gebeugte Taxifahrer wäre mit Stummheit geschlagen. Die Karte am Armaturenbrett wies ihn als Mr. Salvatore Lopella aus. Salvatore war herzinfarktbleich geworden, als Seth ihm die Adresse in Brooklyn genannt hatte. Doch inzwischen war die Farbe in seine Wangen zurückgekehrt, und auch seine Stimmbänder schienen sich zu erholen, während er das Taxi in Richtung Downtown zur Brooklyn Bridge steuerte. Er hatte eine Menge zu erzählen: vom Bürgermeister, von der Taxifahrergewerkschaft, von seinem fiesen Schwager und von der Wasserknappheit.

Seth stellte die Ohren auf Durchzug. Salvatores Geplapper verschwamm zum Surren eines Zahnarztbohrers. Seth starrte aus dem Fenster und dachte an die Beerdigung. Adieu, Ben Bentley. In den Daily News vor zwei Tagen waren seine sechsundzwanzig Lebensjahre gerade mal in drei Absätzen gewürdigt worden.

Ben Bentley, Schauspieler und Model, war an jenem Morgen von Eliza Griffin, seiner Putzfrau, in der Badewanne tot aufgefunden worden. Die Wanne war voll, und zusammen mit Bentley schwamm ein Radio im Wasser; der Stecker steckte noch in der Dose. Im Bericht des Gerichtsmediziners lautete die Diagnose Tod durch Stromschlag.

Seth zündete sich eine Zigarette an. Tod durch Stromschlag. Da plumpst ganz zufällig ein Radio in eine Badewanne, und Ben Bentley ist tot. Ben liegt in der Wanne, seift seinen muskulösen Körper ein, trällert zu einem Lied von Johnny Mathis und schnippt zum Spaß Seifenschaum zu Seth hinüber, der auf einem Hocker sitzt und ihn trübselig anstiert.

»Ach, jetzt hab dich nicht so!« hatte Ben gelacht. »Das ist doch kein Weltuntergang! Wir sehen uns, sobald ich aus Mexiko zurück bin.«

Wie lange hatte Ben noch gelebt, nachdem Seth leise aus dem Badezimmer gegangen war und das Apartment verlassen hatte? War es ein schneller Tod gewesen? Seit zwei Tagen stellte sich Seth unablässig diese Fragen. Hatte Ben etwas gespürt? War er wirklich tot? Ja, Ben war wirklich tot. Das Begräbnis fand um zwölf Uhr mittags statt, und dieser Quasselkopf von Taxifahrer sollte ihn rechtzeitig hinbringen. »Wozu die Eile?« hatte Salvatore gefragt, als sie für ein paar Minuten im Verkehr feststeckten. »Die Leiche läuft schon nicht weg.«

Während sie inzwischen zügig die Brooklyn Bridge überquerten, dachte Seth an Pharoah Love. »Toller Name für einen Detective, was?« Über den Schreibtisch hinweg hatte er Seth angelächelt, in dessen Gesicht zuviel Scotch und zuwenig Schlaf tiefe Falten eingegraben hatten. Ein gutaussehender Schwarzer, dieser Pharoah Love, dachte Seth, während sich der Detective auf seinem Stuhl zurechtsetzte. »Hatte er immer das Radio laufen, wenn er badete?«

»Er und sein Radio waren wie siamesische Zwillinge«, antwortete Seth. »Ben konnte Stille nicht ertragen.« Pharoah lächelte. Endlich was an dem Toten, wofür er Verständnis aufbringen konnte. Er mochte die Stille auch nicht. Wenn es still ist, fängt man an nachzudenken, aber ein dröhnendes Radio bringt jeden klaren Gedanken zum Schweigen.

»Sie waren gut befreundet?«

Für ein paar Sekunden starrte Seth in die neugierigen

braunen Augen, während er sich eine Antwort zurechtlegte. Dann sagte er: »Wir haben ungefähr ein Jahr lang zusammen gewohnt, bis vor ein paar Monaten.«

»Wie lange kannten Sie Bentley schon?«

Was geht dich das an, dachte Seth, aber er schluckte seinen aufsteigenden Unmut hinunter und antwortete ruhig: »Ungefähr zwei Jahre.«

»Bestimmt trifft man in Ihrer Branche 'ne Menge Schauspieler.«

Da hast du ganz recht, Schlauberger. Manchmal fragt man sich, ob man in dieser Branche überhaupt jemals andere Leute trifft als Schauspieler. Die sich fragen, ob du sie vielleicht diesem Regisseur oder jenem Produzenten vorstellst. Die sich fragen, ob in deinem nächsten Fernsehstück auch eine Rolle für sie drin ist. Die sich fragen, ob du von ihnen erwartest, daß sie mit dir ins Bett gehen, und es, falls notwendig, auch tun würden. Manchmal sogar, wenn es nicht notwendig wäre.

»Ben und ich haben im selben Fitneßclub trainiert«, hörte Seth sich sagen. »So haben wir uns kennengelernt. Als meine Frau und ich uns getrennt haben, hat Ben vorgeschlagen, daß wir uns gemeinsam eine Wohnung nehmen. Was hat das alles mit seinem Tod zu tun?«

Pharoah zündete sich eine Zigarette an. »Sie waren der letzte, der ihn lebend gesehen hat. Das geht nach Ansicht des Departments aus Ihrer Aussage klar hervor. Hatte er das Radio immer auf dem Regal bei den Toilettenartikeln stehen?«

»Ich glaube schon.« Auf dem Brett direkt über der Badewanne. Geduldig wartete Seth auf Pharoahs nächste Frage.

»Wußten Sie, daß er aktenkundig war?«

Seth spürte, wie seine Schläfen zu pochen begannen. Pharoah schickte einen Rauchring in die Umlaufbahn.

»Dreimal. Das erstemal wegen einfachem Diebstahl, Fall abgewiesen. Das zweitemal, weil er Männern auf der

Straße unsittliche Anträge gemacht hat, fünfundzwanzig Dollar Geldstrafe. Das drittemal wegen versuchter Erpressung. Anklage fallengelassen. Dieser letzte Fall ist erst ein paar Monate her.«

Ich weiß Bescheid über die Erpressung, du Mistkerl, und wahrscheinlich weißt du auch, daß ich es weiß. Es war meine Frau, auf die Ben es abgesehen hatte.

»Die Lady in Fall Nummer drei war Veronica Urquist.« Keine Sekunde nahm Pharoah die Augen von Seths Gesicht, und Seth fragte sich, ob wohl irgendein verräterischer Muskel zuckte.

»Das ist keine Lady«, entgegnete Seth mit der Spur eines Lächelns, »das ist meine Frau.« Pharoah grinste, und Seth freute sich, daß es so ein nettes Grinsen war. Dieser Detective konnte eigentlich ganz sympathisch sein, wenn er es darauf anlegte.

»Was hatte er gegen sie in der Hand?«

»Weshalb sollte das jetzt noch wichtig sein?« fragte Seth. »Ben ist tot.«

»Aber Ihre Frau nicht.«

Das Gespräch überstieg allmählich Seths Kräfte. Er mußte seine Knie mit den Händen festhalten, damit sie nicht so zitterten.

»Sie haben doch selbst etliche Krimis geschrieben, Mr. Piro. Wie hoch ist die Wahrscheinlichkeit, daß jemand ein Bad nimmt, dabei ein Radio vom Regalbrett ins Wasser zerrt und sich damit umbringt?«

»Keine Ahnung.« Seths Stimme klang heiser und wie statisch aufgeladen. »Es gibt die seltsamsten Unfälle.«

»Nur wenn man selbst seltsam ist.« Pharoah drückte seine Zigarette aus und seufzte. »Wußten Sie, daß Ihr Freund aktenkundig war?«

»Nein«, antwortete Seth wahrheitsgemäß. »Ich wußte nicht, daß er ein Dieb war, und ich wußte nicht …« Mehr brachte er nicht heraus.

Pharoahs elfenbeinweiße Zähne schimmerten im Widerschein der Schreibtischlampe. »Er war ein Stricher, Mr. Piro. Ein professioneller Stricher. Schon mit sechzehn, wenn nicht sogar früher. Damals haben wir ihn aufgegriffen, weil er von einem Kunden im Hotel Astor eine Armbanduhr und eine Brieftasche hatte mitgehen lassen.« Er zitierte aus dem Bericht, der vor ihm auf dem Schreibtisch lag. »Verfahren eingestellt – wegen Strafunmündigkeit; die Schwester des Angeklagten, Ada Bergheim, war bereit, für den Schaden aufzukommen et cetera et cetera.« Er blickte auf. »Vier Jahre später hat man ihn dabei erwischt, wie er in einem U-Bahn-Klo Männer angemacht hat. Ich war der Beamte, der ihn festgenommen hat.«

Wenn ich jetzt anfinge zu schreien, überlegte Seth, würde er mich dann einsperren, weil ich durchdrehe?

»Außerdem ist er während der letzten fünf Jahre etwa ein halbes dutzendmal zur Vernehmung hergebracht worden.« Pharoah lehnte sich in seinem Stuhl zurück. »Sie haben nichts davon gewußt, obwohl Sie mit ihm zusammengelebt haben?« Seth schüttelte den Kopf. Wenn er nein sagte, würde ihm womöglich die Stimme versagen, und er würde in Tränen ausbrechen, wie ihm das oft bei seinem Analytiker passierte. Aber Pharoah Love war kein Analytiker. Obwohl Seth allmählich zu der Ansicht neigte, daß er einen guten Psychologen abgeben würde.

»Vermutlich kommt so was vor«, meinte Pharoah und machte sich eine Notiz. »Dann lassen Sie mich doch einmal wiederholen. Bentley hat ein Bad genommen, Sie saßen auf einem Hocker neben der Wanne und haben sich mit ihm unterhalten.«

Seth nickte stumm.

»Er wollte nach Mexiko fahren, angeblich wegen eines Model-Jobs.«

»Warum ›angeblich‹?«

Pharoah sah auf. »Weil seine Agentur keine Eintragung für einen Termin in Mexiko hat. Und dort registriert man alle seine Aufträge.«

Seth schwieg. Pharoah fuhr fort.

»Sie haben Bentley das Geld gebracht, das er sich von Ihnen leihen wollte, und sind dann weggegangen, während er noch badete. Sie hatten einem Termin bei Ihrem Analytiker – den Sie auch eingehalten haben, wie der Analytiker mir bestätigt hat.«

Ich wollte, ich könnte jetzt gleich noch mal zu ihm, dachte Seth.

»Die Tür war nur angelehnt, als die Putzfrau eine Stunde später eintraf. Erinnern Sie sich daran, ob Sie sie zugezogen haben, als Sie weggegangen sind?«

Seth räusperte sich. »Ben hatte mich gebeten, sie für die Putzfrau offenzulassen.«

»Warum? Sie hat doch einen Schlüssel.«

»Ich weiß es nicht. Er hat mich gebeten, die Tür nicht zuzumachen, also hab' ich sie offengelassen.«

»Vielleicht hat er jemand anderes als die Putzfrau erwartet.«

»Vielleicht. Ich weiß es nicht.«

»Wir haben zwölf Dollar in seiner Brieftasche gefunden. Ist das alles, was er sich von Ihnen geborgt hat?« Er sagte das mit einem deutlich hämischen Unterton.

»Ich hab' ihm das Geld gar nicht gegeben.« Pharoah formte mit den Lippen ein erstauntes O. »Als ich zu ihm kam, meinte er, er brauche das Geld nicht mehr. Er wollte mich nur sehen, weiter nichts.«

»Ein raffinierter kleiner Kerl, was?«

Sehr raffiniert. Und süß. Und ein Lügner. Und eine Nutte. Und tot.

Seth hörte Pharoah fragen: »Haben Sie sich gestritten?«

»Nein, es gab keinen Streit«, antwortete Seth, nahm ein Streichholz und zündete eine Zigarette an. »Ich habe mich nur über ihn geärgert, weil er mich von der Schreibmaschine weggeholt hat, obwohl ich so unter Termindruck stehe.«

»Sie hätten ihn ja bitten können, bei Ihnen vorbeizukommen, wenn er Geld will.« Schon wieder ein Punkt für dich, du Mistkerl.

»Letztendlich hat es nicht viel ausgemacht«, erwiderte Seth und brachte sogar ein Lächeln zustande. »Ich war ja unterwegs zu meinem Analytiker.«

Gleichstand.

»Ich denke, das reicht«, sagte der Detective. »Für heute«, fügte er noch hinzu.

»Aber Sie nehmen an, er ist womöglich ermordet worden?«

Pharoah hatte die Achseln gezuckt. »Wir machen uns eine Menge Gedanken, ehe wir einen Fall ad acta legen. Das lenkt uns ein bißchen ab von den Raubüberfällen und den Rassenunruhen.«

Fast hätte das Taxi einen Wagen gerammt, der gerade aus einer Parklücke setzte. Erschrocken fuhr Seth hoch, während Salvatore zum Fenster hinaus schimpfte. Unterdessen fuhren sie die Flatbush Avenue in Richtung Prospect Park hinunter, und Seth versuchte sich daran zu erinnern, wann er das letztemal in Brooklyn gewesen war.

Es war hinten auf Bens Motorrad gewesen, unterwegs nach Coney Island, wo sie bei Nathan's einen Hotdog essen wollten. »Ganz hier in der Nähe bin ich geboren!« hatte Ben gerufen, während er das Motorrad durch den dichten Verkehr auf dem Brooklyn Expressway steuerte. »Dieses elende Ghetto! Ich hasse es!« Damals hatte Seth erfahren, daß Ben Jude war, das zweite Kind einer Einwandererfamilie, die im Brooklyner Viertel Brownsville wohnte. Sein Vater war tot. Seine Mutter hatte einen Zeitungskiosk bei einem U-Bahnhof. Seine zehn Jahre ältere Schwester war Krankenschwester. Benny Bergheim hatte auf den Straßen von Brownsville mit anderen jüdischen, schwarzen und puertoricanischen Jungen gespielt, er hatte genug gehaßt und genug gelernt, um Ben Bentley zu werden, nach Manhattan zu ziehen, sich von reichen und nicht so reichen Verehrern die Füße küssen zu lassen, in einem Studioapartment auf der East Side zu wohnen, dort ein Bad zu nehmen und sich durch ein Radio umbringen zu lassen, das ihm doch stets soviel Freude bereitet hatte.

Seth dachte an die Beerdigung. Die trauernde Mutter würde zugegen sein, außerdem die altjüngferliche Schwester mit den durchdringenden Augen, die womöglich feucht wurden, weil sie sich daran erinnerte, wie sie ihren süßen kleinen Bruder gelegentlich zum Picknick in den Prospect Park mitgenommen hatte, den Park, durch den Salvatore jetzt so professionell sein Taxi manövrierte. Dieser süße kleine Bruder war Benny Bergheim. Seth konnte sich nicht vorstellen, daß Ada über Bens Tod weinte. Benny Bergheim hatte Pennies von ihr geschnorrt, um sich Süßigkeiten zu kaufen. Benny Bentley hatte versucht, Morphium von ihr zu schnorren, um es zu horrenden Preisen weiterzuverkaufen. In einer Echokammer in Seths Kopf hallte plötzlich Pharoahs Frage wider: »Sie haben nichts davon gewußt, obwohl Sie mit ihm zusammengelebt haben?«

Anfangs nicht, Pharoah, anfangs nicht.

Die Erinnerung an das Gespräch mit Pharoah Love war noch zu frisch. Er verdrängte den Detective fürs erste in eine möglichst dunkle Ecke in seinem Gehirn.

Wer würde sonst noch zum Begräbnis kommen? Veronica? Fast hätte er gelacht. Sie wäre jedenfalls pervers genug dafür. »Warum nicht?« hörte er sie sagen. »Bis er seine fiese Seite gezeigt hat, war er schließlich ein absoluter Schatz.« Das stimmte selbstverständlich. Allerdings hatte Seth nicht gewußt, was für ein absoluter Schatz Ben für Veronica gewesen war, bis ihm dieser eines Abends im Vollrausch gestand, daß er mindestens viermal mit ihr im Bett gewesen war. Aber das konnten viele von sich behaupten, überlegte Seth, der ebenfalls mindestens viermal mit ihr im Bett gewesen war.

Die kühle Veronica, die jede Situation in der Hand hatte. Das Mädchen, das soviel klüger und reifer schien als andere in ihrem Alter. Sie hatte Seths erste Kurzgeschichte gelesen, die er dem Agenten geschickt hatte, für den sie arbeitete, und die prompt an Colliers verkauft wurde. Veronica Urquist, das Geschenk des Hunter College an die Welt der Literatur. Man hatte sie schon in der Schule zum Mädchen mit den größten Erfolgsaussichten gewählt, und sie hatte alle Erwartungen erfüllt. »Wie wäre es eigentlich, wenn wir heirateten, Darling?« hatte sie eines Abends in Michael's Pub gefragt und dabei mit der einen Hand seine und mit der anderen ein Glas sehr trockenen Martini gestreichelt. »Wir passen gut zusammen. Wir haben Spaß zusammen. Wir verstehen einander. Und allmählich fragen sich die Leute, warum wir immer noch Singles sind. Ich finde, wir sollten heiraten, und sei es nur, um zu sehen, wie allen vor Staunen der Mund offenstehen bleibt.«

Seth unterdrückte ein Schaudern und begann unbewußt »Seven Years with the Wrong Woman« zu summen. Das Problem war nicht, daß Veronica ihm nicht recht gewesen wäre, nein, es war eher, daß sie immer recht hatte. Und diese Tatsache auch noch ständig herumposaunte. Anfangs hatte sie bei der eigenwilligen Literaturagentin Ruthelma Kross als Sekretärin gearbeitet, war aber mit atemberaubenden Tempo zur Lektorin bei Saber House aufgestiegen. Hatte dieser Verlag nicht die ersten beiden Romane von Seth herausgebracht – zwar unbemerkt und ohne Profit, aber immerhin? Das Leben mit Veronica war eigentlich recht angenehm gewesen. Als Mann konnte man sich keine bessere Zimmergenossin wünschen.

Seth starrte wieder aus dem Fenster, nachdem er Veronica neben Pharoah Love in dem dunklen Gedächtniskämmerchen verstaut hatte. Vielleicht würden sich die beiden ja sogar nett finden. Dann fiel sein Blick auf ein Straßenschild. Eastern Parkway. Bestimmt waren sie gleich beim Bestattungsinstitut. Was sollte er Ada sagen– »Tut mir leid«? Und Mrs. Bergheim? Was sagt man einer Mutter mit gebrochenem Herzen, die ihren Sohn stets nur durch die rosarote Brille gesehen hat? Er hatte sie an jenem Abend kennengelernt, auf dem Rückweg von Nathan's.

»Komm, wir sagen meiner Mutter hallo!« Und schon trat Ben aufs Gaspedal. Es war nach Mitternacht, als sie den Kiosk erreichten, eine Insel aus bedrucktem Papier, mitten auf einer belebten Kreuzung. In großen Stapeln lagen die Abendzeitungen aus, und das Geschäft war äußerst rege. Mrs. Bergheim trug eine Schürze über einem verwaschenen, bunt bedruckten Baumwollkleid, und die Schürzentaschen waren ausgebeult von dem ganzen Kleingeld. »Abendzeitung! Wer hat noch keine Abendzeitung?!« skandierte sie mit ihrem starken Akzent. Als Ben mit dem Motorrad vorfuhr, erscholl ein lauter Freudenschrei: »Benny!«, und Benny rief: »Hey, Mama!«

Sie blieben etwa eine halbe Stunde, und Seth staunte, wieviel Kundschaft Mrs. Bergheim hatte. Er überlegte, wieviel von den Einnahmen wohl an Ben ging. Was war zwischen den beiden gewesen? Seth hatte sich für diese Gedanken gehaßt.

Salvatore holte ihn aus seiner Grübelei. »Hey, Mann. Ich glaub', das da vorn is' es.«

Seth blickte durch die Windschutzscheibe und entdeckte ein Stück weiter vorn das Bestattungsinstitut. Am Straßenrand parkte ein Leichenwagen und dahinter zwei Limousinen. Ein paar Leute standen auf dem Gehweg, und ein alter Mann verkaufte ihnen Laugenbrezeln. Seth fand es befremdlich, daß Beerdigungen bei manchen Leuten den Appetit anregten. Salvatore hielt direkt vor dem Leichenwagen, Seth bezahlte und stieg aus. Von den Leuten auf dem Gehweg kam ihm keiner bekannt vor. Mit schnellen Schritten ging er an dem Brezelverkäufer vorbei in das Bestattungsinstitut.

Hinter dem Empfangspult kam sofort ein großer junger Mann hervor und fragte mit ernster Stimme: »Kann ich Ihnen behilflich sein?«

»Zur Bergheim-Beerdigung.«

»Saal C. Die Trauerfeier beginnt in zehn Minuten.«

Saal C war nicht schwer zu finden. Es gab etwa zwanzig Sitzreihen, die zu Seths Überraschung fast zur Hälfte gefüllt waren. An der Kopfseite des Saals standen ein Podium und ein Lesepult und vor dem Podium der Sarg, mit offenem Deckel. Ein Ordner trat auf Seth zu.

»Haben Sie eine Kopfbedeckung?« fragte er.

»Nein«, antwortete Seth erschrocken, »leider nicht«, und er schalt sich innerlich, weil er sich nicht mit dem Zeremoniell eines jüdischen Begräbnisses vertraut gemacht hatte. Doch der Ordner warf ihm einen beruhigenden Blick zu und ging hinüber zu einem Tisch, auf dem eine Schachtel mit Käppchen aus Pappe stand. Eins davon überreichte er Seth, der es brav aufsetzte und sich dabei einen Spiegel wünschte.

»Suchen Sie sich einen Platz – ab der dritten Reihe. Die ersten beiden sind für die Familie reserviert. Falls Sie den Toten sehen möchten, tun Sie es bitte jetzt. Sobald die Trauerfeier beginnt, wird der Sarg verschlossen.« Seth nickte und ging langsam den Mittelgang hinab. Er fragte sich, weshalb er sich eigentlich wie ein Idiot vorkam. Ein paar Trauergäste hatten sich umgewandt und starrten ihn an, und er ärgerte sich, weil er rot wurde.

»Hallo, Cat.« Nur ein Flüstern, aber die Stimme war unverkennbar. Er blickte in Pharoah Loves Gesicht und fand, daß der Detective und sein Papierkäppchen überhaupt nicht zusammenpaßten. Fast hätte er gelacht. Pharoah schien seine Gedanken lesen zu können und zwinkerte ihm vielsagend zu. Seth ging weiter bis zum Sarg. Wenige Meter dahinter war eine Tür, durch die gedämpfte Klagelaute drangen.

Dann blickte er in den Sarg.

Da lag Ben, unter einem Leichentuch, ein Käppchen aus weißer Seide auf dem Kopf. Das dichte schwarze Haar war ordentlich gekämmt, das hübsche Gesicht sorgfältig geschminkt, und eine Schrecksekunde lang glaubte Seth, die Augenlider flattern zu sehen. Wie oft hatte er Bens Gesicht in dieser Ruhepose gesehen, wenn sie nebeneinander im Bett lagen. Wie oft hatte er sanft über diese Wange gestreichelt, um Ben zu wecken. O mein Gott, dachte er, o mein Gott, ich fange an zu heulen.

Und Seth weinte.

Kapitel 2

Er fummelte nach einem Taschentuch. Schließlich fand er es, aber als er es herauszog, merkte er, daß etwas daranhing. Zu spät – scheppernd fiel sein Schlüsselbund auf den Boden. Während er durch den Tränenschleier nach dem Ärgernis Ausschau hielt, hörte er, wie hinter ihm jemand nach Luft schnappte.

Er bückte sich, steckte den Schlüsselbund zurück in die Tasche und wischte sich dann schnell die Augen trocken. Eigentlich wollte er sich einen Sitzplatz suchen, aber er war wie gelähmt vor Verlegenheit. Er hatte keine Lust, Ben noch einmal anzuschauen. In diesem Moment legte sich eine Hand auf seinen Arm, und plötzlich stand Veronica neben ihm. Er nahm ihre Hand in seine und hielt sie ganz fest. Eine Weile lang starrte Veronica auf den toten Ben hinab, dann wandte sie sich um und führte Seth sanft den Mittelgang hinunter zu den hinteren Reihen, wo sie zwei Plätze fanden.

»Ich blamiere mich doch einfach immer«, flüsterte Seth und stopfte das Taschentuch zurück in die Tasche. Mitfühlend tätschelte Veronica seine Hand.

»Wo warst du denn die letzten beiden Tage?« fragte sie, ebenfalls mit gedämpfter Stimme. »Ich hab' mindestens ein Dutzend Nachrichten für dich hinterlassen. Warum hast du nicht zurückgerufen?«

»Später«, flüsterte er.

Doch mit einem »Später« ließ sich Veronica Urquist nicht bremsen. »Was hat dieser Detective hier zu suchen? Er sieht nicht aus wie ein Jude.« Am liebsten hätte Seth sie gezwickt, aber angesichts der Tatsache, daß sie wahrscheinlich laut gekreischt und einen Aufruhr verursacht hätte, ließ er es lieber bleiben. Statt dessen zischte er ihr zu:

»Halt den Mund, bis wir hier fertig sind.« Aber es wäre leichter gewesen, einen Lavastrom aufzuhalten.

»Er hat mich gestern über eine Stunde lang mit Fragen bombardiert«, flüsterte sie. »Hat die ganze Geschichte aufgewärmt, wie Ben versucht hat, mich zu erpressen. Er glaubt nicht, daß Bens Tod ein Unfall war.« Seth antwortete nicht. Er knuffte Veronica, weil jetzt die Tür hinter dem Sarg aufging und Mrs. Bergheim hereingeführt wurde. Sie weinte leise. Ada, deren Gesicht keine Regung zeigte, hielt Mrs. Bergheims rechten Arm, auf der linken Seite ging ein Mann mittleren Alters, mit einem Käppchen auf dem Kopf und einem Gebetsschal um die Schultern; in der Hand hielt er eine Bibel. Die Frauen hatten ein in der Mitte geschlitztes schwarzes Stoffband ans Kleid gesteckt – wahrscheinlich das Äquivalent zur schwarzen Armbinde trauernder Nichtjuden, dachte Seth. Zwei Paare mittleren Alters – alle tränenüberströmt – folgten den Bergheims und dem Rabbi. Dahinter kamen sechs weitere Trauergäste, vier junge Männer und zwei junge Frauen. »Cousins«, wisperte Veronica, und Seth versetzte ihr erneut einen leichten Rippenstoß.

Der Rabbi führte die Bergheims zu ihren Plätzen in der ersten Reihe und trat dann hinter das Lesepult, während der Ordner den Sargdeckel schloß und sich anschließend zurückzog. Seth sah ihm nach, wie er den Gang entlangging, bis er bei einer dicht verschleierten Frau anlangte, die allein saß und in einer riesigen Handtasche wühlte. Fasziniert beobachtete Seth, wie sie ein hauchdünnes Spitzentaschentuch hervorkramte und es sich vor den Mund hielt. »Sieh nicht hin«, flüsterte er Veronica zu, »aber Ella Hurst ist auch da.« Prompt fuhr Veronicas Kopf nach links. Jetzt begann der Rabbi mit der Zeremonie.

»Ich werd' verrückt!« wisperte Veronica. »Und wo ist ihr Bruder, dieser alte Scheißer?« Seth drückte ihre Hand, um sie zum Schweigen zu bringen. Die Zeremonie wurde auf Hebräisch abgehalten, und Mrs. Bergheim weinte immer lauter.

Seth schloß die Augen, aber seine Ohren konnte er nicht zuklappen. Jetzt weinten auch noch andere Trauergäste, und sogar Ada hatte den Kopf gesenkt. Es ist gleich vorbei, es ist bestimmt gleich vorbei, redete Seth sich gut zu. Es ist gleich vorbei, dann suche ich mir eine Kneipe und ... was zum Teufel will Ella Hurst hier? Ella, die Einsiedlerin, die behauptete, sich seit fünfzehn Jahren nicht aus ihrer Wohnung am Gramercy Square gerührt zu haben. Ella, die Rätselhafte, deren Gesicht selbst innerhalb ihrer eigenen vier Wände stets von Schleiern verhüllt war. Ja, und wo steckte ihr Bruder? Wenn Ella tatsächlich das Opfer gebracht und die Schwelle ihrer Eremitage überschritten hatte, wo war Jameson? Die dicke Ella und der dünne Jameson, ein höchst ungewöhnliches Geschwisterpaar.

Der charmante Jameson. Der elegante Jameson. Der geistreiche Jamson. Der sechzigjährige Jameson vielleicht ein paar Jahre mehr, vielleicht ein paar weniger mit dem Körper eines Zwanzigjährigen, schlank, fest, muskulös, und mit einem vom Alter unberührten Gesicht, so hatte Seth ihn am Pool seiner Villa in Westport entlangstolzieren sehen. »Er hat sich zweimal liften lassen«, hatte Ben ihm verraten, als Seth und er an jenem Wochenende gemütlich in der Sonne brieten. »Ella hat es mir erzählt.«

Und dann die verschleierte Ella. Die dicke Ella. Die rätselhafte Ella, die bei jeder Gelegenheit ihrem Haß auf ihren Bruder Ausdruck verlieh. »Dieser affektierte Päderast!« hatte sie mit tödlicher Treffsicherheit verkündet, als Ben zum erstenmal mit Seth bei ihr gewesen war, und Ben hatte begeistert gekichert. Wieviel hatte Ben von den Hursts kassiert?

Endlich war die Trauerfeier vorüber, und zwei Ordner rollten den Sarg zur Seitentür hinaus. Der Rabbi trat wieder zu Ada, und gemeinsam halfen sie der schluchzenden Mrs. Bergheim auf die Beine. »Benny!« jammerte sie.

»Mein Benny!« Ada redete leise und beruhigend auf sie ein. Veronica flüsterte Seth zu: »Machen wir, daß wir wegkommen. Ich sterbe vor Hunger.« Seth hielt Ausschau nach Ella Hurst, doch das rätselhafte Ungetüm war verschwunden. Er blickte auf seine Armbanduhr. Viertel nach zwölf. Er stand auf und verließ hinter Veronica den Saal C.

Auf der anderen Straßenseite befand sich ein Lokal, eine Mischung aus Deli und Bar. Sie bestellten etwas zu trinken. Veronica verschränkte die Arme auf dem Tisch und musterte Seth prüfend.

Er lehnte sich zurück und trommelte mit den Fingern nervös gegen sein Wasserglas. »Was gibt's denn da zu sehen?«

In Veronicas Stimme lag eine Spur von Zuneigung, als sie antwortete: »Es ist weniger das, was ich sehe, als das, wonach ich suche. Ich suche nach den Spuren dessen, was ich vor zehn Jahren in dir gesehen habe.«

Seth lachte gequält.

»Ich meine es ernst«, fuhr sie fort, »und ich mache mir Sorgen um dich. Ruthelma hat mir gesagt, daß du seit Monaten keinen Satz mehr geschrieben hast. Wovon lebst du denn?«

»Ich fange bald wieder an zu schreiben.«

»Aber wovon lebst du?«

»Ach, hör auf.«

»Hast du Lust, wieder mit mir zusammenzusein?«

»Wozu?«

»Ich dachte, du wärst fertig mit der ganzen Geschichte, weil du Ben den Laufpaß gegeben hast.«

»Er hat mir den Laufpaß gegeben.«

»Du wolltest ihn loswerden. Versuch nicht, mir was vorzumachen.«

»Ich wollte die Beziehung loswerden.«

Der Kellner stellte die Drinks auf den Tisch, zückte

Block und Bleistift und wartete geduldig auf die weitere Bestellung.

»Zweimal Pastrami auf Roggenbrot«, sagte Veronica, ohne aufzublicken.

»Mit sauren Gurken?« erkundigte sich der Kellner freundlich und ahnungslos.

Veronica funkelte ihn verärgert an. »Nein, nur die Sandwiches.«

»Tee, Kaffee, Pepsi Cola, Sellerie-Tonic ...«

»Schierling«, fauchte Veronica, und ihre Augen waren nur noch zwei wütende Schlitze.

»Das haben wir leider nicht«, entgegnete der Kellner ungerührt und ging zur Theke, um die Bestellung weiterzugeben.

»Was ist mit dem Detective?«

Seth begegnete ihrem Blick. »Was soll mit ihm sein?«

»Wenn er nicht glaubt, daß Bens Tod ein Unfall war, dann sind wir Tatverdächtige in einem Mordfall, und das gefällt mir überhaupt nicht.« Sie ließ sich gegen die Stuhllehne zurückfallen, um ihren Worten Nachdruck zu verleihen, und fahndete in ihrer Handtasche nach Zigaretten. »Womöglich wird dann auch wieder hochgekocht, wie Ben damals versucht hat, mich zu erpressen.«

Seth hatte eigentlich keine große Lust, über Ben oder über Mord oder über Erpressung zu reden, aber er wußte andererseits, daß er brav auf jedes Thema eingehen würde, das Veronica anschnitt. »Niemand hat dich gezwungen, mit ihm ins Bett zu gehen«, sagte er.

»Ich war sauer auf dich!« fauchte sie, während sie das Feuerzeug anklickte.

»Warum bist du zur Beerdigung gekommen?«

»Ich hab' dich gesucht!« Sie ließ das Feuerzeug in ihre Tasche fallen, wo es gegen die Puderdose klimperte. »Ich habe Angst. Ich weiß nicht, wie man sich bei einem Polizeiverhör verhält. Es ist etwas ganz anderes als ein Autorengespräch über irgendeine Veröffentlichung. Ich dachte, du hättest mit Ben Schluß gemacht. Was hattest du dann in seinem Badezimmer zu suchen?«

»Ich mußte pissen. Nächste Frage.«

Veronica fing an zu lachen. Der Kellner brachte die Sandwiches. Seth nippte an seinem Drink, während Veronica sich die Nase putzte und ihn über den Taschentuchrand hinweg anstarrte. Dann fiel ihr Blick auf das Sandwich, und sie wußte plötzlich, daß sie es nicht essen konnte. »Ich liebe dich immer noch.« Sie nahm die Augen nicht von dem Sandwich. Seth setzte sein Glas ab und nahm Veronicas Hand.

»Ich werde dich immer lieben, aber wir können niemals wieder zusammensein. Ich konnte mich dem nur nicht stellen, das war alles.« Veronica drückte seine Hand und griff dann nach ihrem Glas.

»Was soll's«, murmelte sie. »Als ich dir den Heiratsantrag gemacht habe, dachte ich, du wärst einverstanden damit, wie es laufen würde. Wahrscheinlich klappt es nie, wenn man nicht genau weiß, wer in einer Beziehung die Hosen anhat. Vielleicht war auch keiner von uns für die Ehe bestimmt.«

»Ich plane ein neues Buch«, verkündete er unvermittelt. Sie blickte auf, mit großen strahlenden Augen.

»Wenn ich Komponistin wäre, würde ich diesen Satz vertonen und mir die Melodie immer wieder vorsingen. Jetzt versuchst du nicht, mir was vorzumachen, oder? Beziehungsweise dir selbst?«

»Nee.« Er lächelte.

Sofort war Veronica ganz der Verlagsprofi. »Saber House kriegt es als erstes. Wir glauben immer noch, daß du den Durchbruch schaffen kannst. Schreib einen kurzen Entwurf für mich, ungefähr fünf Seiten, und ...« Das »Und« blieb in der Luft hängen. Seth verrenkte sich den Hals, um zu sehen, wen oder was Veronica plötzlich anstarrte.

Pharoah Love war hereingekommen und näherte sich

jetzt ihrem Tisch. »Hallo, Cats! Darf ich mich eine Minute zu Ihnen setzen?« Ohne eine Antwort abzuwarten, nahm er Platz. »Ich störe doch hoffentlich nicht?«

Seth lächelte freundlich. »Möchten Sie was trinken?«

»Nein danke, Cat. Ich hab' Sie durchs Fenster gesehen und dachte, ich könnte mir einen Anruf sparen. Ich möchte mich noch mal mit Ihnen treffen.« Auch er lächelte. »Diesmal können Sie bestimmen, wann es Ihnen paßt.« Veronica begann, mit dem Zeigefinger in ihrem Drink zu rühren.

»Kann ich Sie so gegen fünf anrufen?« fragte Seth.

»Fünf ... fünf ...« Pharoah blickte zur Decke und überlegte. »Jawohl, Cat, fünf wäre gut.« Dann fiel sein Blick auf die Sandwiches. »Wie kriegen Sie das jetzt bloß runter? Ich hasse Beerdigungen.«

»Warum sind Sie dann gekommen?« Veronicas Stimme klang scharf. Pharoah lenkte sein strahlendes Lächeln in ihre Richtung.

»Eine noch interessantere Frage wäre: Warum sind *Sie* gekommen?« Nach diesem Konter erhob er sich, setzte den Hut wieder auf und schlenderte zur Tür hinaus, ohne eine Antwort abzuwarten. Mit einem angeekelten Seufzer schob Veronica ihr Sandwich weg.

»Wie kannst du nur so ruhig dasitzen?«

»Wie soll ich denn sonst dasitzen?« antwortete Seth, und seine Stimme klang etwa eine Oktave höher als gewöhnlich.

»Er ist doch irgend etwas auf der Spur.«

»Hast du vielleicht eine Idee, wie ich ihm aus dem Weg gehen kann?«

»Nein. Aber sei bloß vorsichtig, was du ihm von Ben und dir erzählst.«

»Du meinst wohl, von dir und Ben? Warum hat Ben dich erpreßt? Worum ging es da? Sag's mir! Warum bist du zur Polizei gegangen und hast dann die Anklage plötzlich wieder zurückgezogen?«

»Das kann ich dir nicht sagen.«

»Warum nicht?« Mehrere Leute drehten sich nach ihnen um.

»Schrei doch nicht so, um Himmels willen!« Veronica rutschte unbehaglich auf ihrem Stuhl hin und her, schlug die Beine übereinander und zog hektisch an ihrer Zigarette. »Ach, was soll's«, sagte sie plötzlich, ließ die Zigarette auf den Boden fallen und trat sie mit dem Schuh aus. »Ella Hurst hat die Sache geregelt.«

»Ella!«

Veronica trank einen Schluck und lächelte. »Sie hatte ihre Memoiren geschrieben und angefragt, ob Saber House vielleicht Interesse habe. Also habe ich sie in ihrer Eremitage besucht und ein paarmal mit ihr Tee getrunken. Eines Tages meinte sie: ›Liebes Mädchen, macht Ihnen jemand Kummer?‹ Du kennst Ella ja. Wenn sie mit einem redet, wünscht man sich meistens, man könnte irgendwo in Leuchtschrift die Untertitel lesen. Aber dieses Mal verstand ich ihre Botschaft. Sie wußte, daß Ben mir Ärger machte. Woher sie das wußte, hat sie mir nie verraten, aber ich habe ihr mein Herz ausgeschüttet, und zwei Tage später rief sie an und riet mir, die Anzeige zurückzuziehen. Es würde keine Probleme mehr geben.«

Seth brauchte einen Augenblick, um die Geschichte zu verdauen. Als es ihm hinlänglich geglückt war, fragte er: »Warum hast du die Polizei überhaupt eingeschaltet, wenn das, was Ben wußte, wirklich so verheerend für dich war?«

»Auf Rat meines Anwalts.« Ihr Gesicht wurde hart. »Wir haben einen Privatdetektiv engagiert, der ein wenig in Mr. Bentley-Bergheims Vergangenheit herumschnüffeln sollte, und siehe da, er fand eine Polizeiakte. Da haben wir beschlossen, ebenfalls mit harten Bandagen zu kämpfen.«

»War das bevor oder nachdem du mit ihm gebumst hast?«

»Oh, vielen Dank!« rief sie wütend und sprang auf. Seth packte sie am Arm und zog sie auf den Stuhl zurück. Sofort kam der Kellner angelaufen.

»Stimmt was nicht mit der Pastrami?«

»Nein, sie ist köstlich!« fauchte Veronica, und der Kellner trat erschrocken den Rückzug an. Veronica beugte sich mit zornrotem Gesicht zu Seth hinüber. »Das erstemal, daß ich mit dem Mistkerl geschlafen habe, war eine Woche, nachdem du mich sitzengelassen hast. Ich habe ihn nach allen Regeln der Kunst verführt. Und wie du sehr gut weißt, war er nicht schwer rumzukriegen. Die nächsten dreimal habe ich mit ihm geschlafen, weil das erstemal so toll war. Was man von dir leider nie behaupten konnte!« Sie zerrte einen Dollarschein aus ihrer Handtasche und schmiß ihn auf den Tisch. »Mein Anteil! Wir machen immer halbe-halbe, weißt du noch?« Dann stürmte sie hinaus, eine Duftwolke von Russia Leather verbreitend, und ließ Seth vor seinem Drink sitzen. Er ballte die Fäuste unter dem Tisch, starrte in sein Glas und wartete, bis die Hitze in seinem Gesicht allmählich nachließ.

Seth Piro. Alter sechsunddreißig. Größe nicht ganz einsachtzig. Zweiundsiebzig Kilo. Geboren in Atlantic City, New Jersey. Haarfarbe hellbraun. Augen braungrün. Hautfarbe weiß. Religion keine. Geburtsreligion griechisch-orthodox. Eltern verstorben. Beruf Schriftsteller.

Er spürte, wie sich sein Herzschlag nach und nach wieder auf eine normale Frequenz einpendelte.

Als er aufsah, stand der Kellner neben ihm und lächelte ihn an. Er legte die Rechnung auf den Tisch und schnalzte mitfühlend mit der Zunge. Seth fragte sich, ob er nicht ein paar Geschichten von Sholem Aleichem lesen sollte, und lächelte ebenfalls. »Tut mir leid«, murmelte Seth. Der Kellner zuckte verständnisvoll die Achseln, und als er zur Theke zurückging, seufzte er wie jemand, der genau weiß, wie schwer man an einer emotionalen Last zu tragen hat.

Seth wußte nicht, wie viele Meilen oder auch nur in

welche Richtung er ging. Auf der Straße drängten sich Handkarren, Stimmen mit teils jüdischem, teils spanischem Akzent boten ihre Waren feil und feilschten um die Preise. Es roch nach Brathering, eingelegten Gurken, Halvah, frisch geschlachteten Hühnchen, Kaffee und Pizza. Außerdem nach Körperausdünstungen und Exkrementen. Ohne sich daran zu erinnern, etwas gekauft zu haben, hielt Seth auf einmal einen Pappbecher mit Eis in der Hand; das säuerliche Zitronenaroma weckte seine Geschmacksnerven und klärte seine Gedanken. Er warf den Becher in den nächsten Papierkorb und sah sich nach einem Taxi um. Lieber Gott, murmelte er, lieber Gott, mach, daß es nicht Salvatore ist.

Es war nicht Salvatore. Hinter dem Steuer des roten Jaguar, der neben ihm hielt, saß Pharoah Love.

Kapitel 3

»Hallo, Cat! Kann ich Sie mitnehmen?«

Seth starrte den Detective an. Pharoah lächelte verschmitzt. »Sie sind mir gefolgt.«

»Ist das eine Feststellung, Cat, oder ein Vorwurf? Mit beidem haben Sie recht.«

»Warum?

»Ich bin ein Sklave meiner Impulse. Hatte einfach Lust dazu. Kommen Sie, steigen Sie ein.«

Seth schüttelte den Kopf. »Wenn ich nicht muß, möchte ich lieber auf ein Taxi warten.«

»Hier in der Gegend kriegen Sie kein Taxi, Cat, und die nächste U-Bahnstation ist acht Blocks entfernt. Kommen Sie schon.« Der lockende Unterton in Pharoahs Stimme entging Seth nicht. Sein Gesicht bekam allmählich eine eigene Identität. Die Augen waren nicht mehr nur die wißbegierigen Suchinstrumente eines Inquisitors. Sie schienen um Verständnis zu bitten, womöglich sogar um Freundschaft. Er kann nicht viel älter sein als ich, dachte Seth. »Na los, Cat« – Pharoah lachte – »ehe ich einen Strafzettel wegen Falschparkens kriege. Auf die Brooklyn Cats hab' ich leider keinen Einfluß.«

Seth stieg ein.

Ein paar Minuten fuhren sie schweigend, dann ergriff Pharoah das Wort: »Sie haben mich irgendwie beeindruckt bei der Beerdigung.«

Seth sah stur geradeaus.

»Ich meine, daß Sie sich nicht geschämt haben, Ihre Gefühle zu zeigen. Manche Typen würden lieber ersticken, als zuzulassen, daß ihnen eine Träne über die Wange rollt.« Weil Seth nicht antwortete, warf Pharoah ihm einen verstohlenen Blick zu. »Hören Sie, Cat, das sag' ich nicht nur so daher.«

Ohne ihn anzusehen, entgegnete Seth: »Das weiß ich. Warum waren Sie da?«

»Ich bin wie alle anderen, Baby. Neugierig.«

»Worauf?«

»Wer außer der Familie noch dasein würde. Ich hab' erwartet, Sie anzutreffen, aber mit Ihrer Frau hab' ich nicht gerechnet. Kannten Sie die Dicke mit dem Schleier?«

»Ella Hurst.«

»Wer ist sie?«

»So eine Art Freundin von Ben.«

»Bloß eine Art? Ich wußte nicht, daß das reicht, um zu einem Begräbnis zu gehen. Da müßte ich jemanden schon sehr gern gehabt haben.«

»Ich kenne Ella nicht besonders gut. Ich hab' sie nur ein paarmal gesehen. Also fragen Sie mich nicht nach ihren Gründen. Außer …«

»Ich bin ganz Ohr, Cat. Außer was?«

Seth rutschte unbehaglich auf dem Sitz herum. Er konnte sich nicht recht erklären, warum er sich unbehaglich fühlte, aber er erzählte Pharoah, was er über Ella wußte. »Sie lebt seit mindestens fünfzehn Jahren wie eine Einsiedlerin, jedenfalls behauptet sie das. Angeblich verläßt sie nie ihre Wohnung.«

»Nicht mal, wenn ein Feuer ausbricht?«

»Ich hab' noch nie gehört, daß jemand versucht hat, sie zu entflammen.«

Pharoah kicherte.

»Ihr Bruder ist Jameson Hurst.«

»Hab' ich mir gedacht.«

»Kennen Sie ihn?«

»Hab' ihn gelegentlich schon gesehen.«

Seth fragte nicht, wo.

»Hat meistens drei, vier hübsche junge Typen im Schlepptau und bezahlt immer – wirklich immer – die Rechnung. Hab' ihn mal abends in einem Nachtclub im Village gesehen. Hatte 'nen Anfall. Ich meine damit keinen Wutanfall, sondern einen echten Anfall.«

»Er ist Epileptiker.«

»Aha. Hab' ich mir gedacht. Hatte 'nen kleinen Bruder, der hatte das auch. Mitterweile ist er tot.« Pharoah hupte einen unachtsamen Fußgänger an. »Damals hab' ich zum letztenmal geheult.«

Seth sagte nichts.

»Ist bei einer Schlägerei niedergestochen worden. Hat mittendrin einen Anfall gekriegt, und irgend so ein blöder Scheißkerl wußte nicht, was das war. Aber ich hab' den Pisser aufgespürt. Jetzt ist er auch tot.« Seth bekam eine Gänsehaut, so nüchtern schilderte Pharoah den Vorfall. »Meinen Leuten tut niemand ungestraft weh«, setzte er rundweg hinzu.

Seth erkannte die Brücke nicht, über die sie fuhren.

»Williamsburg«, erklärte Pharoah. »Da hab' ich die meiste Zeit meines Lebens verbracht. In Williamsburg, meine ich. Drüben in Brooklyn. Deshalb konnte ich mich ein wenig in den toten Cat reinversetzen.«

Ben Bentley. Toter Cat.

Seth drehte sich um und sah Pharoah ins Gesicht. »Warum sind Sie mir gefolgt?«

Pharoahs Gesicht blieb undurchdringlich. »Ich weiß es nicht, wenn Sie die Wahrheit hören wollen. Sehen Sie, nachher – na ja, vergessen Sie bloß nicht, mich nachher anzurufen. Das hier ist jetzt Vergnügen, nachher kommt die Arbeit ... und noch mehr Fragen.« Er seufzte. »Und die sind unumgänglich, fürchte ich, und ...« Er suchte nach Worten, denn sie kamen ihm nicht immer leicht über die Lippen, das begriff Seth allmählich. »Vermutlich hab' ich's getan, weil Sie mich vorhin so beeindruckt haben. Das passiert mir nicht oft. Wo soll ich Sie absetzen? Ich fahre zur Grand Central Station.«

»Ist egal, ich schnapp' mir ein Taxi.«

Auf der Third Avenue fanden sie eins, und Pharoah hielt an. »Dann um fünf, ja?«

»Um fünf.«

Pharoah fuhr davon, Seth stieg in das Taxi und nannte dem Fahrer eine Adresse in der West End Avenue. Dann ließ er sich auf den Sitz zurücksinken und zündete sich nervös eine Zigarette an. Mit einem Seufzer der Erleichterung stieß er den Rauch aus. Der Fahrer war kein Schwätzer.

Die Beerdigung. Ben. Veronica. Ella. Pharoah Love. Sie alle reichten sich die Hand, um in seinem Kopf ein Menuett zu tanzen. Ben und Seth. Seth und Veronica. Veronica und Ben. Ella und Veronica. Pharoah und Seth. Der Tanz ging weiter, aber wer war der Choreograph?

Denk an das Buch, sagte sich Seth, denk an das Buch. Seit Monaten hast du keinen Satz zu Papier gebracht und wovon hast du deinen Lebensunterhalt bestritten?

»Sie haben mich irgendwie beeindruckt bei der Beerdigung.«

Denk an das Buch.

»Wir machen immer halbe-halbe, erinnerst du dich?«

Veronica und Ben.

»Warum, Ben, warum?« Ben lag ausgestreckt auf dem Sofa und sah sich »Wagon Train« an.

»Weil sie mich gefragt hat, ob ich will, deshalb.« Er lächelte zufrieden, während im Fernseher die Schüsse hallten und ein Viehdieb umkippte.

»Das ist so krank!«

Ben hatte leicht den Kopf gewandt und Seth fixiert. »Wir haben uns darauf geeinigt, keine Fragen zu stellen, oder? Du machst deinen Kram, ich meinen. Keiner schränkt den andern ein. Keine Verbote. Du kennst mich doch. So was bedeutet mir nichts. Warum sollten wir uns die Laune verderben lassen? Ich hab's aus Spaß gemacht, sie, um sich zu rächen. Wenn du sie nicht wissen läßt, daß du wütend bist, hat sie keinen Punkt gewonnen. Hast du Lust, ins Kino zu gehen?«

Es kam ihm vor, als würde die Ampel überhaupt nie

grün. Doch schließlich legte der Fahrer den Gang ein, und das Taxi schoß los. Hoffentlich war der Brief rechtzeitig für den Literaturteil am nächsten Sonntag bei der New York Times eingetroffen. Ich werde ein Buch schreiben. Ich werde ein Buch schreiben. Ob ich es je fertig kriege? Seth kurbelte das Fenster herunter und schnippte die Zigarette hinaus. Sie fuhren gerade durch den Central Park zur West Side, als ein Motorrad an ihnen vorüberbrauste. Seth beugte sich vor, um den Fahrer besser sehen zu können. Aber das kann nicht sein. Ben ist tot.

Seine Habseligkeiten. Die Sachen in seinem Apartment. Seth umklammerte die Armlehne. Was hatte Ben in seinen Schreibtischschubladen eingeschlossen? Fotos. Briefe. Was sonst noch? Ben bewahrte alles auf. Ben warf nie etwas weg.

»Warum schmeißt du den ganzen Müll nicht endlich mal fort?«

Ben wühlte in der obersten Schublade, auf der Suche nach Streichhölzern. »Was willst du denn? Man weiß nie, wann man das Zeug mal brauchen kann.«

Brauchen? Wozu? überlegte Seth, während das Taxi in die West End Avenue einbog. Für eine Erpressung? Dieses nette, hübsche Gesicht. Dieser starke, gesunde Körper. Eine bessere Fassade konnte man sich kaum vorstellen, wenn man etwas zu verbergen hatte. Warum bin ich nie dahintergekommen? Oder hatte ich einen Verdacht, wollte ihn aber vor mir selbst nicht zugeben?

Der Taxifahrer drehte sich zu ihm um. »Wir sind da.«

»Oh!« Erschrocken rappelte Seth sich auf, bezahlte und stieg aus. Er betrat die Halle des Gebäudes, dessen Dekor er seinem Therapeuten gegenüber als »frühen Samuel Goldwyn« beschrieben hatte, und eine Minute später lieferte der Aufzug ihn im fünfzehnten Stockwerk ab.

Das Wartezimmer war leer, aber die Tür zum Sprechzimmer stand offen. Seth steckte den Kopf hinein. In dem schwarzen Ledersessel saß Dr. Walter Shlacher und starrte ihn mit seinen Eulenaugen durch die dicke Hornbrille an. Seine Hände waren über dem üppigen Bauch gefaltet, sein Hosenladen stand wie gewöhnlich halb offen, die Beine waren an den Knöcheln gekreuzt. Seth hatte einmal zu Veronica gesagt, Dr. Shlacher sei ein österreichischer Erzengel mit einem Verstand so scharf wie ein Fallbeil.

»Nehmen Sie Platz«, begrüßte ihn Dr. Shlacher mit einer Kopfbewegung zur Couch. Seth schloß die Tür und ging in die angedeutete Richtung. Dann kramte er eine Zigarette hervor und angelte sich einen Aschenbecher vom Couchtisch. Shlacher ließ ihn keine Sekunde aus den Augen. Seth räusperte sich.

»Ich war auf Bens Beerdigung.«

Shlacher entkreuzte die Knöchel.

»Veronica war auch dort.«

Shlacher nahm die Brille ab und putzte sie mit dem Ende seiner Krawatte.

»Der Detective ebenfalls. Der mich vernommen hat, wissen Sie.«

Shlacher hielt die Brille gegen das Licht, um sie auf eventuell verbliebene Flecken zu untersuchen.

»Und Ella Hurst. Erinnern Sie sich, ich hab' Ihnen mal von ihr erzählt. Jameson Hursts Schwester. Das war eine Überraschung. Vielleicht erinnern Sie sich auch noch daran, daß ich Ihnen gesagt habe, sie lebt wie eine Einsiedlerin.«

Shlacher räusperte sich, zog ein Taschentuch aus der Gesäßtasche, spuckte ein wenig Schleim hinein, stopfte das Taschentuch zurück in die Tasche und setzte sich wieder zurecht.

»Ich fürchte, ich habe geweint.«

»Was gibt's da zu fürchten?«

Seth starrte auf das glimmende Ende seiner Zigarette. »Er ist tot, und ich bin emotional immer noch nicht von ihm los.«

Shlacher stützte den rechten Ellbogen auf die Armlehne des Sessels und legte das Kinn in die offene Handfläche.

»Ich habe ein neues Buch angefangen.«

Shlacher nickte.

»Es handelt von Ben.« In Shlachers Brillengläsern war lediglich die Reflektion seiner brennenden Zigarette zu erkennen. Seth deponierte die Zigarette im Aschenbecher und beugte sie vor, die Hände ineinander verschlungen. »Eigentlich denke ich schon seit Wochen darüber nach.« Er löste die Finger wieder und lehnte sich zurück. »Das Buch hat sozusagen das Kommando übernommen – in meinem Kopf, meine ich.« Mit nervösen Fingern machte er sich daran, seine Krawatte zu lösen. »Jedenfalls war ich seit Monaten nicht mehr so begeistert vom Schreiben.«

»Weil Sie glauben, es wird ein gutes Buch, oder weil Sie Ihre Schuldgefühle lindern wollen?« erkundigte sich Shlacher in seinem breiten Akzent.

»Was für Schuldgefühle?« fauchte Seth ärgerlich.

»Die Schuldgefühle, über die wir hier jedesmal diskutieren.«

Seth rieb sich die Stirn und wünschte, er hätte sich diesen Extratermin doch nicht geben lassen. Gleichzeitig wußte er, daß Dr. Shlacher seine Gedanken gelesen hatte.

»Vielleicht«, antwortete Seth. »Ich weiß es nicht genau.« Dann lächelte er. »Aber wenigstens weiß ich diesmal, worüber ich schreibe.«

Shlacher nickte anerkennend. »Könnte sehr gewinnbringend sein. Emotional.« Er lächelte sein Eulenlächeln. »Und finanziell.«

Seth angelte sich die Zigarette aus dem Aschenbecher und paffte nachdenklich. »Eine Menge Leute werden sich ziemlich aufregen, wenn sie erfahren, daß ich ein Buch über Ben schreibe.«

»Wir interessieren uns nicht für Leute, wir interessieren uns hier für Sie. Soll es um Tatsachen gehen, oder wird es ein Roman?«

»Ich werde die Wahrheit schreiben. Die ganze Wahrheit!«

»Aber was ist die Wahrheit? Der Knabe war doch so verlogen. Und was ist mit Ihnen selbst? Haben Sie genug Mumm, so ein Projekt durchzuziehen?«

»Ich hatte auch den Mumm, ihn zu verlassen!«

»Er hat Sie verlassen. Das haben Sie mir selbst erzählt.« Seth wollte schon protestieren, besann sich aber eines besseren. »Wie lang kommen Sie jetzt schon zur Therapie? Fünf Monate? Und Sie können diese Zurückweisung noch immer nicht akzeptieren.« Seth spürte, wie ihm die Augen zu brennen begannen. Warum wollte er immer Dr. Shlacher etwas beweisen statt sich selbst? »Es ist gar nicht so schrecklich, wenn man zurückgewiesen wird. Manchmal kann es sogar ein Segen sein.« Seth zog heftig an der Zigarette und versuchte so seine Tränen zurückzuhalten. Dann zerquetschte er die Kippe im Aschenbecher.

»Veronica will, daß ich zu ihr zurückkomme.«

Die Spur eines Nickens von Shlacher.

»Das beunruhigt mich.«

»Wieso?«

»Weil Veronica nie etwas verzeiht.«

»Vielleicht verzeiht sie den Menschen, die sie liebt. Können Sie das nicht akzeptieren?«

»Aber ich will nicht zu ihr zurück!«

»Also weisen Sie Veronica zurück. Sie werden jemand anderes finden, sobald Sie dazu bereit sind.«

Weine nicht, Darling, hörte Seth seine Mutter sagen, wenn du eine Straßenbahn verpaßt hast, kommt ganz bald die nächste. Aber Mutter, ich mag keins von den Mädchen in der Schule. Aber, aber, Darling, denk dran, es gibt für jeden Topf einen Deckel. Seth lächelte, was sich als ansteckend erwies. Dr. Shlacher lächelte ebenfalls. Es war ein Gefühl wie in der Schule, wenn man ein goldenes Sternchen neben seinen Namen bekam, weil man ein braver Junge gewesen war.

»Die Polizei ist sich nicht sicher, ob Bens Tod ein Unfall war.«

»Und?«

»Vermutlich –« Seth versuchte ein Kichern, aber es blieb ihm im Hals stecken – »vermutlich werde ich dadurch zum Hauptverdächtigen. Ich war der letzte, der ihn lebend gesehen hat.«

»Soweit Sie wissen.«

»Pharoah Love hat mich nach dem Begräbnis etwa eine Stunde lang beschattet.« Dr. Shlacher räusperte sich. »Schließlich hab' ich mich von ihm mitnehmen lassen.« Dr. Shlacher kratzte sich an der Wange. »Ich hab' letzte Nacht von ihm geträumt.«

»Und?«

Seth zündete sich die nächste Zigarette an. »Es war kein sehr aufregender Traum. Ich saß mit Ben auf dem Motorrad. Ich glaube, wir waren unterwegs zum Strand – wissen Sie, so wie wir's oft getan haben, als wir uns gerade kennengelernt hatten. Aber als wir am Strand ankamen, war es plötzlich Pharoah Love, der das Motorrad fuhr.«

Shlacher nickte.

»Da bin ich aufgewacht.«

»Was hat der Traum Ihnen gsagt?«

»Das weiß ich auch nicht. Vielleicht war Ben eine Bedrohung für mich, und jetzt ist Pharoah Love auch eine.« Dem Doktor war nur allzudeutlich anzusehen, daß er mit dieser Erklärung nicht zufrieden war.

»Ist der Detective jung?«

»Ungefähr in meinem Alter, würde ich sagen.«

»Er hat mit mir gsprochen.«

»Ja, das hat er mir gestern erzählt. Um mein Alibi zu überprüfen.« Bei dem Wort »Alibi« zuckte Seth zusammen. Alibi!

»Er hat noch mal mit mir gesprochen.«

Seth konnte seinen erschrockenen Gesichtausdruck nicht verbergen. »Weshalb?«

»Er wollte wissen, was für eine Art Cat Sie sind.« Seth mußte lachen. »Ich habe ihm mitgeteilt, daß die Behandlung der Schweigepflicht unterliegt.«

»Hat er das akzeptiert?«

Shlacher zuckte die Achseln. »Bei mir bleibt ihm wohl nichts anderes übrig.«

»Ich muß ihn um fünf anrufen. Er will mich noch weiter ausquetschen.«

»Ja.«

»Vermutlich kann ich davon ausgehen, daß er nicht so schnell damit aufhört.«

»Gut möglich, ja.«

»Ich weiß nicht, wie ich mit ihm umgehen soll.«

»Vielleicht ist es wichtiger, wie er mit Ihnen umgeht.« Was geht wohl in deinem Kopf vor? überlegte Seth. Was weißt du von mir? Welche Meinung hast du dir über mich gebildet? Gib mir einen Tip. Einen kleinen Hinweis. Sag mir, wo ich dran bin.

Pharoah Love saß an seinem Schreibtisch und erledigte Papierkram. Dann blickte er erst auf seine Armbanduhr und anschließend hinauf zur Wanduhr, um eine zweite Meinung einzuholen. Fünf Uhr.

Das Telefon klingelte. Pharoah hob ab. »Detective Love.« Er lächelte. »Hallo, Cat.« Er lauschte, das Lächeln blieb auf seinem Gesicht. »Richtig. Punkt fünf. Haben Sie heute abend schon was vor?«

Seth saß in einem Sessel am Fenster und starrte auf einen Schlepper, der ein Kanalboot den Hudson hinunterzog. »Heute abend?«

Pharoah versuchte, den Locher auf dem Zeigefinger zu balancieren. »Das wäre ein bißchen entspannter als hier im Büro. Auf dem Revier sind die Leute immer so nervös.«

Du machst mich nervös, dachte Seth. Aber er antwortete ruhig und sachlich: »Ich hatte vor, an meinem Buch zu arbeiten.«

»Arbeit lenkt wirklich immer am besten von unangenehmen Ereignissen ab. Ich sag' Ihnen was – ich hab' sowieso bis gegen neun zu tun, muß noch ein paar Sachen erledigen. Wir könnten uns um neun treffen. Dann haben Sie noch ein paar Stunden zum Entspannen.«

Wie kommst du bloß auf die Idee, daß ich angespannt bin, dachte Seth.

»Es gibt da 'ne Kneipe in Ihrem Viertel namens Ida's Bar. Kennen Sie die?«

Wahrscheinlich weißt du genau, daß ich sie kenne, du Pokerface. Ida's Bar war für Ben und mich ein zweites Zuhause.

»Wir könnten uns um neun dort treffen.«

»In Ordnung«, sagte Seth und legte schnell auf.

Pharoah hörte das Klicken und ließ den Hörer langsam auf die Gabel sinken. »Ein echt cooler Cat«, flüsterte er vor sich hin. »Echt cool.«

Seth war schweißgebadet. Er kämpfte gegen den verzweifelten Wunsch, Dr. Shlacher anzurufen.

»Ich weiß nicht, wie ich mit ihm umgehen soll.«

»Vielleicht ist es wichtiger, wie er mit Ihnen umgeht.«

Vielleicht, Doktor, vielleicht. Seth ging ins Badezimmer und ließ die Wanne vollaufen. Dann zog er sich aus und überprüfte den Inhalt seiner Brieftasche. Zweiunddreißig Dollar. Wer übernimmt eigentlich bei einem solchen Anlaß die Rechnung? Pharoah? Hat er ein Spesenkonto? Er warf die Brieftasche zurück auf den Schreibtisch, stieg in die Wanne, drehte den Wasserhahn zu und begann sich einzuseifen. Die Seife rutschte ihm durch die Finger, und als er nach ihr greifen wollte, stieß er mit dem Arm eine Schachtel mit Papiertaschentüchern vom Wannenrand ins Wasser.

Seth schrie laut auf. Er wußte, es war kein Radio, aber er schrie trotzdem.

Kapitel 4

Eine Hand auf den Sims gelegt, posierte Jameson Hurst vor dem gigantischen Kamin, den er eigens aus Italien hatte importieren lassen, an dem jedoch keinerlei Spuren dieser langen und mühseligen Reise zu sehen waren. Jameson trug eine dunkel karierte Smokingjacke, eine orangefarbene Hose und an den Füßen zierliche schwarze Lackschuhe mit großen grünen Samtschleifen. Pharoah fand, man hätte ihn Technicolor Delight nennen können. Hätte er noch eine Kirsche auf dem Kopf balanciert, wäre Pharoah versucht gewesen, mit einem Dessertlöffel auf ihn loszugehen. In der linken Hand wärmte Jameson mit sinnlicher Gebärde ein Glas Brandy.

»Es war sehr freundlich von Ihnen, zu dem Gespräch hierher zu kommen, Mr. Love.« Seine Stimme war ein honigsüßes Schnurren.

»So hatte ich wenigstens eine Ausrede, mir mal Ihre Bude anzusehen, Mensch.« Pharoah grinste und zwinkerte Jameson zu. »Ich hab' den Entwurf in House and Garden gesehen. In Breitwandformat ist es aber noch besser.« Er war in dem über dreißig Quadratmeter großen Wohnzimmer des Stadthauses am Gramercy Park herumspaziert und hatte selbst dem außergewöhnlichen Tapetenmuster größte Aufmerksamkeit geschenkt.

»Sind Sie sicher, daß Sie nichts trinken möchten?«

»Nein danke«, antwortete Pharoah und winkte ab. »Ich hab' eine lange Nacht vor mir.« In dem viereinhalb Meter hohen Spiegel an der Wand gegenüber dem Kamin sah er, wie Hurst ihn beobachtete, und kam sich vor wie ein Schmierfleck auf einem Objektträger unter dem Mikroskop.

»Vielleicht etwas zu knabbern?« fragte Hurst, und wies

auf eine Schale mit Macademianüssen auf dem Couchtisch.

»Ich möchte wirklich nichts. Bloß keine Umstände, Cat.« Pharoah ließ sich in einen riesigen Sessel sinken, so daß die feinen Polster unter seinem Gewicht nur so ächzten. Hurst setzte sich ihm gegenüber auf die Couch und warf sich mit professioneller Leichtigkeit in Pose – ein Bein anmutig übergeschlagen, leicht wippend, als ginge im Zimmer eine sanfte Brise. Er ist garantiert schon über sechzig, dachte Pharoah. Aber wenn man ihn danach gefragt hätte, wäre er gezwungen gewesen, Jameson auf etwa vierzig zu schätzen. Auf Hursts Gesicht lag ein Grinskatzen-Grinsen. Pharoah hatte das Gefühl, dieses Grinsen würde bleiben und ihm Gesellschaft leisten, selbst wenn Jameson das Zimmer verließ.

»Ein wirklich tragischer Todesfall«, seufzte Hurst, offenbar darauf aus, mit der Unterredung zu beginnen. »Ein Stromschlag! Und das ausgerechnet jetzt, nachdem man den elektrischen Stuhl in unserem Staat endlich abgeschafft hat.« Wieder seufzte er und wiegte traurig den Kopf. »Sie glauben doch nicht, daß er große Schmerzen hatte, oder? Ich meine, können Elektrogeräte einen tatsächlich umbringen?«

»Ja, vorausgesetzt, man sitzt damit in einer Badewanne voller Wasser und das Gerät ist eingesteckt.«

»Oh, oh, oh«, jammerte Hurst. »Der Gedanke, daß ausgerechnet das, was ihm auf der ganzen Welt am liebsten war, seinen Tod verschuldet hat! Ein Radio!« Er nippte seinen Brandy und brummte wohlig, als die warme Flüssigkeit ihm durch die Kehle rann und sein kaltes, müdes Blut wärmte.

»Wie lange haben Sie ihn gekannt?«

Hurst blickte für einen Augenblick zur Decke und brummte wieder. »Ohhh, fast vier Jahre, glaube ich.« Dann senkte er die Augen und nahm Pharoah ins Visier. »Am Telefon haben Sie angedeutet, daß sein Tod möglicherweise kein Unfall war. Jetzt sagen Sie mir – wer könnte dem armen Benjamin wohl den Tod gewünscht haben?«

»Eine Menge Leute.«

Hurst wollte sich schon empört aufrichten, überlegte es sich aber anders. Statt dessen legte er den Kopf schief wie ein koketter Wellensittich und fragte: »Aber gewiß halten Sie mich nicht für einen davon?«

»Ben hat niemals Einkommensteuer bezahlt, wußten Sie das?«

»Gar nie?«

»Niemals.«

Pharoah hoffte, dieser Dialog würde nicht in ein Duett à la Gilbert und Sullivan ausarten. »Trotzdem hat er auf ziemlich großem Fuß gelebt.«

»Nun, er hat als Model gearbeitet … gelegentlich beim Fernsehen … Hat er nicht auch ein paar Werbespots gedreht oder so was?«

»Alles für ein Taschengeld. Ich habe den Eindruck, jemand hat ihn subventioniert.«

Hurst blickte versonnen in seinen Brandy. »Gelegentlich hat er sich etwas Geld von mir geliehen.«

»Geliehen?«

»Geliehen.«

»Hat auch Ihre Schwester zu diesen Almosen etwas beigesteuert?«

»Wahrscheinlich. Sie hat den Jungen abgöttisch geliebt.«

Pharoah steckte eine Macademianuß in den Mund und kaute für einen Moment darauf herum. »Mr. Hurst, ich glaube, daß Bentley Sie erpreßt hat – Sie, Ihre Schwester und noch ein paar andere Personen.«

Hurst fuhr mit dem Finger über den Rand des Brandyglases. »Ich würde mich nie erpressen lassen, Mr. Love. Und es gibt auch niemanden, der versuchen würde, mich zu erpressen. Ben und ich waren einander sehr zugetan.«

»Das habe ich mir gedacht – dem Zeug nach zu urteilen, das wir in Bens Schreibtisch gefunden haben.«

Mit einem Ruck setzte Hurst sich auf. »Zeug? Was meinen Sie damit?«

»Briefe. Ein paar Nachrichten. Ein Notizbuch mit Eintragungen.«

»Beispielsweise?«

»Beispielsweise eine Liste von Geldbeträgen, die im Lauf der letzten drei Jahre von Jameson Hurst eingegangen sind. Eine ziemlich hohe Summe, Mr. Hurst.«

Wütend sprang Hurst auf. Der Brandy schwappte über den Ärmel seines Jacketts. »Er hat hie und da für mich gearbeitet. Botengänge gemacht. Ben war ausnehmend hilfsbereit. Er hat gern Sachen für andere erledigt.«

»Das hat er, Mr. Hurst, und vor zwei Tagen hat man ihn erledigt. Wir haben sein Badezimmer und das Regal, auf dem das Radio stand, gründlichst untersucht. Es ist unmöglich, daß Ben Bentley das verdammte Gerät zu sich in die Wanne gezogen hat, es sei denn, das ganze Regal wäre runtergekracht. Aber das Regal ist nun mal nicht runtergekracht.«

Blitzschnell schaltete Hurst von Ärger auf Arroganz. »Wenn Sie mich besser kennen würden, Mr. Love, wäre Ihnen klar, daß ich vollkommen unfähig bin, einen Mord zu begehen oder überhaupt Gewalt anzuwenden.« Er ging zum Kamin und drückte auf einen Knopf an der Wand. »Ich sehe unser Gespräch damit als beendet an und ich versichere Ihnen, daß ich mit meinem Anwalt über Ihre – Ihre – verleumderischen und voreiligen Schlußfolgerungen sprechen werde!«

»Hören Sie, Cat«, meinte Pharoah und erhob sich langsam, »ich hab' das alles schwarz auf weiß, es kann also weder verleumderisch noch eine voreilige Schlußfolgerung sein. Nein, Baby, es liegt sozusagen auf der Hand.«

Hurst fuhr herum. Seine Augen waren zu schmalen Schlitzen zusammengekniffen. »Woher weiß ich denn, daß diese angeblichen Unterlagen tatsächlich existieren? Ich will sie sehen.«

»Nur Geduld, Mr. Hurst, nur Geduld.«

Den großen jungen Mann, der ins Zimmer gekommen war, bemerkte Pharoah erst, als er ihn im Spiegel sah. »Adam«, fauchte Hurst, »der Gentleman möchte gehen.« Adam ging an Pharoah vorbei und öffnete die Tür zum Korridor. Pharoah nahm seinen Hut und drehte sich noch einmal zu Hurst um.

»Ich lasse von mir hören.« Damit war er verschwunden.

Hurst wartete, bis er die Haustür zuschlagen hörte, dann rief er: »Adam!«

Der große junge Mann kehrte ins Wohnzimmer zurück. Hurst knallte sein Glas auf den Couchtisch und begann im Zimmer auf und ab zu wandern, die linke Hand in die Seite gedrückt, die rechte an die Stirn gepreßt – eine Pose, die Norma Shearer unschwer als ihre eigene erkannt hätte. »Hast du diesen Neger gehört? Hast du gehört, was er von sich gegeben hat?«

»Jedes Wort«, antwortete Adam mit angenehm bedächtiger Stimme.

»Warum hast du ihn dann nicht am Kragen gepackt und ihm den Hals umgedreht?«

»Jamie«, sagte Adam geduldig, »er ist Polizist.«

»Ach, ihr elenden Indianer!« schimpfte Hurst. »Seit man euch in die Reservate gesteckt hat, habt ihr jede Initiative verloren!«

Mit ruhigen Schritten trat Adam auf Hurst zu, nahm seine Hand und führte ihn zur Couch. »Setz dich. Du regst dich viel zu sehr auf.«

»Mord!« kreischte er. »Erpressung! Publicity! Ruin! Warum bist du nicht in die Wohnung von diesem kleinen Itzig eingebrochen, wie ich's dir gesagt habe?«

»Weil ein Cop Wache gehalten hat. Das hab' ich dir doch schon erklärt.«

»Aber wer kann denn nur so blöd gewesen sein, dieses Ding zu drehen? Welcher Idiot hat den kleinen Juden umgebracht, ohne wenigstens so viel Verstand walten zu lassen, daß er die Papiere verschwinden läßt?«

»Dann müßten wir jetzt jemand anderes bezahlen«, entgegnete Adam leise und begann, Hursts Handgelenk zu massieren.

»Oh, das tut gut.« Jameson starrte Adam an. Ob Sitting Bull auch so attraktiv gewesen war, oder kam Adam aus einem anderen Stamm? »Adam«, sagte er sanft, »du warst an dem Tag fast die ganze Zeit nicht zu Hause.«

»Und?«

»Du hast ihn gehaßt.«

»Und?«

»Möglicherweise kriegst du auch Schwierigkeiten, ist dir das klar?«

»Du wirst mich beschützen«, sagte Adam, während seine Finger energisch weiterarbeiteten. »Stimmt doch, Großer Weißer Vater, oder?«

»Glaubst du, daß Ben alles über Ella aufgeschrieben hat?«

»Ella kann für sich selbst sorgen. Das wissen wir doch beide.« Da begann Hurst haltlos zu kichern.

Bei Ida's war es gerappelt voll. Sämtliche Tische waren besetzt, und an der Bar drängten sich mindestens dreißig Leute. Ida Maruzzi stand an der Tür und erklärte gerade einer Vierergruppe, daß sie mindestens eine Stunde auf einen Tisch warten müßten, woraufhin die Leute murrend wieder verschwanden.

»Spießer«, brummte Ida, zerrte ihren Hüfthalter zurecht und steckte die Zigarre wieder in den Mund. Ida war eine Wucht, im wahrsten Sinn des Wortes; sie wog an die dreihundert Pfund und hatte sich selbst davon überzeugt, daß sie damit gut aussah. Ihre roten Haare trug sie lang, mit Ponyfransen wie Alice im Wunderland, und wehe dem Kaninchenbau, durch den sie zu kriechen versuchte! Jetzt watschelte sie durch das lange, schmale Restaurant, an der

Bar vorbei, zu einem Zweiertisch ziemlich weit hinten, an dem Seth vor einem Scotch saß, und ließ sich auf dem Stuhl ihm gegenüber nieder. Seth fragte sich, ob sie für eine Sequenz in Fantasia Modell gestanden hatte. Immerhin stammte sie aus Kalifornien.

»Was für ein Abend«, stöhnte sie, und Seth rang sich ein mitfühlendes Lächeln ab. »Ich sag' dir, man weiß nie, wen von den Gästen man auch am nächsten Tag noch zu Gesicht kriegt.« Zur Bekräftigung ihrer Worte schlug sie mit der Faust auf den Tisch, der ächzend um Gnade flehte. »Einen Abend sitzt er noch hier, läßt sich an der Bar vollaufen und tratscht mit meinem hinterhältigen Bartender Ward. Und am nächsten Tag brät er in seiner Badewanne. Man weiß nie, was kommt, stimmt's?«

Nachdenklich studierte sie Seths Gesicht. »Hängst du immer noch an ihm? Also ich hab' ihn nie gemocht. Er war ein verdammtes Flittchen, hat jeden angequatscht. Aber was soll's. Hey, du!« Seth blickte auf. »Wann kommen wir zwei denn mal zusammen? Du solltest es lieber bei mir versuchen, ehe ich fünfzig werde, und das steht demnächst ins Haus. Nach fünfzig will ich nämlich langsamer treten. Einmal die Woche. Das reicht.« Sie setzte sich anders hin, um die Bar besser im Auge zu haben. Jemand hatte die Jukebox angeworfen, und jetzt wollten die Beatles jemandem die Hand halten. »Heutzutage kann man Jungs und Mädels nicht mehr unterscheiden. Guck doch bloß mal da drüben – der in dem Beethoven-Sweatshirt.« Seth sah einen Typen um die zwanzig mit fast schulterlangen Haaren. »Da müssen die Friseure doch reihenweise pleite machen. Oh-oh! Der Schwarze, der gerade reingekommen ist, sieht mir schwer nach Ärger aus.«

Auch Seth hatte Pharoah entdeckt. »Mit dem bin ich verabredet.« Ida warf ihm einen Blick zu. »Oh«, machte sie erneut. Dann stand sie mühsam auf und watschelte Pharoah entgegen. Mit einem strahlendem Lächeln deutete sie auf Seth, und Pharoah winkte zur Begrüßung.

»Mann«, sagte er, während er sich setzte, »hier ist ja 'ne ganze Wagenladung echt irrer Cats versammelt.«

»Ich dachte, Sie wären schon mal hier gewesen«, meinte Seth. Pharoah grinste.

»Nein. Aber ich wußte, daß Sie schon öfter hier waren. Hey, Bedienung!« Ein Junge mit einer Lederschürze schlenderte zu ihnen herüber.

»Was wünschen die Herrschaften?«

»Momentan erst mal ein Seven and Seven.« Er wandte sich zu Seth. »Reif für Nachschub?« Seth nickte, der Junge nickte, und Pharoah deponierte seinen Hut unter dem Stuhl. »Hatte gerade eine ziemlich öde halbstündige Unterredung mit einem Freund von Ihnen. Mr. Hurst.«

»Hat er 'nen Anfall gekriegt?«

»Nein, Cat, er war viel zu sehr damit beschäftigt, sich über mich zu ärgern. Wer ist der Indianer, der da auf Samtpfoten um ihn rumschleicht?«

»Adam Littlestorm, sein – sein Mann für alles. Was wollten Sie von Hurst?«

»Cat –« Pharoah lachte – »ich bin Detective. Ich arbeite an einem Fall. Und ich hab' 'ne ewig lange Liste von Leuten, mit denen ich reden muß. Die meisten davon sind wahrscheinlich Blindgänger, aber es ist wirklich eine verteufelt lange Liste. Wissen Sie, Cat, der Tote hatte ein regelrechtes Unternehmen laufen. Himmel noch mal, hat der abgesahnt! Ein hübsches Beispiel für unsere habsüchtige Gesellschaft. Und ich hab' geglaubt, er war nur ein kleiner Stricher.«

Der Kellner brachte die Drinks und sagte zu Seth: »Die sind auf Kosten des Hauses.« Er nahm Seths leeres Glas und verschwand, als Seth mit einem stummen Toast auf Ida das frischgefüllte hob. Die Wirtin winkte ihm wie ein Boxchampion mit hoch über den Kopf erhobenen Händen zu.

»Wenn mein Daddy noch am Leben wäre«, begann Pharoah, nachdem er sich einen Schluck genehmigt hatte, »würde er diese Ida ruckzuck ins Bett abschleppen und mindestens 'nen Monat dort behalten. Mein Daddy mochte gern ein bißchen Fleisch. Unglücklicherweise war Mama eher schlank. Aber erzählen Sie mir doch von Hurst. Hat er immer 'nen Kerl bei sich wohnen?«

Seth seufzte. Doch er war bereits beim vierten Drink und fühlte sich allmählich recht menschenfreundlich. »Erst hat Ben ungefähr ein Jahr lang für ihn gearbeitet. Adam ist eingezogen, als Ben ausgezogen ist. Damals haben wir uns dann gemeinsam eine Wohnung gesucht.«

»Aha.«

»Adam war professioneller Masseur.«

»Dafür hat er genau den richtigen Körperbau, Cat. Wie haben die Indianer es bloß geschafft, ihr Land an Leute wie uns zu verlieren, wenn sie solche Krieger hatten?«

»Wann haben Sie Ben auf der Straße hops genommen?«

»Vor ein paar Jahren.«

»Wie gut kannten Sie ihn?«

Pharoah kratzte sich an der Nase. »Nicht gut genug anscheinend. Ich war als Lockvogel unterwegs. Wissen Sie, da hängt man in den Schwulenbars rum, auf den einschlägigen Klos und Kinos, und gelegentlich verhaftet man einen. Ich gebe zu, Ben war ziemlich blau an dem Abend, als ich ihn mir geschnappt habe, aber wir brauchten für die Woche noch ein paar Eintragungen im Dienstbuch, also hab' ich ihn mir gekrallt.«

»Wer hat das Bußgeld bezahlt?«

»Ella Hurst.«

»Persönlich?«

»Sie hat 'nen Anwalt geschickt. Hibbons – Dibbons –«

»Philip Cribbons.«

»Genau, so hieß er.«

»Haben Sie Ben danach noch einmal wiedergesehen?«

»Nicht absichtlich, Cat. Er ist mir hier und dort über den Weg gelaufen. Gelegentlich zusammen mit dem Hurst Cat. Nachdem ich Detective wurde, hab' ich in den Bars im Village öfter mal Kontrollgänge gemacht. Ihr Baby war fast immer dort. Wie wär's, wenn *ich* jetzt ein paar Fragen stelle, um meine Position als Profi vielleicht doch noch retten zu können?«

Seth verschränkte die Arme auf dem Tisch und beugte sich vor. »Schießen Sie los.«

»Der wie vielte ist das?«

»Der vierte. Warum?«

»Wollte nur sichergehen, daß Sie mich verstehen. Wann haben Sie und der Verstorbene sich getrennt?«

»Vor etwa vier Monaten.«

»Haben Sie sich seither noch gesehen?«

»Nicht bis zu dem Tag, als er gestorben ist.«

»Aha. Sind Sie im Streit auseinandergegangen?«

»Nein. Ich hatte nur beschlossen, ihn nie wiederzusehen. Sie wissen ja, daß ich eine Therapie mache und einige Probleme zu bearbeiten habe. Ben war eins davon.«

»Tja, eins, das Sie als gelöst betrachten können. Sie haben ihn vier Monate lang nicht gesehen, aber als er mit dieser Lügengeschichte, er wolle sich Geld borgen, angerufen hat, sind Sie sofort zu ihm rübergeflitzt« – er schnippte mit den Fingern – »einfach so.«

»Einfach so.«

»Warum?«

»Weil ich ihn unbedingt sehen wollte, darum.«

»Kein schlechter Grund. So was ist mir auch schon passiert.« Er nahm einen großen Schluck von seinem Drink und ließ seine Augen eine Weile durch Ida's Bar wandern, ehe er die Befragung wieder aufnahm.

»Haben Sie je Peyote gekaut?«

Seth wußte, daß er sich heute total zusaufen würde.

»Ich hab' gefragt, ob Sie je Peyote gekaut haben.« Pharoah hatte sich ihm wieder zugewandt. »Meskalin, Mensch. Das macht man, wenn man Technicolor-Träume haben will.«

»Ich hab's mal ausprobiert.« Er sah Pharoah herausfordernd an. »Ich probiere alles mindestens einmal.«

»Ich bin auf dem laufenden.« Pharoah lächelte. »Wußten Sie, daß der Verstorbene einen regen Peyote-Handel betrieben hat?«

»Na und?«

»Deshalb die Reise nach Mexiko. Es wurde zu riskant, das Zeug mit der Post zu schicken.«

»Niemand wird von Peyote abhängig.« Seth artikulierte zu deutlich. Nach dem vierten Drink verschwammen sonst immer schon die Silben.

»Ich weiß.« Pharoah nickte, wobei er aussah wie einer dieser mechanischen Zigeuner, die einem auf Coney Island die Zukunft vorhersagen. »Aber es kann vorkommen, daß man gefährliche Dinge tut, wenn man high ist. Sie wissen, was ich meine, Cat? Das Zeug senkt die Hemmschwelle. Der Vorhang fällt. Der Mut steigt. Mickerlinge sind plötzlich drei Meter groß.«

»Sie sagen mir nichts Neues. In meinem letzten Roman gab es eine Figur, die Peyote gekaut hat. Damals hab' ich es auch probiert. Recherche.«

»Ich denke, der Verstorbene hatte was intus, als er in der Wanne saß. Was glauben Sie?«

»Schon möglich. Er kam mir ein bißchen high vor. Aber sicher bin ich nicht. Das war bei Ben immer schwer einzuschätzen.«

»Sie haben nichts mit ihm gekaut?«

Seth lachte. »Sie haben wohl vergessen, daß ich unterwegs zu meinem Therapeuten war. Unter Peyote würde ich wohl kaum zur Analyse gehen.«

»Touché.«

Seth trank aus, und Pharoah winkte den Kellner zum Nachfüllen herbei. »Woher wußten Sie, daß ich noch was will?«

»Sie sehen so aus. Ich kenne das. Haben Sie irgendeinen Verdacht, wer den Verstorbenen um die Ecke gebracht haben könnte?«

»Keine Ahnung.«

»Aber Sie haben viel darüber nachgedacht.«

»Für diese Vermutung braucht man nicht sonderlich schlau zu sein«, erwiderte Seth etwas gereizt.

»Cat, Sie sollten lieber selbst ein paar Vermutungen anstellen. Unseres Wissens sind Sie der letzte, der ihn lebend gesehen hat, und das ist nicht gerade ein günstiger Ausgangspunkt.«

Seth schnaubte entrüstet. »Man ist solange unschuldig, bis die Schuld bewiesen ist.« Er fischte ein paar Münzen aus der Tasche. »Ich gehe jetzt zur Jukebox. Haben Sie einen Wunsch?«

»Ich hab' einen Wunsch, aber der hat nichts mit der Jukebox zu tun.« Er sah Seth nach, der sich durch das Gedränge zu dem Automaten direkt neben dem Eingang schlängelte. Warum magst du diesen Kerl eigentlich, überlegte er. Warum braucht er einen Seelenklempner, der ihm hilft zurechtzukommen? Wenn er so schlau ist, warum hat er sich dann mit einem Irren wie Ben Bentley eingelassen? Aber andererseits – warum nicht? Der Mensch lebt nicht vom Brot allein. Pharoah hob seinen Drink, und die Eiswürfel glitzerten wie Prismen.

Seth blieb lange an der Jukebox. Zwar kannte er die Auswahl auswendig und wußte genau, was er spielen wollte, aber er wollte ein bißchen Zeit zum Nachdenken gewinnen. Wie er mit Pharoah Love umgehen sollte. Im Kopf des schwarzen Bullen wohnt ein kluger Verstand. In meinem Kopf wohnt ebenfalls ein kluger Verstand. Pharoah versucht, mich zu benutzen. Der Trick ist: Wie schaffe ich es, den Spieß umzudrehen und ihn zu benutzen? Seth grinste in sich hinein, denn er hatte seine Wahl getroffen. Der Raum füllte sich mit den Klängen von Gerry Mulligans »The Wee Small Hours«.

Ida winkte ihn in ihre Ecke der Bar.

»Wer ist der komische Kauz?« Ward, der Bartender, mixte neben ihr Manhattans.

Seth legte den Kopf an Idas üppigen Busen. »Er ist ein Detective«, flüsterte er.

»Oh.«

»Er bearbeitet Bens Fall.« Seth richtete sich wieder auf und tätschelte Idas Wange. »Die Polizei glaubt, er ist ermordet worden.« Ward hatte seine Worte gehört und starrte Ida an. Ida bemerkte seinen Blick und nahm Seths Hand.

»Du bist doch nicht etwa in Schwierigkeiten, Baby? Du kannst jedes Alibi haben, jederzeit, alles klar?«

»Ich bin sauber, Sweetheart. Ich bin absolut sauber.«

Auf dem Tisch wartete schon ein frisch gefülltes Glas. Seth setzte sich wieder. »Ich fang an, Sie zu mögen, Pharoah Love.«

»Das ist gut, Cat. Für neue Freunde hab' ich immer was übrig. Wie wär's, wenn wir uns duzen?«

»In Ordnung. Ich glaube, ich brauche dich.«

»Das gehört dazu, wenn man der Bruderschaft beitreten will. Genau wie das Duzen.«

»Ich fange nämlich gerade ein neues Buch an. Über Ben Bentley.«

»Gute Idee.«

Seth war sehr zufrieden mit sich.

»Und ich brauche die Unterlagen, die ihr aus Bens Schreibtisch geholt habt.«

Na, der legt sich ja gleich ordentlich ins Zeug, dachte Pharoah, der geht aufs Ganze. Fast im Flüsterton antwortete er: »Mal sehn.«

»Mein Buch ist die einzige Möglichkeit, diesen Fall zu einem logischen Schluß zu bringen.«

Pharoah lachte leise. »Schon möglich.«

Nach einem kräftigen Schluck nahm Seth das Thema sofort wieder auf. »Ich meine, du würdest doch auch gern in dem Buch vorkommen, oder? Ich meine, jetzt – in diesem Moment – bist du schon Teil der Geschichte. Genauso, wie du auch Teil meines Lebens bist. Selbst wenn wir uns nach heute abend nie wiedersehen, gehören wir zum Leben des anderen, da gibt es kein Zurück mehr. Verstehst du mich?«

»Botschaft angekommen, jawohl, Cat.«

»Was ich sagen will, Pharoah Love – du hast mir in den letzten beiden Tagen eine Scheißangst eingejagt, aber das ist jetzt vorbei. Ich meine, Cops sind die natürlichen Feinde, aber jetzt, wo ich dich näher kenne, sehe ich das nicht mehr so.«

Pharoah hob sein Glas, stieß mit Seth an und trank.

»Veronica hatte auch eine Scheißangst vor dir, heute nachmittag in der Bar. Es geht wohl um irgendwas, worüber sie nicht sprechen will. Was in meinem Leben unausgesprochen ist, versuche ich für fünfundzwanzig Dollar die Stunde meinem Therapeuten zu erzählen, und wenn du das nicht bezahlen willst, dann möchte ich, daß du ihn nicht noch mal anrufst, um was über diesen Cat hier, nämlich mich, rauszufinden. Dieser Cat hier gibt nämlich 'ne Unmenge Geld aus, um es selbst rauszufinden.«

»Du schreist«, stellte Pharoah fest.

»Weil ich will, daß man mich hört!« Seth sah aus wie ein kleiner Junge. »Also, was möchtest du wissen? Denn wie jedes normale menschliche Wesen in dieser schlechtesten aller Welten lüge ich.«

Pharoah kicherte. »Weißt du was, Cat? Du bist sehr süß, wenn du blau bist.«

»Ich bin immer süß, lieber Pharoah Love, jedenfalls wenn man mir die Gelegenheit dazu gibt. Also, zurück zu den Peyote-Buttons. Und – nebenbei bemerkt – ich bin nicht blau. Wenn ich besoffen bin, wirst du es merken. Dann wird nämlich mein wohltönender Tenor diesen Raum mit ›Meet Me in St. Louis‹ erfüllen, unter ohrenbetäubendem Applaus.«

»Zurück zu den Peyote-Buttons.«

»Was?«

»Peyote.« Pharoah widerstand dem Wunsch, die Haarsträhne zurückzustreichen, die Seth in die Stirn gefallen war.

»Ach ja, die Peyote-Buttons. Also, Sir, das ist folgendermaßen. Ich hab' mehr als einmal Peyote gekaut. Und zwar, um Ben einen Gefallen zu tun. Solche kleinen Zugeständnisse waren bei Ben unumgänglich. Wie das eine Mal, als Ben vorhatte, zum Katholizismus überzutreten, weil das billiger war, als ins Ölgeschäft zu gehen. Da habe ich mir auch überlegt, katholisch zu werden. Ungefähr fünf Tage lang. Dadurch herrschte in unserer Ménage Frieden. Bis Ben dann mit Heftchen der Christian Science auftauchte. Ich sag' dir, mit dem Knaben konnte man kaum Schritt halten. Und genau das hat mich schließlich fertiggemacht. Hast du jemals Peyote genommen, Pharoah Love?«

»Ist nicht mein Ding.«

»Es ist der reine Wahnsinn.« Seth wedelte wild mit den Händen, und sofort kam der Kellner angerannt. »Was wollen Sie denn hier?«

»Sie haben gewinkt«, antwortete der Kellner.

»Ja, aber nicht nach Ihnen.«

»Bringen Sie uns noch 'ne Runde«, sagte Pharoah, »dann sind Sie wenigstens nicht umsonst gelaufen.«

Nachdem er die Bestellung an den Bartender weitergegeben hatte, meinte der Kellner zu Ida: »Seth legt mal wieder los.« Ida drehte sich um, starrte die beiden Männer an und verstand die Welt nicht mehr.

»Man hat Visionen«, sagte Seth zu Pharoah, »beinahe richtige Halluzinationen, aber dabei bleibt der Kopf klar, und du kannst alles genau beschreiben. Wie hört sich das an?«

»Warst du deshalb an diesem Morgen bei Ben?«

»Du bist wirklich sehr schlau, Pharoah Love. Genau deshalb bin ich hingegangen. Aber er hat gesagt, er hätte nichts, und ich hab' mich furchtbar aufgeregt, weil ich so deprimiert war. Er sagte: ›Stell dich nicht so an, es ist doch kein Weltuntergang. Wir sehen uns, sobald ich aus Mexiko zurück bin.‹ Also ging ich schließlich doch zu meiner Therapie. Das wollte ich nämlich ursprünglich gar nicht.

Ich wollte mich in meinem Apartment verkriechen, einen Button kauen und für eine Weile alles vergessen.«

»Wir haben eine Schachtel mit sechs Buttons in der Wohnung gefunden.«

Wieder trafen sich ihre Blicke.

»Na, und warum hat er mich deiner Meinung nach angeschwindelt?« fragte Seth. Pharoah sagte nichts.

»Ein seltsamer kleiner Mistkerl.« Er starrte auf den Tisch. Eine Fliege pilgerte über die karierte Decke, und Seth ließ seine Faust auf sie niedersausen. Pharoah reichte ihm eine Serviette, und Seth wischte sich die Hand damit ab. Inzwischen spitzten schon die Gäste sämtlicher Nachbartische die Ohren, aber Seth war in Gedanken viel zu sehr mit der Ungerechtigkeit der Welt beschäftigt, um es zu bemerken.

»Willst du was essen?« fragte Pharoah. Seth schüttelte den Kopf.

»Willst du aufhören zu erzählen?«

Wieder nein.

»Willst du gehen?«

Seth blickte auf und schleuderte die Serviette beiseite. »Hast du was Besseres vor?«

Ehe Pharoah antworten konnte, brachte der Kellner die nächste Runde. »Die sind von der Lady an der Bar«, verkündete er. Seth kniff die Augen zusammen und lächelte.

»Da ist sie ja, unsere Ehefrau.« Er winkte Veronica zu, die neben Ida auf einem Hocker thronte, einen Brandy schlürfte und ihr grünes hautenges Kleid glattstrich. Sie nahm das Winken als Einladung und kam herüber.

»Nehmen Sie meinen Stuhl«, sagte Pharoah und erhob sich, »ich hole mir einen anderen.« Zwei Tische weiter fand er einen. Als er zurückkam, sagte Veronica gerade: »Tut mir leid wegen heute nachmittag.«

»Vergiß es.« Seth hatte einen Dollarschein aus der Brieftasche gezogen und legte ihn vor Veronica auf den Tisch. »Du kannst ihn zurückhaben.« Aber sie ließ den Schein liegen. Da sie in Seths glasigen Augen keine Warnung entdecken konnte, kam sie ohne Umschweife zur Sache.

»Hat Mr. Love dir sehr zugesetzt, Darling?«

»Mr. Love war ein Schatz.«

»Oh«, meinte Veronica und fragte sich, weshalb sie sich auf einmal unbehaglich fühlte, »willst du damit sagen, das ist ein Stelldichein unter Freunden?«

»Es hat sich zufällig so ergeben«, erwiderte Pharoah.

Veronica wandte sich ihm zu. »Jameson Hurst hat mich angerufen. Er hat nur herumgekreischt, also müssen Sie ihn fürchterlich aufgeregt haben.«

»Ein Mord ist für die meisten Leute ziemlich aufregend. Ich lasse ihm ein bißchen Zeit, um sich zu beruhigen. Er wird schon noch mit uns zusammenarbeiten.«

»Bestimmt haben Sie Verständnis dafür, daß es ziemlich nervenaufreibend ist, wenn man eines Mordes verdächtigt wird, Mr. Love«, entgegnete Veronica und schenkte ihm ihr Party-Lächeln.

Pharoahs Gesicht blieb gelassen. »Niemand hat behauptet, daß Jameson Hurst ein Mordverdächtiger ist. Niemand hat behauptet, daß Sie eine Mordverdächtige sind. Ich kann mir erst ein Bild machen, wenn die Leute kooperieren und mir einigermaßen vernünftige Antworten geben.«

»Für Leute wie uns ist ein verbaler Striptease nicht immer ganz einfach.«

»Warum denken Sie, Sie sind was Besonderes?«

»Es geht nicht darum, daß ich denke, ich bin was Besonderes ...«

»O doch, das glaubst du«, warf Seth mit einem provozierenden Grinsen ein.

»Es geht doch nicht darum, daß ich mir besonders vorkomme«, begann Veronica noch einmal und warf Seth einen drohenden Blick zu. »Es geht darum, daß ein Mord etwas Besonderes ist.«

Pharoah schob seinen Stuhl ein Stück zurück und

schlug die Beine übereinander. »Hat Ihr Mann Ihnen erzählt, daß er ein Buch über den Verstorbenen schreiben will?«

Veronica stellte ihr Glas heftig auf dem Tisch ab und wandte sich zu Seth. »Über Ben? Aber weshalb denn, um Himmels willen? Er war doch wirklich nicht gerade Albert Schweitzer.«

»Ohhh«, machte Seth beinahe kapriziös, »da bin ich mir nicht so sicher. Auf seine Art war Ben durchaus ein Wohltäter der Menschheit. Ich meine, wenn man die Sache genau unter die Lupe nimmt.« Den nächsten Satz trillerte er regelrecht hervor. »In uns allen gibt es Gutes und Schlechtes.«

»Sagte der Priester zum Matrosen«, fauchte Veronica. Dann dachte sie einen Moment lang nach und schenkte den beiden Männern wieder ein gewinnendes Lächeln. »Andererseits – wer weiß? Wenn man die Materie so gut kennt wie du, könnte es gut werden.« Sie fixierte Pharoah. »Wir haben zwei von Seths Büchern veröffentlicht, wissen Sie.«

»Ich würde sie gern mal lesen«, meinte Pharoah.

»Sie sind nicht schlecht«, unterbrach Veronica ihn. »Kurz, schnell, prägnant – nur fanden die meisten Kritiker sie leider überflüssig. Aber ich weiß hundertprozentig, daß Seth fähig ist, ein gutes Buch zu schreiben.«

»Ich habe 'ne Menge gute Dinge in mir«, sagte Seth und wedelte mit dem Daumen, um dem Gesagten Nachdruck zu verleihen.

»Ja, das hast du«, bestätigte Veronica sanft. »Aber ein Buch über Ben Bentley – o là là.« Sie schubste den Dollarschein zur Mitte des Tisches. »Ich wette, du wirst es nie vollenden.«

»Ich halte dagegen«, sagte Pharoah und zog einen Dollarschein aus der Tasche. Seth sah ihn verdutzt an.

»Herr des Himmels! Dieser Mann glaubt tatsächlich an mich!«

Kapitel 5

»Ihr Männer«, bemerkte Veronica, während sie und Pharoah die Wette mit einem Handschlag besiegelten, »ihr Männer seid wie ein Geheimbund.«

»Das Problem ist nur«, entgegnete Seth spitz, »daß zu viele Frauen das Paßwort kennen.«

»Ich brauch' noch einen Brandy. Soll ich hier bleiben oder an die Bar zurückgehen?«

»Bitte bleiben Sie doch.« Pharoah lächelte. »Ich lade Sie ein.« Er winkte dem Kellner.

»Sagen Sie mal«, begann Seth, nachdem der Kellner die Bestellung aufgenommen hatte, »geht diese Party auf deine Rechnung, Pharoah Love, oder teilen wir sie uns? Das frage ich mich schon den ganzen Abend.«

»Das geht alles auf meine Rechnung«, antwortete Pharoah. Dann sah er Veronica an. »Und allmählich fang' ich an, mich richtig gut zu amüsieren.«

Sie starrte zur Tür. »Gleich werden Sie sich noch mehr amüsieren. Sehen Sie mal, wer da gerade seinen großen Auftritt hat.«

Jameson Hurst rauschte herein, gefolgt von Adam Littlestorm. Er schwebte durch die Tür, als zögen unsichtbare Blumenmädchen vor ihm her und streuten Rosenblätter auf seinen Weg. Er trug ein purpurrotes Operncape und einen Tirolerhut, und man erwartete jeden Moment, daß Ida einen Taktstock heben und mit leichtem Klopfen auf den Tresen um allgemeine Ruhe bitten würde. Sozusagen als Kontrastprogramm trug Adam eine enge schwarze Hose, eine schwarze Lederjacke und eine finstere Miene. Wäre jemand mit erhobener Hand auf ihn zugekommen und hätte ihn mit einem »How!« begrüßt, hätte er wahrscheinlich »Man hat's nicht leicht« geantwortet. Ida watschelte eifrig herbei, um ihre neuen Gäste zu begrüßen.

»Wie geht's Ihnen, Mr. Hurst? Jeden Tag jünger, was?«

Jameson haßte solche Sprüche. Genauso wie »Sie haben sich echt gut gehalten«. Er war doch keine Blume. Und auch kein Gebäude.

So konnte man den Ton, in dem er antwortete, nur als resigniert bezeichnen. »Die letzten Tage war ich einfach zu aufgewühlt, um mich in die Öffentlichkeit zu begeben. Der arme Ben. Haben Sie einen Tisch für uns? Muß denn die Jukebox unbedingt so laut sein?« Sofort gab Ida dem Bartender Zeichen, und dieser griff unter die Bar und drehte an dem Knöpfchen, das die Lautstärke der Jukebox regulierte. Dann geleitete Ida Jameson und Adam zu einem Tisch in der Mitte des Raums. Adam erspähte die drei Gäste weiter hinten zuerst. Als Jameson seinem Blick folgte, seufzte er müde.

»Ach, was soll's«, sagte er dann und befahl Ida, sofort zwei Stingers on the Rocks zu bringen. Adam legte seine Lederjacke ab, und die ganze Bar starrte fasziniert auf seinen wohlproportionierten Körper.

»Warum fragst du sie nicht, ob sie sich zu uns setzen wollen?« meinte er augenzwinkernd zu Jameson.

Doch der warf ihm einen finsteren Blick zu. »Ich hasse witzige Indianer.« Er nahm das Cape von den Schultern und hängte es über die Stuhllehne, stützte die Ellbogen auf den Tisch, verschränkte die Hände, legte das Kinn darauf und wußte, daß auch Theda Bara es nicht hätte besser machen können. Einen Augenblick lang schwieg er nachdenklich, dann lächelte er. »Weißt du, es könnte eigentlich doch ganz amüsant sein. Seth sieht aus, als wäre er stinkbesoffen. Veronica renkt sich fast den Arm aus, um meine Aufmerksamkeit zu erregen. Und dieser Typ, dieser Detective glaubt wahrscheinlich, er habe das große Los gezogen. Hol sie her.«

Adam durchquerte die Kneipe wie einer seiner Vorfahren auf dem Kriegspfad.

»Hallo, Süßer!« rief Veronica hocherfreut. »Wie ist es Ihnen gelungen, ihn rauszulocken?«

»Das war seine eigene Idee«, antwortete Adam und gab ihr ein Küßchen auf die Wange. »Er möchte gern, daß ihr drei zu ihm rüberkommt.«

Pharoah war sofort hellwach, und Seth sagte: »Na, das könnte doch sehr unterhaltsam werden. Nicht wahr, Mr. Love?«

»Ich wäre entzückt, Cat.« Pharoah lächelte.

Ida stellte noch ein paar Stühle an Jamesons Tisch.

»Wie wunderbar, euch alle hier zu sehen!« flötete Jameson. Die anderen begrüßten ihn und nahmen Platz. »Auch Sie, Mr. Love.«

Natürlich entging Pharoah der Sarkasmus nicht. »Bin ich nicht mehr in Ungnade?«

»Nicht mehr in Ungnade? Sagen wir mal, ich erlasse für Sie eine Amnestie.« Während Jameson sich dezent die Nase putzte, stellte der Kellner die Drinks auf den Tisch. »Es ist fast ein wenig wie eine Totenwache, nicht wahr?« meinte Hurst dann mit trauriger Stimme. »Ich meine, hier sitzen wir alle, gefangen in einem Netz, das der vielbetrauerte Verstorbene gesponnen hat, während er nun selbst im Grabe ruht, kalt und einsam –« Und er konnte sich nicht verkneifen anzufügen: »– nicht mal mit einem gottverdammten Radio, das ihm Trost spenden könnte.« Seth trommelte leise mit den Fingern auf die Tischplatte.

Veronica entschloß sich zur Heiterkeit. »Na, wir wollen doch nicht morbid werden, was, Jameson?«

»Ich werde versuchen, es nicht zu sein, aber es kostet mich große Mühe.« Aus seinem Mund klang »große Mühe« wie der Name eines Gebrauchtwagenhändlers. Nun wandte er seine Aufmerksamkeit Pharoah Love zu. »Haben Sie vor, meine Schwester ebenfalls einem Kreuzverhör zu unterziehen?« Adam hob sein Glas und trank. Pharoah war dabei, Veronica Feuer zu geben.

»Was ich mache, sind keine Kreuzverhöre, Mr. Hurst.

Ich führe lediglich eine Ermittlung durch. Kreuzverhöre gibt es nur bei einem Prozeß.«

»Egal, wie man es nennt – dieser ganze Unsinn ist schwer zu ertragen. Es ist alles so grotesk. Ich fühle mich wie Alice, die durch den Spiegel gegangen ist!«

»Tja, in Ihrem Stadthaus haben Sie wenigstens einen, der groß genug dafür ist.«

Seth lachte viel zu laut, das wußte er selbst. Doch Jameson ignorierte ihn. »Mit meiner Schwester müssen Sie sehr rücksichtsvoll sein, sollte sie sich überhaupt bereit erklären, Sie zu empfangen. Sie ist eine sehr alte und sehr sensible Lady, die sich ganz aus der menschlichen Gesellschaft zurückgezogen hat. Vielleicht wissen Sie das schon. Vor fünfzehn Jahren hatte sie einen schrecklichen Unfall, der ihr Gesicht zerstörte, und seither hält sie es immer unter einem Schleier versteckt. Sie wohnt mir gegenüber, auf der anderen Seite des Parks, in einer furchtbar beengten Wohnung, aus der sie nie einen Fuß setzt.«

»Sie war auf Bens Beerdigung!« warf Seth ein. Adams Fingerknöchel wurden weiß, so fest umklammerte er plötzlich sein Glas.

»Ach ja?« erwiderte Hurst und sah dabei aus wie die Weiße Königin, die er auf der anderen Seite des Spiegels ja auch vorgefunden hätte. »Wie unglaublich rührend! Sie hat mir kein einzigesmal auch nur angedeutet, daß sie das vorhatte. Aber so ist sie nun mal, unsere Ella. Widersprüche, Widersprüche, Widersprüche! Nun, dann –« das folgende sagte er zu Pharoah – »dann ist es durchaus möglich, daß sie Ihnen eine Audienz gewährt.«

»Ich sollte wirklich dankbar sein für solche kleinen Freundlichkeiten«, murmelte Pharoah.

»Der sarkastische Unterton in Ihrer Stimme entgeht mir keineswegs. Adam, wir brauchen noch mehr Stingers.« Adam winkte, der Bartender nickte.

»Ich hätte lieber einen Brandy«, sagte Veronica. »Und Sie, Mr. Love?«

»Ich möchte im Moment nichts, danke. Was ist mit dir, Kumpel?«

»Du meinst wohl ›Cat‹«, entgegnete Seth. »Ich nehme auch noch einen. In dem hier ist nur noch Wasser.«

Jameson blickte sich um. Adams Gesicht war unschwer zu entnehmen, daß er sich später eine Menge Fragen hinsichtlich Ellas Auftauchen beim Begräbnis würde anhören müssen. Schließlich nahm er Veronica aufs Korn.

»Waren Sie bei dem traurigen Ereignis ebenfalls anwesend?«

»Ja«, antwortete sie, »aber Ihre Abwesenheit war noch trauriger.«

»Ich hatte Adam versprochen, nicht hinzugehen.« Seth sah Adam an, aber der schwieg. »Er weiß, was emotionale Strapazen anrichten können – in meinem Zustand.«

»Sie hätten doch mit ihm gehen können, Adam«, meinte Seth.

Adam sah ihn an. »Ich hab' den Knaben bis aufs Blut gehaßt.«

»Aha«, warf Pharoah ein, »hier haben wir endlich mal einen ehrlichen Menschen.«

»Tja«, meinte Hurst naserümpfend, »ich wette, Sie können es kaum abwarten, bis Sie ihn auf einem harten Stuhl unter einem grellen Scheinwerfer vor sich sitzen haben.«

Pharoah konnte sich eine Erwiderung nicht verkneifen. »Sie drücken sich immer so farbenprächtig aus, Mr. Hurst. Harter Stuhl. Greller Scheinwerfer. Heiliger Strohsack.« Er lehnte sich etwas zurück, damit der Kellner Platz hatte, die Drinks abzuladen. Bis er fertig und wieder gegangen war, herrschte Schweigen. Dann sagte Pharoah: »Mr. Hurst, da Sie so eine Schwäche für Farbenpracht haben – haben Sie jemals Peyote genommen?« Hurst klappte der Kiefer herunter.

»Wir alle haben schon Peyote gekaut«, sagte Adam.

»Ich kann für mich selbst antworten!« fauchte Hurst. Sein wütender Blick wanderte von Adam zu Pharoah.

»Haben Sie diese Erkenntnis aus den Unterlagen gewonnen, die Sie bei Benjamin gefunden haben?«

»Warum beziehen Sie alles immer gleich auf sich?« fragte Pharoah in herablassendem Ton.

»Weil ich selbstsüchtig und durch und durch egozentrisch bin«, schoß Hurst zurück, womit er Seth zu einer Runde Applaus veranlaßte. »Sie sind ja betrunken!« fuhr Hurst ihn an, wandte sich aber blitzschnell wieder Pharoah zu. »Ich hasse die Vorstellung, daß mein Leben öffentliches Eigentum wird.«

»Ich veranstalte doch keine Rufmordkampagne«, entgegnete Pharoah. »Ich versuche lediglich, etwas über den Verstorbenen herauszufinden. Wenn ich dann die Einzelteile zusammenfüge, sehe ich vielleicht das ganze Bild und erkenne, warum er ermordet wurde. Und vielleicht auch, von wem.«

»Der Genuß von Peyote ist nicht illegal«, trumpfte Hurst verärgert auf.

»Da muß ich leider widersprechen, Cat. Das Lebensmittelgesetz besagt, daß Peyote nur vom Arzt verschrieben werden kann. Und es ist illegal, Peyote für den privaten Gebrauch über eine Staatsgrenze zu transportieren. Aber der Verstorbene hat Peyote aus Mexiko hierher nach New York gebracht. Cat, dafür muß man 'ne ganze Menge Staatsgrenzen überqueren. Und irgend jemand hat das Geld für diese Reisen aufgebracht.«

»Mein Gott!« rief Veronica und sagte dann zu Seth: »Er hat uns so gut wie in der Tasche. Wir haben zugegeben, daß wir Peyote genommen haben. O mein Gott!«

»Nur die Ruhe«, entgegnete Pharoah trocken. »Sie sind doch nur ein kleiner Fisch.«

»Du verdammter Schwachkopf!« schrie Hurst Adam an. »Mit deinem ›Wir haben alle schon Peyote genommen‹!« Dann blickte er wütend zu Pharoah. »Gegen mich haben Sie gar nichts in der Hand!«

Pharoah grinste. »Mich interessiert nur, wer Ben Bentley umgebracht hat.«

Veronica starrte ihn ungläubig an. Seth starrte in sein Glas. Adam starrte Hurst an, und Hurst starrte ins Leere. Auf einmal verzog sich sein Gesicht zu einer häßlichen Grimasse, und seine Hände begannen heftig zu zittern. Ein heiseres Stöhnen kam aus seinem Mund, und er warf krampfartig den Kopf zurück. Der Tisch bebte, und Hursts rechte Hand zuckte nach vorn, so daß er seinen Drink umwarf. Adam sprang auf, holte einen Korken aus der Hosentasche und stopfte ihn Hurst zwischen die Zähne. Dann lockerte er Hursts Krawatte. Pharoah und Veronica erhoben sich rasch von ihren Stühlen, während Adam Hurst vorsichtig auf den Boden legte.

»Scheiße!« japste Ida, und ungefähr sechzig entsetzte Gesichter beobachteten den epileptischen Anfall.

»Seth«, schrie Veronica, »tu doch um Himmels willen was!«

»Meeet me innn Saint Louieeeee Loueeeeeee!«

Da plumpste Pharoah auf einen Stuhl, brüllend vor Lachen, hielt sich den Bauch und fragte sich, ob der Rest der Welt wohl auch verrückt geworden war.

Ruthelma Kross saß hinter dem Schreibtisch in ihrem chaotischen Büro im Sardi Building und überlegte, ob sie sich zum Lunch ein Thunfisch-Sandwich genehmigen sollte. Zwar wäre das die Kalorienration für einen ganzen Tag, aber sie hatte allmählich die Nase voll vom Kalorienzählen. Den ganzen Morgen schon zählte sie ihre Aufträge, und eigentlich hätte ihr bei den finsteren finanziellen Zukunftsaussichten der Appetit endgültig vergehen müssen. Aber in Zeiten der Not war sie immer besonders hungrig.

Doch es gab einen Hoffnungsschimmer: Seth Piro plante ein neues Buch. Sie glaubte noch immer an ihn, sie war überzeugt, daß er eines Tages groß rauskommen würde. Schon vor fünf Jahren war er eigentlich auf dem richtigen Weg gewesen, das wußte sie noch. Wieso war dann alles den Bach runtergegangen? Hatte es an Veronica gelegen? War er durch sie zu einem Schwächling geworden? Warum hatte Seth ihr erlaubt, sein Buch zu lektorieren? Ruthelma hatte ihn immer wieder gewarnt, daß Veronica das Herz des Buches wegstreichen würde, aber Seth hatte Veronica blind vertraut und nicht auf Ruthelmas Einwände gehört. Aber vielleicht gab es ja noch Hoffnung, daß ein Paperback-Verlag irgendwann mal die Bücher übernahm.

Am Mißerfolg des ersten Buchs war Veronica schuld, da ließ sich Ruthelma von niemandem etwas anderes einreden. Aber das zweite – Ruthelma schüttelte wehmütig den Kopf. So ein Blödsinn! Zweihundert Seiten über eine Peyote-Orgie. Dabei hatte sie die ganze Zeit, während Seth schrieb, noch gedacht, ein Peyote wäre ein wildes Tier. Sie wußte, daß Veronica die Veröffentlichung bei Saber House nur deshalb so wichtig gewesen war, weil sie ein schlechtes Gewissen wegen des ersten hatte. Es wäre besser unveröffentlicht geblieben, und Ruthelma hegte seit langem den Verdacht, daß Veronica der gleichen Ansicht war. Sie blickte auf ihre Armbanduhr. Nur noch eine knappe Stunde bis zu dem Termin mit Seth. Sie hielt es nicht mehr aus und biß in das Sandwich.

Veronica saß in dem braunen Ledersessel und starrte Daniel Saber an, der hinter seinem gigantischen Walnußschreibtisch thronte und Briefe unterschrieb. Das gehörte am Anfang einer Audienz bei Saber zum Ritual. Fünfundvierzig, Adolph-Menjou-Schnurrbärtchen, grauer Anzug, grauer Schlips, graue Haut. Veronica streckte ihre übergeschlagenen Beine aus, kreuzte sie wieder und betrachtete das Familienporträt auf Sabers Schreibtisch. Pausbäckige graue Frau, pausbäckiger grauer Sohn, pausbäckige graue Tochter und pausbäckiges graues Baby. Alles passend zu Veronicas grauer Stimmung. Eines Tages würde sie eine Abhandlung darüber schreiben, ob ein Brandy-Kater schlimmer war oder ein Sekt-Kater. Hoffentlich hatte sie noch Aspirin in der Schreibtischschublade.

Saber legte den Stift beiseite, lehnte sich in seinem gepolsterten Chefsessel zurück und räusperte sich. »Ich finde, ein weiteres Buch von Piro ist ein ziemlich gewagtes Projekt.«

Veronica schaltete auf freundliche Überredung. »Das neue strotzt aber geradezu vor kommerziellen Möglichkeiten.« Kaum war das »strotzt« aus ihrem Mund, hätte sie es am liebsten wieder zurückgenommen. Es erinnerte zu sehr an Seths vorhergehende Werke. »Es geht um einen jungen Mann, den man vor drei Tagen tot in seiner Badewanne gefunden hat.« Veronica hielt Saber den Ausschnitt aus der Daily News unter die Nase. Saber überflog ihn rasch, wobei seine Augen hin- und herflitzten, als würde er einem Tennismatch zusehen.

»Und? Was ist daran so weltbewegend?«

Veronica beugte sich vor, so daß sich ihre Brüste in den Ausschnitt schoben. Saber registrierte sie höflich. Er kannte Veronicas Busen gut. »Es ist weit mehr an der Geschichte dran. Die Polizei glaubt, es war Mord.«

»Aha«, sagte Saber.

»Die Fakten sind ziemlich finster und schmutzig.«

»Oho«, sagte Saber. »Finster« und »schmutzig« waren für Saber House ein Muß.

»Ben Bentley war ein Erpresser und ein Stricher, und er hat mit Peyote gedealt.«

»Und am siebten Tage hat er geruht.« Saber strahlte. »Wie ist Piro an so eine Geschichte gekommen?«

Veronica lehnte sich zurück, und ihre Brüste erschlafften. »Seth und Bentley haben sich mal eine Wohnung geteilt. Was er noch nicht weiß, erforscht er gerade mit Hilfe des Detectives, der den Fall übernommen hat.«

»Aha«, sagte Saber. »Gibt es ein Exposé, das ich mir anschauen könnte?«

»Ich habe ihn darum gebeten.«

»Wann kann ich es sehen?«

»Das weiß ich nicht. Seth war nicht sonderlich glücklich über den mangelnden Erfolg seiner ersten beiden Bücher.«

»Ich auch nicht.« Saber überlegte einen Moment. »Klingt, als könnte die Geschichte ein Renner werden, egal, wie schlecht sie geschrieben ist.«

»Das denke ich auch.«

»Was ist mit seiner Agentin – diesem Warzenschwein, das immer Flecken von Essen auf der Kleidung hat? Kann die uns nicht ein Exposé beschaffen?«

»Ich wollte es zuerst mit dir besprechen.«

»Ruf sie an. Besorg uns ein Exposé. Wenn das einen guten Eindruck macht, arrangierst du eine kleine Vorauszahlung. Hast du eigentlich je in die Scheidung eingewilligt?«

Ruthelma hatte das Telefon zwischen Schulter und Ohr geklemmt, während sie ihr Taschentuch anleckte und an dem Thunfischfleck auf ihrem Busen herumzureiben begann.

»Tja, ich seh' mal, was ich tun kann, liebe Veronica«, gurrte sie. Normalerweie klang ihre Stimme wie eine Bläsercombo, und dieses Gurren war die einzig mögliche Modulation, zu der sie fähig war. »Er hat mir noch kein Sterbenswörtchen davon erzählt. Eigentlich wollte er vor einer halben Stunde hier erscheinen, aber er hat gerade angerufen, daß er später kommt. Klang fürch-ter-lich.« Sie machte eine Pause, rollte das Taschentuch zusammen und warf es auf den Tisch, wo bereits vier Kleenexbällchen lagen. »Also, meine Liebe, seien wir ehrlich. Was seinem ersten Buch passiert ist, müßte eigentlich Castro passieren. Und dann das zweite. Wir wissen beide, es hätte eine Totgeburt werden müssen. Natürlich –« das Gurren näherte sich einem Schnurren »– natürlich besteht die Möglichkeit, daß wir beim dritten Glück haben.« Sie kicherte höflich über einen Scherz, den Veronica am anderen Ende der Leitung machte. »Ich rufe Sie an, sobald ich mit ihm gesprochen habe. Geben Sie Daniel ein Küßchen von mir.«

Damit legte sie auf und betrachtete die Schweinerei auf ihrem Tisch. Bestimmt hatte Seth etwas ganz Heißes auf Lager, wenn diese Hexe so darauf ansprang. Vielleicht hatte das Horoskop zur Abwechslung ja mal recht. »Positive Aussichten in häuslichen Dingen. Ahnungen könnten sich bestätigen. Machen Sie einen Menschen glücklich, der Ihnen nahesteht.«

Sie beschloß, ihre Mutter anzurufen.

Jameson Hurst ruhte auf der beigefarbenen Chaiselongue in seinem rosa-weißen Schlafzimmer. Er hielt sich eine Eiskompresse an die Wange und hob gelegentlich eine Flasche Kölnisch Wasser an die Nase, um zierlich daran zu schnüffeln. Der Vorfall der vorangegangenen Nacht war zu peinlich, er wollte nicht darüber nachdenken. Doch ein Blick in die Vergangenheit ließ sich nicht gänzlich vermeiden. Dieser Fluch, dieser gräßliche Fluch. Warum mußte es ausgerechnet in Ida's Bar passieren? Im Persian Room hätte man viel mehr Verständnis gezeigt. Wußte man denn nicht, daß Epilepsie die Krankheit der Könige war? Seine Wangen brannten vor Wut. Es war alles die Schuld dieses Schwarzen. Dieses Negers. Peyote. O Gott. Adam.

»Wie geht es dir?« Adam beugte sich über ihn. Jameson hatte ihn nicht hereinkommen hören. Ich höre ihn nie reinkommen, dachte er.

»Zum Teufel, wie ich mich fühle!« fauchte er und ließ die Kompresse sinken. »Ist die Schürfwunde sehr schlimm?«

»Nur ein kleiner Kratzer. Den kannst du mit Kompaktpuder abdecken.« Adam nahm ihm gegenüber Platz und zündete sich eine Zigarette an. Dann fragte er: »Was hatte Ella bei der Beerdigung zu suchen?«

»Sie wollte dabeisein.«

»Das könnte gefährlich werden.«

»Ella hat keine Angst.«

»Aber ich.«

»Wovor?«

»Vor diesem Detective.«

»O Gott.« Hurst seufzte. »Warum bezieht er nicht in Benjamins Wohnung Quartier und wartet dort auf den Killer? Der Täter kehrt doch bekanntlich immer zum Ort des Verbrechens zurück.«

»Hat Ella es getan?«

Hurst setzte sich auf, seine Augen funkelten, seine Nasenflügel bebten. »Willst du, daß ich gleich den nächsten Anfall bekomme?« Beim Wort Anfall überschlug sich seine Stimme. »Ella hat Benjamin abgöttisch geliebt! Jawohl, abgöttisch! Er hat sie verstanden! Sie hat ihn regelrecht verzaubert!« Er ließ sich zurücksinken und versuchte, erschöpft auszusehen, aber er wußte, daß Adam ihn durchschaute.

»In der Zeitung steht immer noch kein Wort davon, daß Ben ermordet worden ist.«

»Die Polizei läßt sich Zeit, bis sie solche Informationen veröffentlicht. Der Mörder soll sich in Sicherheit wiegen. Und dann stoßen sie plötzlich auf ihn herab!«

»Dieser Detective ist nicht blöd. Er hat sich schon arschgewaltig bei Seth eingeschleimt.«

»Bitte, Adam. Nicht vor dem Mittagessen.«

»Wir müssen vorsichtig sein.«

Hurst setzte sich wieder auf. »Vorsichtig! Ausgerechnet du sagst das! Wo du doch derjenige warst, der gleich so offenherzig von Peyote erzählt hat.« Mit dramatischer Gebärde breitete er die Arme aus. »Wer hätte sich träumen lassen, daß ich ausgerechnet an den einzigen Indianer in ganz Amerika gerate, der ein Plappermaul ist! Warum hast du diesem Schwarzen nicht eine Ohrfeige verpaßt, als er angefangen hat zu lachen?«

»Er hat nicht deinetwegen gelacht, sondern wegen Seth. Später hat er mir geholfen, dich ins Taxi zu tragen.«

»Das war ja mächtig liebenswürdig von ihm.« Er kicherte. Adam unterdrückte den Impuls, seine Zigarette in Hursts Wange auszudrücken. Hurst schnüffelte wieder an seinem Duftflakon und langte dann nach einer Zigarette.

»Seth könnte es getan haben. Oder Veronica. Ben hat versucht, sie zu erpressen, der verdammte Dummkopf. Zum Glück hat Ella rechtzeitig eingegriffen.«

»Ich wollte, Ella wäre tot«, sagte Adam.

Hurst blies Adam den Rauch ins Gesicht. »Bring mich nicht auf hundertachtzig, mein Lieber. Das hat Benjamin immer getan, und es hat seinen Abschied aus diesen Gefilden merklich beschleunigt.«

»Wenn ich gehen soll ...«

»Sag das nicht.«

»Dann hör auf, mir zu drohen.«

»Dann geh mir aber auch nicht auf den Geist.«

»Dann betrachte du diese blöde Geschichte endlich mal vernünftig. Sobald die Presse Wind davon kriegt, schlachtet sie es aus bis zum Gehtnichtmehr.«

»Was soll ich tun?«

»Sei nett zu Pharoah Love.«

Jetzt sprang Hurst auf die Füße. »Das ist unter meiner Würde!«

»Vorsicht, Jamie. Er hat dich längst überflügelt.«

Pharoah Love hatte fast den ganzen Vormittag mit seinem Chef konferiert. Zufrieden und zuversichtlich kehrte er in sein Büro zurück. Der Chef hatte sich sehr positiv über den bisherigen Verlauf der Ermittlungen geäußert. Langsam, aber sicher. Entspannt, aber aussichtsreich. Keine Hetze. Es gab eine Menge ungelöster Fälle, an denen das Department immer noch dran war. Und das Department wußte, daß sie über kurz oder lang den Stempel »Akte geschlossen« kriegen würden. Na klar, hatte der Chef gesagt, kooperieren Sie mit Piro. Helfen Sie ihm bei seinem Buch. Womöglich erledigt er die meiste Arbeit für Sie.

Pharoah wollte schon nach dem Telefonhörer greifen, doch in letzter Sekunde besann er sich anders. Nichts überstürzen. Laß ihn kommen. Er wird schon anrufen. War er gestern wirklich so betrunken, als ich ihn ausgezogen habe? Jeden anderen hätte ich wegen ordnungswidrigem Verhalten verknackt. Aber es gibt eben eine gewisse Ordnung in der Ordnungswidrigkeit. Ich kriege diesen Menschen genau dorthin, wo ich ihn haben will. »Meeet meee in Saint Loueeee … Loueeeee …« Pharoah lachte leise in sich hinein.

Du kannst dir aussuchen, wo wir uns treffen, Cat, ich werde da sein.

Ward, der Bartender, hatte keine Lust mehr, Inventur zu machen. Es mußte nur einmal im Monat sein, aber warum ausgerechnet nach einer anstrengenden Nacht? Und er wünschte sich, Ida würde endlich ausspucken, was sie auf dem Herzen hatte – egal, was es war.

Anscheinend konnte sie seine Gedanken lesen. »Wie eng warst du mit Ben Bentley?«

»Wie meinst du das?« Er hoffte, Ida würde das Herzblut aus seinem verletzten Tonfall heraushören. Drei Tage pro Woche hämmerte ihm Madame Grabatkin (ehemals Moskauer Stadttheater) ein: »Puplickum missen leidn miet dirr.« Das sagte sie, wenn er den Hamlet übte. »Sie missen leidn miet ›Omelette‹.«

»Du weißt, was ich meine. Du hast diese Buttons für ihn unters Volk gebracht.«

»Ach, komm schon!«

»Erzähl mir keinen Scheiß. Mir entgeht hier nichts.«

Ward zuckte die Achseln. »Und? Was für eine Rolle spielt das jetzt noch? Er ist tot.«

»Wenn er bloß tot wäre, würde ich mir keine Sorgen machen. Aber Mord ist was anderes. Das bedeutet Cops. Und ich kann es mir nicht leisten, meine Alkohollizenz zu verlieren.«

»Die haben nichts gegen mich in der Hand.«

»Ich hab' gestern abend meinen Radar auf den Schwarzen gepeilt.« Gegen Idas Radar kam keiner an. Selbst die Navy wäre vor Neid erblaßt. »Die haben in Bens Wohnung 'ne Menge Infos über 'ne Menge Leute gefunden. Du könntest auch dabei sein.« Wards Magen machte Anstalten, sich umzudrehen. »Falls die sich je an dich ranmachen«, fuhr Ida fort, »dann weiß ich von nichts, das sag' ich dir gleich. Kapiert?«

»Ja, ja ... Ach was, es wird sowieso nicht soweit kommen.«

»Dein Wort in Gottes Ohr. Aber nur für den Fall des Falles – ich hab' nichts damit zu tun. Sonst kriegst du in dieser Stadt nirgends mehr einen Job. Und ich meine wirklich nirgends!«

Ward kaute auf dem Radiergummi seines Bleistifts.

»Und noch was«, fügte Ida mit erhobener Stimme und erhobenem Zeigefinger hinzu, »hör auf, dich bei den Kunden so anzubiedern. Was du in deiner Freizeit anstellst, ist deine Sache. Was du hinter diesem Tresen tust, ist meine!«

»Ach, komm schon, Ida.«

»Spar dir dein ›ach, komm schon‹! In dieser Bar gibt's 'ne Menge Ben Bentleys. Die rieche ich schon eine Meile gegen den Wind. Bis Gras über die Geschichte gewachsen ist, hältst du dich gefälligst zurück. Ich will nicht, daß die Zivilbullen anfangen hier rumzuhängen, um gelegentlich mal einen hops nehmen zu können. Ein Schild mit ›Achtung, Razzia‹ im Fenster ist genau das, was ich brauche. Genau das! Kapiert?«

»Ich hab's kapiert, jawohl.« Hoffentlich hatte der liebe Gott es auch kapiert. »Bitte lieber Gott, mach, daß ich sie nicht noch mal vögeln muß. Bitte. Ich will auch ganz brav sein. Versprochen.«

Warum hast du dich gestern nacht so zugesoffen, du Schwachkopf?

Seth wartete darauf, daß sein Spiegelbild im Badezimmerspiegel den Kopf hängen ließ. Die Alka-Seltzer hatten sich aufgelöst, und er kippte das Gesöff in einem Schluck runter. Dann seifte er sein Gesicht ein, beschloß aber, erst mal zu sehen, ob seine Hand zu zittern aufhörte, ehe er sich mit der Rasierklinge an sein Kinn wagte. Immer wieder hatte er versucht, die Ereignisse nach Jameson Hursts epileptischem Anfall zu rekonstruieren, aber sein Unterbewußtsein war heute morgen sehr nett zu ihm und hielt das Unangenehme unter Schloß und Riegel. Die Büchse der Pandora. Früher oder später würden die Furien schon hervorkommen und sein Gewissen heimsuchen.

Endlich entspannte sich seine Hand, und er begann sich zu rasieren.

Dabei spielte er das Spiel, das er nach jedem Blackout inszenierte. Also: Die handelnden Personen waren Jameson, Adam, Ida, Veronica und Pharoah Love.

Er schnitt sich.

»Verdammt.« Alaunstift drauf und weiter ging's.

Jameson hat einen Anfall bekommen, und ich hab' gesungen. Bestimmt hat Jameson sich sehr gefreut, als Adam ihm davon erzählte. Kein Mensch weiß eine Serenade zu würdigen, wenn er einen epileptischen Anfall hat. Dann brüllte Ida: »Scheiße!« Manchmal hatte Seth den Verdacht, daß sich ihr Vokabular damit mehr oder weniger erschöpfte. Und Veronica gab jemandem eine Ohrfeige. Wem? Mir. Jetzt war die Tür in seinem Gedächtnis einen Spalt breit offen. Was ist dann passiert? Pharoah. Pharoah hat irgendwas getan. Er hat gelacht. Die Hand mit dem Rasiermesser erstarrte mitten in der Luft.

Seth ging ins Schlafzimmer hinüber und glotzte die Klamotten an, die säuberlich im Wandschrank hingen. Ich hab' die nicht da reingehängt. Ich schmeiße sie einfach in die Gegend. Ben ist mir immer durchs Zimmer nachgelaufen, hat meine Sachen aufgesammelt und dabei geträllert: »Er liebt mich, er liebt mich nicht.« Wer hat mich nach

Hause gebracht? Wer hat mich ausgezogen? Wer hat meine Klamotten zusammengefaltet und so ordentlich aufgehängt? Wer hat mich in diesem Zustand freiwillig ertragen? Ich weiß, wie ich bin, wenn ich mich besaufe. Zutraulich. Liebevoll. Wenn ich blau bin, treten meine sämtlichen unterbewußten Bedürfnisse zum Baseballspielen an, und gelegentlich schaffen sie sogar einen Homerun. Wer hat mich ins Bett gesteckt und mich warm zugedeckt? Wer hat gesagt: »Morgen früh wirst du dich hassen, Cat?«

Kapitel 6

»Meinen Sie das *ernst*?«

»Ja, genau das werde ich machen.«

Seth wich Ruthelmas bestürztem Blick nicht aus.

»Ein Buch über *ihn*?«

Sie hörte sich an wie ein Orgelkonzert über Kurzwelle.

»Tja!« stieß sie schließlich hervor und plusterte sich auf wie eine Kropftaube. »Es wird sich bestimmt gut verkaufen. Veronica hat *schon* angerufen und nach einem Exposé gefragt.«

»Sie kriegt aber keines.«

Dankbar ergriff Ruthelma diese Gelegenheit, um vor Freude zu strahlen. Sie haßte Veronica, traute sich aber nicht, das vor Seth zuzugeben. »Sie meinen also, Sie wollen es ihr *vorenthalten*?« Seth fragte sich, ob Ruthelma wohl schon mit kursiven Hervorhebungen auf die Welt gekommen war, schlürfte den lauwarmen Kaffee aus dem Pappbehälter und nickte, während er schluckte.

»Niemand kriegt es zu Gesicht, bis ich fertig bin.«

»Hören Sie«, meinte Ruthelma, »ich möchte, daß Sie mir etwas versprechen, dann hab' ich auch eine *Überraschung* für Sie.« Als keine Reaktion auf das Wort »Überraschung« kam, war sie etwas geknickt. »Ich möchte, daß Sie mir versprechen, das Buch als ernste Abhandlung über einen bestimmten Typ Mensch zu schreiben. Ich meine, Sie müssen sich von der konkreten Person lösen. Ich weiß, wie nah Sie diesem Menschen eine Zeitlang standen, aber ich weiß auch, daß wir einen gemeinsamen Nenner finden können. Ich habe ihn aus tiefstem Herzen verabscheut. Selbstverständlich können Sie nicht die authentischen Namen benutzen, weil so viele von seinen Bekannten noch leben. Nicht, daß ihn selbst das an *irgendwas* gehindert hätte.«

»Was meinen Sie damit?«

»Na ja, *wußten* Sie das denn nicht?« Sie verzog das Gesicht, wodurch sie aussah wie ein zorniger Pekinese.

»Was soll ich gewußt haben, Himmel noch mal?«

»Tja!« Ruthelma schlug mit der Faust auf den Tisch und plättete dabei einige der Kleenexbälle. »Er hat mich vor etwa einem Jahr besucht. Er hat ein *Buch* geschrieben.«

Seth spürte, wie ihm der Schweiß den Rücken hinunterlief.

»Ein *Buch! Er!* Ich habe ein paar Seiten gelesen, und die waren *rattenschlecht*! Alles nur über seine schmutzigen Abenteuer, im Bett und außerhalb. Ich meine, er dachte wohl, wenn City of Night sich verkauft, dann kann ich das auch. Und er hat *Namen* genannt, *Orte* – sogar die Nummern der Hotelzimmer! Ich konnte es nicht glauben! Erst dachte ich, er hätte alles nur erfunden, aber dann wäre er ein echtes *Genie* gewesen! Es war eklig, ich wollte es gar nicht in die Hand nehmen.« Sie schlug noch einmal auf den Tisch. »Und niemand, der auch nur halbwegs bei Trost ist, hätte es gelesen! Sie meinen, Sie haben *nichts* davon gewußt?«

»Nein.«

»Also so was!«

Eine Weile saßen sie sich schweigend gegenüber. Ein paar Seiten, dachte Seth. Mehr nicht? Hatte Ben diese Seiten vernichtet? Aber Ben warf nichts weg. Man weiß ja nie, wann man das Zeug mal brauchen kann. Jetzt kann es jemand brauchen, Ben Bentley, wo du auch sein magst.

Seth versuchte, ganz normal zu klingen. »Erinnern Sie sich noch an das, was Sie gelesen haben?«

»O Gott, muß ich? Es war so *häßlich.*« Einen Augenblick lang überlegte sie, mit gespitzten Lippen. »Es ging hauptsächlich darum, daß er mit sechzehn oder so verhaftet wurde. Irgendwas über einen Geschäftsmann, mit dem er in einem Hotelzimmer geschlafen hat. Mit *sämtlichen klinischen Details.* Ich dachte, Sie wüßten darüber Bescheid. Warum ist er sonst ausgerechnet zu *mir* gekommen?«

»In solchen Dingen war Ben sehr clever.«

»Na ja, wenn Sie solches Material in Ihrem Buch benutzen, dann bearbeiten Sie es hoffentlich ein wenig *journalistischer*. Sie wissen, was ich damit andeuten will. Als würde John Gunther sich in Ben Bentley reinversetzen.« Ein zärtlicher Ausdruck huschte über ihr Gesicht.

»Seth?«

»Ja?«

»Ist das alles ein Ergebnis Ihrer Analyse?«

»Manches schon.«

»O Gott.« Ruthelma seufzte. »Eine Analyse kann gefährlich sein!«

»Ich weiß, was ich tue, Ruthelma. Ich habe es mir ganz genau durch den Kopf gehen lassen. Dieses Buch wird ganz anders als die beiden Fehlschläge, die ich vorher produziert habe. Ich kenne mein Thema aus erster Hand. Und Ben werde ich als das zeigen, was er war. Keine Hirngespinste. Keinen romantischen Kitsch. Nur die nackten Tatsachen. Hart, brutal, kompromißlos. Waren Sie es nicht, die mir gesagt hat, ich soll lieber über Dinge schreiben, die ich kenne, die ich am eigenen Leib erfahren habe? Nun, ich kannte Ben Bentley, und das war bei Gott eine Erfahrung!«

»Ist das nicht komisch?« Sie begann erneut zu gurren. »Ich kriege mal wieder mein *Kribbeln*.« Seth kannte diese Kribbelattacken nur zu gut. »Jetzt, wo wir uns unterhalten haben, glaube ich, daß es *echt gut* wird. Ja, ich denke, es könnte wirklich der ganz große Durchbruch für Sie sein.«

Möglicherweise stimmte Seth ihr im stillen zu.

»Und jetzt kommt die Überraschung.« Sie zog eine Schreibtischschublade auf und überreichte Seth zwei Schecks. Sein Gesicht begann vor Freunde zu strahlen.

Es waren Wiederholungshonorare für Fernsehdrehbücher, die er vor fast zwei Jahren verfaßt hatte. »Juhuu!« schrie Seth. »Endlich kommt was zurück!« Doch dann seufzte er. »Ein Segen! Danke, lieber Gott. Ein Segen! Damit müßte ich mich die nächsten paar Monate über Wasser halten können. Eine hochwillkommene Transfusion für mein ausgeblutetes Konto.«

Ruthelma hatte zahlreiche Klienten, aber wenige waren ihr so ans Herz gewachsen wie Seth. Nur sehr selten überschritt sie die Grenze zwischen Arbeitsverhältnis und Freundschaft. Sie war eine Frau mittleren Alters, die für ihre fast achtzigjährige senile Mutter sorgte und vor zwanzig Jahren der Liebe und dem Abenteuer Lebewohl gesagt hatte, als ihr Verlobter, ein Theaterschriftsteller, mit einer Schauspielerin nach Europa durchgebrannt war. Doch jetzt mußte sie sich schwer am Riemen reißen, um Seth nicht zu umarmen und zu küssen.

Seth steckte die Schecks ein, beugte sich über den Tisch und küßte Ruthelma auf die Wange. »Machen Sie sich keine Sorgen wegen des Buchs. Mein Therapeut glaubt auch, es könnte richtig gut werden. Auf Wiedersehen, meine Liebe. Ich rufe Sie in den nächsten Tagen an.« Damit verschwand er.

Ruthelma wußte genau, warum ihr Tränen in die Augen traten. Das mit dem Kribbeln war gelogen. Keine Sekunde glaubte sie an dieses Buch, und sie hatte das Gefühl, daß Seth es wußte. Doch er brauchte dringend ein bißchen Aufmunterung. Seit fast zwei Jahren hatte er beim Fernsehen keinen Auftrag mehr bekommen. Von dem Moment an, als er sich mit diesem unsäglichen Bentley-Knaben eingelassen hatte, war die Qualität dessen, was er schrieb, vehement zurückgegangen. Vielleicht hatte sie ja auch unrecht, was das Buch anging. Das war ihr schon öfter passiert, und manchmal hatte sie es auch zugegeben. Vielleicht würde sie das Kribbeln spüren, wenn sie die ersten paar Kapitel gelesen hatte. Das war auch schon vorgekommen.

Aber hätte sie ihm alles erzählen sollen? Hätte sie ihm sagen sollen, daß das Kapitel, das Ben sie zu lesen gebeten hatte, von Seth und ihm gehandelt hatte? Das Kapitel, welches Ruthelma drei Tage ins Bett verbannt hatte, ohne daß ein Arzt die Krankheit diagnostizieren konnte? Hätte sie ihm von dem Teil über Veronica erzählen sollen? Veronica! Ruthelma glaubte jedes Wort von dem, was sie über Veronica gelesen hatte. Diese entsetzliche Kreatur hat für mich gearbeitet, aber wenn Daniel Saber sie nicht wegengagiert hätte, hätte ich sie rausgeschmissen. Oder umgebracht.

Aber Seth. Diese grausigen Dinge über Seth.

Vielleicht kann ihm dieser Psychologe helfen. Hoffentlich. Er ist ein guter Schriftsteller. Ein guter Mensch. Er hat eine Chance mehr als verdient. Sie wählte eine Nummer.

»Luncheonette? Hier ist Mrs. Kross. Schicken Sie mir bitte einen Kakao und ein Stück Pflaumenkuchen.«

Der I.R.T.-Express zur New Lots Avenue fuhr gerade in die Station am Times Square ein, als Seth die Treppe heruntergerannt kam, immer zwei Stufen auf einmal nehmend. Er sprang in den letzten Wagen und suchte sich einen Sitzplatz. Er hatte sich für die lange Fahrt nach Brooklyn nichts zu lesen mitgenommen, aber er hatte eine Menge nachzudenken. Wenn er die Hand in die Brusttasche seines Jacketts steckte, spürte er die beiden Schecks, die dort eine beruhigende Wärme ausstrahlten. Eines Tages würde er Ruthelma mit Geschenken überhäufen. Sie hatte den Glauben an sein Talent nie verloren. Falls doch, hatte sie es ihn nicht merken lassen. Trotzdem wußte er, daß das Buch über Ben sie nicht hundertprozentig überzeugte. Sie hatte nicht einmal mit der Wimper gezuckt, als er ihr erzählt hatte, daß die Polizei glaubte, Ben sei ermordet worden.

Er hatte soviel zu tun und nur sowenig Zeit! Bei Veronica war größtes Fingerspitzengefühl angesagt, ebenso bei Pharoah Love. Er mußte ihn besser kennenlernen, aber ganz sachte. Keinesfalls drängeln. Aber er brauchte Zugang zu Bens Papieren! Er bekam plötzlich eine Gänsehaut. Bens Papiere. Bens Buch. Bens Buch! Wann hatte Ben daran gearbeitet? Wie hatte er es geschafft, daß Seth in dem Jahr, als sie zusammen wohnten, nichts davon bemerkt hatte? Seth schnaubte empört, woraufhin vier Fahrgäste irritiert aufblickten. Wie hatte er es geschafft, das geheimzuhalten? Na ja, er hatte auch sonst eine Menge geheimgehalten. Und was noch wichtiger ist, Seth, wie konntest du so naiv sein?

»Sie haben die Tendenz, nur das zu glauben, was Sie glauben wollen. Das entspricht Ihrem kindlichen Charakter.«

Lieber Dr. Shlacher. Hat Ihnen jemals ein Patient die Fresse poliert?

Seth machte sich im Kopf eine Reihe Notizen und speicherte sie ab. Bei Ella Hurst vorbeischauen und herausfinden, warum sie Veronica geholfen hat, als Ben sie erpressen wollte. Ein langes Gespräch mit Jameson Hurst führen, obwohl er den Mann abstoßend fand. Versuchen, Adam Littlestorm allein zu erwischen. Er gefiel Seth ziemlich gut. Veronicas Geschichte würde er früher oder später erfahren, auch wenn es bedeutete, daß er mit ihr ins Bett gehen mußte. Und er fand diese Vorstellung bei weitem nicht so abstoßend, wie er gedacht hatte. Er war schon lange nicht mehr mit jemandem im Bett gewesen. In der Not ankert man in jedem Hafen, und gewöhnlich bot Veronica allen Schiffen auf hoher See ein sicheres Plätzchen. Und Pharoah Love. Er würde ihn in den Griff kriegen. Er mußte es schaffen.

Aber jetzt erst mal die Bergheims. Erst mal mußte er mit denen fertigwerden.

Mrs. Bergheim saß auf einer Holzkiste. Sie hatte sich ein schwarzes Kopftuch umgebunden, mit einem großen Knoten unterm Kinn. Dazu trug sie ein einfaches schwarzes Kleid, und über ihren Schultern lag ein schwarzer Pullover. Nervös zerknüllte sie ein schwarzes Taschentuch zwischen den Fingern. Bald war Sonnenuntergang, Freitag, und am Sabbat hatte die trauernde Mutter eine vierundzwanzigstündige Verschnaufpause. Dann konnte sie sich behaglich in einen Sessel setzen und ihren Tränen freien Lauf lassen. Aber bis Sonnenuntergang war sie dazu verdammt, Schiwa zu sitzen, auf einer hölzernen Kiste, und um ihren Toten zu trauern.

Ada saß in einem Sessel und beobachtete sie. Mrs. Bergheim entsprach nicht Adas Idealvorstellung von einer Mutter. Mit zehn Jahren hatte sie sich eine Mutter wie Irene Dunne oder Eleanor Roosevelt gewünscht. Doch immer bekam der kleine Benny die ganze Aufmerksamkeit, für Ada blieb nichts übrig. Und jetzt, fünfundzwanzig Jahre später, lag der kleine Mistkerl im Grab, aber er bekam immer noch zuviel Aufmerksamkeit und Ada zuwenig. Sie wußte, daß ihre Mutter der Umgang mit Farbigen schwerfiel, und staunte deshalb, wie gut sie mit Detective Love zurechtkam.

Pharoah saß auf einem Stuhl und wartete, daß der Rauch sich verzog. Er hatte eine Bombe abgeworfen, die aber nicht ganz den erwarteten Effekt gehabt hatte. Lediglich die Nachbarin mit dem netten Gesicht, Mrs. Gabriel, hatte kurz nach Luft geschnappt und sich die Hand vor den Mund gehalten.

Mrs. Bergheim fragte ihre Tochter: »Glaubst du ihm, Ada?« Ada wußte, wie traurig die alte Frau war. Ihr Akzent war viel stärker als sonst. »Glaubst du, jemand hat Benny umgebracht?«

»Wir müssen es glauben, Mama. Er kommt von der Polizei, dort wird man es ja wissen.«

Ihre Mutter wandte sich an Mrs. Gabriel: »Haben Sie das gehört, Mrs. Gabriel?«

»Ich hab's gehört. Schrecklich. Ganz schrecklich.«

»Können Sie glauben, daß jemand meinen Benny getötet hat?«

»Schrecklich. Ganz schrecklich.« Sie schaukelte auf ihrem Stuhl vor und zurück, um zu zeigen, daß sie es sehr ernst meinte.

»Aber er kannte doch nur furchtbar nette Leute«, beharrte Mrs. Bergheim. »Wenn er zum Essen heimkam, hat er mir immer von all den wunderbaren Menschen erzählt, die er kennengelernt hat. Reiche Leute. Schauspieler. Schriftsteller. Sein Freund Seth. Weiß er denn schon davon?«

»Ja«, antwortete Pharoah.

»Ada sagt, sie hat ihn bei der Beerdigung gesehen. Warum hat er nicht wenigstens ein paar Worte mit mir gewechselt, Ada?«

»Ich weiß es nicht, Mama. Vielleicht, weil er gemerkt hat, wie durcheinander du warst.«

»Ja. Er ist so ein Gentleman. Vielleicht war es ein Einbrecher?« Gelegentlich las Mrs. Bergheim die Zeitungen, die sie verkaufte.

»Vielleicht«, sagte Pharoah und verkniff sich taktvoll die Ergänzung: »Aber ich glaube es eher nicht.«

Es klopfte an der Tür. Mrs. Gabriel öffnete, und ließ Seth herein.

»Kommen Sie«, sagte sie. Sein Griff um das Dutzend Rosen wurde fester, als er Pharoah entdeckte. Er nickte ihm zu, und Pharoah zwinkerte. Mrs. Bergheim brach in Tränen aus, und Ada stand auf, um Seth zu begrüßen.

»Danke, daß Sie gekommen sind«, sagte sie, und er überreichte ihr die Blumen.

»Ich wußte nicht recht, ob die passend sind.«

»Das wäre nicht nötig gewesen. Es ist sehr nett von Ihnen, daß Sie gekommen sind.« Mrs. Gabriel nahm Ada die Blumen ab und ging in die Küche. Mrs. Bergheim wischte sich die Augen und sah zu Seth empor. Dann nahm sie seine Hand und drückte sie an ihre Wange. Er biß sich auf die Lippen und sagte fast unhörbar: »Es tut mir so leid.« Sie nickte und ließ seine Hand wieder los.

»Setzen Sie sich. Darf ich Ihnen etwas anbieten?« Seth setzte sich auf Mrs. Gabriels Platz. »Ein Glas Tee? Plätzchen? Wir haben eine Menge Plätzchen. Alle haben Plätzchen und Kuchen und Schokolade mitgebracht, aber meine Güte, was sollen wir mit solchen Bergen anfangen? Aber alle haben es so gut gemeint.«

»Ich möchte nichts, danke.«

»Seth«, begann Ada, »Detective Love hat uns gerade mitgeteilt, daß Ben ermordet worden ist.« Seth blickte zu Pharoah hinüber, der mit verschränkten Armen unbewegt dasaß.

»Ich dachte, sie sollten es erfahren«, meinte er ruhig.

»Wahrscheinlich hast du recht.«

»Wer würde so was tun?« rief Mrs. Bergheim. »Wer würde Benny umbringen wollen?« Mühsam erhob sie sich von der Holzkiste und ging zum Sideboard. Zärtlich nahm sie das Foto eines vierjährigen Jungen in die Hand, mit einem Pagenkopf, Augen so groß wie Untertassen und einem Schmollmund. Sie gab Pharoah das Bild. »Sehen Sie nur, wie niedlich er war.« Ada sank in ihren Sessel. »Sehen Sie sich dieses Gesicht an. Wer könnte so einem süßen Gesichtchen weh tun?« Pharoah brachte ein mitfühlendes Schnalzgeräusch hervor, und Mrs. Bergheim ging weiter zu Seth. »Sie haben dieses Bild auch noch nie gesehen, oder? Ist es nicht lieb?«

»Was meinst du, wie ich als Kind war? Ich war bei weitem das hübscheste Kind in der Nachbarschaft. Die Leute haben meine Mutter angehalten, bloß um mich in die Wange zu kneifen.«

»Die Leute haben mich auf der Straße angehalten«, erzählte Mrs. Bergheim, »nur, um ihn in die Wange zu kneifen. Und manchmal haben sie gesagt: ›Möchtest du einen schönen neuen Penny, Söhnchen?‹ und dann hat er zu mir hochgesehen, und ich hab' geantwortet: ›Wenn du ein guter Junge bist, darfst du den Penny nehmen.‹ Manchmal –« zu Adas Entsetzen lachte Mrs. Bergheim – »manchmal heimste er sechs, sieben, acht Pennies am Tag ein. Können Sie sich das vorstellen?« Sie nahm Seth das Bild wieder ab und setzte sich auf die Kiste, das Foto mit beiden Händen fest gegen die Brust gepreßt.

Sechs, sieben, ja sogar acht Pennies, dachte Ada. Und eines Tages war es dann ein schöner glänzender Vierteldollar.

»Woher hast du den Quarter, Benny?«

»Den hat mir ein Mann gegeben.«

»Was für ein Mann?«

»Im Park.«

»Hab' ich dir nicht gesagt, du sollst nicht mit Fremden reden?«

»Aber er hat mich gebeten, etwas für ihn zu tun. Ich hab' ihm einen Hotdog geholt, und den Quarter durfte ich behalten.«

»Das war aber ein netter Mann.«

Aber im Winter gibt es keine Hotdog-Buden, Benny! Ada hatte nichts gesagt. Nie. Es war ihr egal gewesen. Diese Art Aufmerksamkeit wollte sie gar nicht.

Mrs. Gabriel kam mit den Rosen in einer Vase zurück und stellte sie aufs Sideboard. »Ich weiß, das sollten wir nicht tun, aber sie riechen so herrlich.«

»Benny hat Blumen geliebt«, sagte Mrs. Bergheim. »Er hat mir immer welche mitgebracht.« Mrs. Gabriel seufzte und wiegte den Kopf vor und zurück.

»Er hatte so ein gutes Herz, dieser Benny. Ohne ihn wäre mein Sohn, der Bartender, bestimmt immer noch arbeitslos.« Seth und Pharoah sahen Mrs. Gabriel interessiert an. Ada inspizierte ihre Fingernägel. »Waren Sie schon mal in einem Lokal namens Ida's Bar?«

»Das kennen wir gut«, antwortete Pharoah.

»Dort steht mein Moishe hinter der Bar!« verkündete sie stolz. »Das heißt, ich nenne ihn immer noch Moishe«, fügte sie erklärend hinzu. »Für alle anderen heißt er Ward.« Sie ließ sich im Sessel neben Pharoah nieder. Er war doch nicht so übel. »Er will Schauspieler werden, wie Benny.« Sie unterbrach sich. »Ich meine, sie haben zusammen Kurse besucht, bei dieser Madame Soundso aus Rußland.«

Mrs. Gabriel lächelte verlegen. »Ich kann ihren Namen nicht aussprechen.«

»Madame Grabatkin«, kam Seth ihr zu Hilfe.

»Kennen Sie die auch?« fragte Mrs. Gabriel.

»Nein«, antwortete Seth, »aber ich wußte, daß Ben und Ward denselben Schauspielkurs besuchen.« Er setzte Ward Gabriel mit auf seine Gedankenliste. Daß Pharoah ihm bereits zuvorgekommen war, konnte er nicht wissen.

»Wissen Sie, wie lange die beiden befreundet waren?« fuhr Mrs. Gabriel fort, und Mrs. Bergheim seufzte tief. »Seit sie so groß waren.« Sie hielt die Hand etwa fünf Zentimeter über den Boden, und Pharoah fragte sich, ob sie sich als Krabbelkinder kennengelernt hatten. »Räuber und Gendarm haben sie gespielt, Räuber und Gendarm.«

»Peng! Peng! Du bist tot!«

»Wieso bin ich tot? Ich war schon letztesmal tot.«

»Ich hab' zuerst ›Peng!‹ gesagt, Moishe. Du bist tot!«

»Ach, komm schon, Benny. Du bist dran mit Totsein.«

»Weiß Ward, daß Benny tot ist?« fragte Mrs. Bergheim.

»Aber selbstverständlich«, antwortete Mrs. Gabriel. »Am Sonntag kommt er Sie besuchen.«

Seth hörte Pharoahs Stimme. »Hast du Mrs. Bergheim davon erzählt?«

»Wovon?«

»Von dem Buch.«

»Von welchem Buch?« fragte Ada.

»Ich werde ein Buch über Ben schreiben.« Ada konnte ein Lachen kaum unterdrücken. Mrs. Bergheim erlöste sie.

»Ein Buch über meinen Benny? Aber was wollen Sie denn über ihn schreiben?«

Seth suchte nach Worten. »Nun …« Pharoah blickte zu Boden, und Seth hätte ihn am liebsten geohrfeigt. »Ich glaube … ich glaube, es wird ein Buch … über einen Menschen, der … der zu jung gestorben ist.«

»Hab' ich's Ihnen nicht gesagt?« schluchzte Mrs. Bergheim. »Hab' ich's Ihnen nicht gesagt, Mrs. Gabriel? Mein Benny hatte so viele gute Freunde.«

Fünf Minuten später standen Seth und Pharoah mit Ada auf dem Korridor.

»Sie meinen das nicht ernst, oder?« sagte sie zu Seth.

»Jedes Wort.«

»Verdammt!« zischte sie. »Er ist tot. Lassen Sie ihn in Frieden ruhen. Egal, wo er ist – ob er in der Hölle brät oder im Himmel Harfen stiehlt.«

»Ada, um Himmels willen! Ihre Mutter hört Sie!«

»Die hat schon 'ne Menge von mir gehört. Der alten Dame macht keiner was vor. Sie wußte, daß Ben ein Mistkerl war. Schließlich hat sie die Grundlagen gelegt.«

Pharoah zuckte zusammen, wohl wissend, daß sie es sah.

»Verstanden, Mr. Detective?« Ihre Scheinwerferaugen rückten Seth wieder ins Zentrum der Szene. »Haben Sie ihm erzählt, wie Ben versucht hat, Betäubungsmittel aus dem Krankenhaus zu klauen? Wie er mit mir umgesprungen ist? Mit seiner eigenen Schwester!« Seth war sich sicher, daß sie jetzt zum erstenmal seit Bens Tod Tod weinte.

»Lassen Sie sich die Geschichte von Seth erzählen«, sagte sie zu Pharoah. »Er tut das bestimmt gern, wo er doch gerade an diesem blöden Buch schreibt. Ihr bekloppten Spinner!« kreischte sie dann wieder Seth an. »Man sollte euch allesamt umbringen. Und das will ich Ihnen sagen«, fauchte sie in Pharoahs Gesicht: »Wer das getan hat, verdient einen Orden. Ja, Sie haben richtig gehört – einen Orden! Und ich würde ihn sogar selbst bezahlen. Von der Versicherung meines kleinen Scheißbruders!« Damit stürmte sie in die Wohnung zurück, knallte die Tür hinter sich zu, und man hörte Mrs. Bergheims Stimme, die, als die nächste Tür krachend zuschlug, verzweifelt rief: »Ada! Ada! Was ist denn los? Ada!«

Schweigend stiegen Pharoah und Seth die drei Stockwerke hinunter.

»Mein Jaguar steht um die Ecke.« Seth folgte Pharoah. Als er einstieg, bemerkte er auf dem Rücksitz des Wagens einen Pappkarton. Zehn Minuten später waren sie auf der Atlantic Avenue unterwegs zur Brooklyn Bridge.

»Tut mir leid wegen des Buchs, Cat«, sagte Pharoah. »Ich wollte mich nicht aufspielen.«

»Macht nichts. Ich hätte es den Bergheims sowieso erzählt.«

»Ich werde dir bei dem Buch helfen, Cat.« Seth begegnete seinem Blick im Rückspiegel, und Pharoah zwinkerte. »Mein Chef sagt, das ist okay. Ich hab' ihn heute morgen gefragt. Freut dich das?«

»Ich bin sehr dankbar. Wann kann ich mir Bens Sachen anschauen?«

»Einen Teil davon morgen. Die sind noch nicht fertig mit der Spurensicherung. Alles ist eingepudert.« Seth runzelte fragend die Stirn. »Wegen der Fingerabdrücke. Das ganze Apartment ist eingepudert. Aber über sie wirst du nicht viel finden.«

»Über wen?«

»Die Schwester.«

»Ich weiß das meiste, was es über die zu wissen gibt.«

»Dann laß mich nicht dumm sterben.«

Gedankenversunken starrte Seth geradeaus.

»Na los, Cat, in jeder Beziehung gibt es ein Geben und Nehmen, sonst steht sie unter keinem guten Stern. Ich helfe dir. Also gebe ich. Und du nimmst. Jetzt gibst du mir was zurück. Was ist also mit der Schwester?«

»Zigarette?« Seth hielt ihm die Packung hin.

»Zünd mir bitte eine an.«

Brav nahm Seth zwei Zigaretten zwischen die Lippen und zündete sie an. Eine davon hielt er Pharoah hin, der sich vorbeugte und sie mit dem Mund entgegennahm. »Dann schieß mal los.«

»Vor gut einem Jahr hat sich Ada in einen Assistenzarzt verliebt. Sie wurde schwanger. Er wollte sie nicht heiraten.

Da hat sie sich entschlossen abzutreiben. Weil sie sich nicht getraut hat, im Krankenhaus rumzufragen, ist sie zu Ben gegangen. Sie dachte, der würde bestimmt einen Engelmacher kennen.«

»Und damit hatte sie recht.« Seth ging nicht auf Pharoahs Zwischenbemerkung ein.

»Jedenfalls hat er sie bei dieser Gelegenheit gefragt, ob sie ihm die Betäubungsmittel besorgt. Ich brauche dir wahrscheinlich nicht zu erzählen, wie sie darauf reagiert hat.«

»Verstehe. Und wie ist sie das Baby losgeworden?«

Seth setzte sich so hin, daß er Pharoah direkt ins Gesicht sehen konnte.

»Ella Hurst hat ihr geholfen.«

Pharoah nahm die Zigarette aus dem Mund und schnippte die Asche aus dem Fenster. »Für eine Einsiedlerin pflegt sie ja regen Kontakt mit der Welt.«

»Ben hatte ihr davon erzählt. Ella hat Ada von sich aus angerufen.«

»Kannte sie seine Schwester?«

»Nicht persönlich.«

»Warum dann die gute Pfadfindertat?«

»Ella hatte immer ein perverses Vergnügen daran, Ben eins auszuwischen. Diese seltsame alte Lady ließ sich von ihm nicht auf den Kopf spucken, und er hat es auch gar nicht erst versucht. Die beiden hatten ein höchst merkwürdiges Verhältnis.«

»Ich muß diese Ella unbedingt kennenlernen, und zwar bald.«

Pharoah ging ziemlich schwungvoll in die Kurve, und Seth griff rasch nach hinten, um den Karton festzuhalten. Glas klirrte. »Was ist da drin?«

»Gläser.«

»Warst du einkaufen?«

»Die sind geliehen.« Jetzt überquerten sie die Brücke. »Ich muß dich mal was fragen, Cat. Welchen Zweck verfolgst du mit diesem Buch?«

»Ich muß es schreiben.«

»Wenn du Namen nennst, hast du für den Rest deines Lebens einen Gerichtsprozeß nach dem anderen am Hals.«

»Ich muß Bens Leben richtig zusammensetzen.«

»Cat, ich hoffe, eines Tages hat jemand Lust, das auch für mich zu tun.«

»Ich tue es für mich selbst, Pharoah Love. Ich habe nie gesagt, daß ich es auf eine Veröffentlichung abgesehen habe. Momentan ist es nur für mich. Ich muß wissen, was bei Ben und bei mir gelaufen ist, was uns zusammengebracht und was letztlich zu dem Mord geführt hat.«

»Kismet.«

»Ich bin kein Fatalist. Wenn ich alles herausfinde, was es über Ben zu wissen gibt, dann finde ich vielleicht auch alles heraus, was es über mich zu wissen gibt. Klingt verrückt, stimmt's?«

»Im Gegenteil, Cat. Es gibt da ein paar Dinge, die ich auch gern über mich herausfinden würde, nur habe ich leider keine schriftstellerischen Fähigkeiten.«

Seth nahm allen Mut zusammen. »Was für Dinge, Pharoah? Bist du verheiratet? Oder hast du eine Freundin?«

»Nein und nein.« Seth beschloß, daß der Ausdruck um Pharoahs Mund ein Lächeln war. »Ich bin allein, verfügbar. Aber ich will mich nicht auf irgendwas Festes einlassen, nur um ein paar Abende pro Woche beschäftigt zu sein. Außerdem hab' ich erst vor kurzem so richtig kapiert, was ich möchte.«

Inzwischen fuhren sie den West Side Highway entlang, und Seth konnte in einiger Entfernung schon sein Apartmenthaus sehen. »Wohin fahren wir?«

»Lust auf 'nen Drink?«

Seth klopfte die Zigarette durchs Fenster ab. »Bei mir?«

Pharoah kicherte. »Nein, ich dachte eher an Ida's Bar.«

»Wie hat dir meine Wohnung gefallen?«

»Cat, du warst ungeheuer komisch gestern nacht.«

»Ich weiß nicht mehr viel von dem, was nach Jamesons Anfall passiert ist.«

»Jedenfalls warst du ungeheuer komisch.«

»Dann hast du mich also nach Hause gebracht.«

»Wer hätte es sonst machen sollen?« Pharoah tätschelte Seths Schenkel. »Schon okay. Du hast keine Umstände gemacht.« An der Seventy-Ninth Street bog er ab und fuhr Richtung Columbus Avenue.

»Wann macht Ida's Bar auf?«

Seth sah auf seine Armbanduhr. »Es ist nach fünf. Da hat sie bestimmt schon offen.«

»Bestimmt freut sie sich, wenn sie ihre Gläser zurückkriegt.«

»Die sind von Ida?«

»Kennst du eine bessere Möglichkeit, an Fingerabdrücke zu kommen?«

Mein Glas, dachte Seth. Das von Veronica. Das von Jameson. Von Adam. Er räusperte sich. »Sind denn welche mit denen in Bens Wohnung identisch?«

»Ihr wart doch schließlich alle in der Wohnung, Cat.« Pharoah bog in die Columbus Avenue ein.

Ida starrte die Pizza an, und die Pizza starrte zurück. Sie fanden einander kein bißchen appetitlich. Ward nahm sich ein Stück, ohne dabei die beiden Paare an der Bar aus den Augen zu lassen, für den Fall, daß sie ihre Gläser nachgefüllt haben wollten. Er schluckte einen Bissen hinunter und schnitt eine Grimasse.

»Eiskalt.«

»Wer hat dich nach deiner Meinung gefragt?« grunzte Ida. Sie beobachtete, wie Seth und Pharoah draußen gerade aus dem Jaguar stiegen. Wie alles andere in Idas Leben mußte auch das Fenster dringend geputzt werden.

»Da kommt Seth und sein komischer Begleiter.« Pharoah trug den Karton mit einer Hand. Ward ließ den Rest seines Pizzastücks auf die Platte zurückfallen und wischte sich eilig die Hand an seiner Schürze ab.

»Denk dran«, flüsterte Ida ihm zu, »ich weiß nichts von dem Scheißzeug, das du für Ben verkauft hast.«

»Okay! Okay!« Zum Glück wollte jemand sein Glas aufgefüllt haben, und Ward ging an Ida vorbei, gerade als Seth und Pharoah hereinkamen. Pharoah stellte den Karton auf einen Hocker, während Seth Ida einen Kuß gab.

»Wie geht's deinem Kopf?« fragte sie lachend.

»So là là«, antwortete er.

»Danke für die Gläser«, sagte Pharoah. Ida schnippte mit dem Finger, Ward kam zurück, nahm den Karton und stellte ihn unter die Bar.

»Als der Kellner gesehen hat, daß Sie die Gläser mitgenommen haben«, erzählte Ida, »hat er den Rest der Nacht mit 'nem nassen Handtuch auf dem Kopf zugebracht.« Pharoah lachte leise und bat Ward um ein Bier.

»Für mich auch«, schloß Seth sich an. Dann sagte er zu Ida: »Ich war drüben in Brooklyn und habe Bens Mutter meine Aufwartung gemacht. Dort bin ich –« er deutete mit dem Daumen auf Pharoah – »dem da begegnet.«

»Hey, Bartender Cat.« Die Bierkrüge in Wards Hand zitterten nicht, während er zapfte. »Hab' heute Ihre Mama kennengelernt.« Ward blickte auf. Der Schaum lief über. »Sie und Ben Bentley sind also zusammen aufgewachsen.« Ward flippte den Hebel zurück in die Ausgangsposition und trocknete die Bierkrüge an seiner Schürze ab.

»Er war mein bester Freund.«

»Deshalb hat er hier angefangen zu arbeiten«, warf Ida leutselig ein. »Ich hab' ihn genommen, um Ben einen Gefallen zu tun.«

Pharoah hob sein Bier. »Dann sind Sie ja 'ne richtige gute Samariterin.«

»Ich hab's bisher nicht bereut«, meinte Ida. »Er macht seinen Job sehr ordentlich, und die Gäste mögen ihn.«

»Ich wollte mich auch nicht beschweren«, sagte Pharoah und nahm einen Schluck Bier. Ward konnte nicht aufhören, seine Hände an der Schürze zu wischen. Ida sagte zu Seth: »Vor ein paar Minuten hat Veronica angerufen. Sie sucht dich.«

»Danke.«

»Bartender Cat ...« Ward lehnte an der Kasse, einen Fuß aufs Spülbecken gestützt. »Wann haben Sie Ihren Kumpel zum letztenmal gesehen?«

»In der Nacht vor seinem Tod. Er war hier und hat was getrunken.«

»Ich kann es immer noch nicht fassen«, rief Ida. »Einen Abend sitzt der Junge an der Bar und läßt sich vollaufen, und am nächsten Morgen –« sie klatschte die Hände zusammen – »in memoriam!«

»Traurig«, bestätigte Pharoah. »Sehr traurig.« Er musterte Ward. Offensichtlich litt der Bartender an einem ganz üblen Nervenzittern, das so schnell nichts lindern konnte. »Je Geschäfte mit ihm gemacht?«

Wards Fuß rutschte auf den Boden. »Was für Geschäfte denn?«

»Verkaufsgeschäfte beispielsweise.«

»Was wollen Sie damit sagen?« Ward hoffte, daß Madame Grabatkin genau das mit »Underacting« meinte. »Ich will damit sagen, hat er Ihnen je kleine Päckchen gegeben, die Sie gegen Bargeld in kleinen Umschlägen an andere Leute verscheuern sollten?«

»Sagen Sie mal, was soll das alles?« mischte sich Ida ein. Wäre sie Schauspielschülerin gewesen, hätte Madame Grabatkin ihre helle Freude gehabt.

»Nun, Ida Cat, weil Sie mir gefallen, werde ich's Ihnen erklären.« Ida verschränkte die Arme und lehnte sich gegen die Bar. »Der kleine Benny war ein sehr unternehmungslustiger Knabe. Er wußte, wo er Peyote kriegen konnte. Davon haben Sie sicher schon mal gehört.«

»In einem Lokal wie diesem kommt einem so ziemlich alles zu Ohren.«

»Er hat das Zeug verkauft. Allerdings nicht immer direkt. Er brauchte einen Zwischenhändler, und hier bei Ihnen ist immer Hochbetrieb.«

»Oh, Herr des Himmels!« rief Ward. »Sie meinen, das Zeug war Peyote?« Eigentlich erwartete er dafür eine Runde Applaus von Ida, aber die hatte die Fäuste viel zu fest geballt.

Pharoah verzog den Mund zu einem halben Lächeln. »Sie wußten also von nichts?«

Seth schaute Ida an und sah, daß sich Schweißperlen auf ihrer Stirn bildeten.

»Ich hatte keine Ahnung. Ehrlich. Ich schuldete ihm einen Gefallen. Da konnte ich unmöglich ablehnen, als er mich gebeten hat, das Zeug aufzuheben, bis jemand es abholt.«

»Ohne Beteiligung?« fragte Pharoah.

»Wovon reden Sie?«

»Verarschen Sie mich nicht, Cat.«

Jetzt witterte Ida ihre Chance und ergriff sie beim Schopf. »Warum hast du mir nie was davon erzählt, Ward?«

»Ich hab' doch nicht gedacht, daß es wichtig ist«, verteidigte er sich in klagendem Ton. »Die Leute hinterlassen dauernd irgendwas, das dann später jemand anderes für sie abholt.«

»Korrekt«, sagte Pharoah.

Er stützte einen Ellbogen auf den Tresen und legte das Kinn in die Hand. »Haben Sie je die Show ›Mikado‹ gesehen?« fragte er Ward.

»Nein.«

»Da war so ein Japaner, der immer eine kleine Liste mit sich rumschleppte. Ihr Freund Ben auch. Und auf der kleinen Liste steht unter anderem ein gewisser Moishe Gabriel. Und Ihre Mutter nennt ihren Sohn, den Bartender, auch ›Moishe‹.«

»Okay, okay«, sagte Ward und wurde bleich. »Aber Ida hat nichts davon gewußt.«

Ida warf Pharoah einen flehenden Blick zu. Seth legte ihm die Hand auf den Arm. »So was ist wirklich nicht Idas Stil.«

»Ich weiß«, antwortete Pharoah.

»Bring den Jungs noch 'ne Runde!« Idas Stimme klang schrill. »Geht aufs Haus, Jungs.«

»Ich bin noch nicht fertig«, sagte Pharoah.

»Sobald die Jungs soweit sind«, sagte Ida zu Ward. Dann zog sie unter der Bar eine Papierserviette hervor und wischte sich die Stirn.

»Moishe«, sagte Pharoah, »ich möchte Sie gern morgen um zehn auf dem Revier sehen.« Mit diesen Worten ließ er eine Karte auf den Tresen fallen, und Ward steckte sie beflissen in die Tasche. »Ist das zu früh für Sie?«

»Nein, nein, ist schon in Ordnung. Hören Sie«, flehte er dann abermals, »ich wußte wirklich nicht, worum es bei der Sache ging. Ehrlich!«

»Morgen, Cat. Jetzt bin ich viel zu müde. Ida, wie läuft das Geschäft?«

Ida knüllte die Serviette zusammen und schmiß sie unter den Tresen. »Kann nicht klagen. Hören Sie, Ward ist ein guter Junge. Sie verstehen doch, was ich meine, ja?«

»Ich hab' nicht nach Referenzen gefragt«, erwiderte Pharoah und trommelte mit den Fingern gegen seinen halbleeren Bierkrug.

»Das nächste Bier kriegen Sie umsonst«, beharrte Ida ruhig, und Seth bewunderte sie wegen ihrer Hartnäckigkeit. »Ward ist absolut cool hinter der Bar, und er steckt seine Nase nicht in anderer Leute Angelegenheiten.« Etwas unvermittelt griff Ida in ihre Tasche, fischte eine rote Samtschleife heraus und steckte sie sich in die Haare. »Vielleicht hat er einen Fehler gemacht. Okay. Aber er wußte nicht, daß es ein Fehler war. Machen Sie nie Tintenflecke auf Ihre Akten?«

Pharoah konnte den Blick nicht von der roten Samtschleife losreißen. »Ida Cat, ich wollte, mein Vater würde noch leben und könnte Sie kennenlernen. Der würde Sie in einem Haps vernaschen.«

»Selbst wenn ich mit den Beinen strample?« konterte sie. Seth fing an zu lachen, und Pharoah signalisierte Bereitschaft für die nächste Runde. Ich hab' ja schon viele komische Typen kennengelernt, dachte Ida, aber der da ist eindeutig der Verrückteste. Was ihr noch mehr zu schaffen machte – er brachte ihre stagnierenden Körpersäfte in Wallung, und dabei konnte sie das Wort Rassenintegration nicht mal buchstabieren. »Wie das Leben so spielt«, fuhr Ida fort. »Jemand kocht einen Knaben in der Badewanne ab, und schon ist bei der halben Bevölkerung New Yorks die Kacke am Dampfen. Man kann eben nie wissen.« Das Telefon klingelte, und Ida hob ab. »Guten Abend, hier Ida's Bar.« Einen Augenblick lauschte sie, dann gestikulierte sie in Seths Richtung. Mit den Lippen formte sie: »Veronica«. Seth seufzte und nahm den Hörer entgegen.

»Ich wollte dich in ein paar Minuten sowieso anrufen.«

»Was ist das für ein Scheiß, den Ruthelma mir da erzählt hat?« fauchte Veronica. Vom Bürofenster hatte sie eine direkte Aussicht in ein Hotelzimmer auf der gegenüberliegenden Straßenseite, wo sich ein Pärchen gerade leidenschaftlich umarmte.

Seth gestikulierte in Richtung Bierglas, und Ida reichte es ihm sofort herüber. »Von was für einem ›Scheiß‹ redest du denn?«

»Ich will das Buch als erste zu Gesicht kriegen!« wütete Veronica. »Das bist du mir schuldig. Schreib mir ein Exposé.«

»Veronica«, sagte Seth in einem Ton, der seine Frau für gewöhnlich sehr irritierte, »du gibst schon wieder Befehle. Du weißt doch genau, was passiert, wenn du anfängst herumzukommandieren. Ich gehorche nicht. Ich ziehe mich zurück. Niemand, rein gar niemand kriegt was zu Gesicht, ehe ich fertig bin und den richtigen Zeitpunkt für gekommen halte. Capisce?«

»Jetzt hör mir mal zu, Seth.« Veronicas Stimme bebte. »Du brauchst bei dieser Sache jemanden, der dich berät. Du legst die Schlinge nicht nur um deinen eigenen Hals, sondern auch um meinen und um den von einigen anderen Leuten! Wenn du auch nur ein Wort über das schreibst, was zwischen Ben und mir vorgefallen ist, dann bringe ich dich um, so wahr mir Gott helfe!«

Ben leckte sich den Bierschaum von den Lippen. »Hast du das auch zu Ben gesagt?«

»Ach, du kannst mich mal!« Sie knallte den Hörer auf die Gabel, schwenkte ihren Drehstuhl mit einem heftigen Ruck zur Seite, knallte mit dem Knie gegen den Schreibtisch und stieß einen lauten Schmerzensschrei aus. Währenddessen versank das Paar gegenüber langsam unter dem Horizont des Fensterrahmens. In Veronicas Augen brannten Tränen, sowohl vor Schmerz als auch vor Neid. Sie sprang auf und begann im Zimmer auf und ab zu laufen. Was hat dieser Idiot nur vor, will er uns alle ans Kreuz nageln? Daran ist nur diese gottverdammte Psychoanalyse schuld! Seth war weich wie Wachs, ehe er sich auf diese blöde Couch gelegt hatte. Sanft und formbar. Jetzt war seine Stimme fester und schärfer und stärker geworden, und Veronica haßte kaum etwas so sehr wie die Stärke anderer Leute. Ihr Leben lang hatte sie Dominanz gefürchtet, und genau deshalb hatte sie sich Seth geangelt. Sie wollte keinen Mann, der ihr sagte, wo's langging. Sie wollte einen Mann, dem *sie* sagte, wo's langging.

»Du willst keinen Ehemann«, hatte Seth an dem Tag gesagt, als er sie verließ. »Du willst einen kleinen Bruder.«

Veronica ließ sich wieder auf den Stuhl plumpsen und fummelte in ihrer Handtasche nach einer Zigarette. Auf einmal kam ihr das Tischfeuerzeug unnatürlich schwer vor. Inzwischen war am Hotelfenster gegenüber die Jalousie heruntergelassen worden. Sie wünschte den beiden alles Gute und paffte an ihrer Zigarette. Ich muß Seth kleinkriegen.

Allmählich begann sich Ida's Bar mit Cocktail-Gästen zu füllen. Seth und Pharoah hatten sich an einen Tisch zurückgezogen, und die Jukebox strapazierte ihre Lautsprecher. Die beiden Männer waren inzwischen vom Bier zu Martinis übergegangen, und Seth fühlte sich ausgesprochen wohl. Pharoah bediente sich kräftig an einer Schale mit Salzbrezelchen und mampfte genüßlich.

»Ich habe folgende Theorie«, sagte er und kaute gleichzeitig auf den Worten und einer Brezel. »Der Mord an Ben war nicht von langer Hand vorbereitet.«

»Möglich«, sagte Seth.

»Wahrscheinlich«, erwiderte Pharoah in hochoffiziellem Ton. »Sonst wäre sein Schreibtisch ausgeräumt gewesen, und wir hätten das Zeug nie gefunden. Oder die Wohnung wäre wenigstens in einem chaotischen Zustand gewesen. Und die Mordwaffe wäre kein Radio gewesen, sondern ein Messer oder eine Pistole. Oder man hätte ihm den Kopf unter Wasser gedrückt.«

»Das würde eine Frau als Täter ausschließen.«

»Nicht eine von Idas Kaliber.«

»Ach, das ist doch Quatsch!« schnaubte Seth. »Sie hatte doch mit Ben nichts zu tun.«

Pharoah schob die Brezelschale zu Seth hinüber, der sich eine wegnahm. »Ich behaupte ja auch gar nicht, daß sie es war, aber wer will behaupten, sie war es nicht? Ich habe dir ja bloß ein Beispiel gegeben.« Einen Moment lang war Pharoah ganz davon in Anspruch genommen, eingehend ein Mädchen zu mustern, das am Tisch vorbeiging, dann wandte er sich wieder Seth zu. »Sieh es doch mal ganz logisch. Wußte der Täter – wer immer es nun gewesen sein mag –, daß Ben Cat um diese Zeit ein Bad nehmen würde? Natürlich nicht. Du hast die Wohnungstür offengelassen, weil Ben dir gesagt hat, die Putzfrau kommt gleich. Aber die hatte einen eigenen Schlüssel. Und sie kam erst eine Stunde, nachdem er schon tot war, und sie sagt, sie kommt immer um diese Zeit zum Saubermachen.

Dem Gerichtsmediziner zufolge war Ben also etwa schon eine Stunde tot – irgendwann zwischen dem Zeitpunkt, als du gegangen bist, und dem, als die Putzfrau eintraf, hat jemand ihn umgebracht. Was bedeutet, er hat entweder in Wahrheit anderen Besuch erwartet oder jemand hat gehofft, ihn zu Hause anzutreffen. Wer dieser Jemand auch gewesen sein mag, ich denke, er oder sie war stinksauer. Du bist auf dem Weg hinaus nicht zufällig jemandem begegnet, den du kennst?«

»Keiner Menschenseele«, antwortete Seth und nippte an seinem Martini.

»Er ist etwa um zehn Uhr morgens gestorben.« Pharoah legte mit den Brezeln auf dem Tisch einen Plan aus. »Du sagst, du hast die Wohnung eine halbe Stunde vorher verlassen. Der Mörder muß gewußt haben, daß Ben Cat nach Mexiko fliegen wollte, und wollte ihn davor unbedingt noch erreichen. Das schränkt die Liste der Verdächtigen schon gewaltig ein, weil wahrscheinlich nicht sehr viele Leute über seine Pläne so genau Bescheid wußten. Vielleicht hat der Täter schon in der Nähe rumgehangen und darauf gewartet, daß du dich endlich verziehst. Aber andererseits wäre das eher unwahrscheinlich, wenn Ben gesagt hat, du sollst die Tür offenlassen.«

»Reichlich verzwickt«, bestätigte Seth und überlegte dabei, ob er sich noch einen Martini gönnen sollte.

»Trinken wir noch was«, meinte Pharoah, schnippte mit den Fingern nach dem Kellner und löste damit Seths Problem. »Also –« Pharoah seufzte tief – »wer außer dir könnte gewußt haben, daß Ben wegfahren wollte? Wahrscheinlich Hurst und seine Squaw. Wahrscheinlich deine biestige Ehefrau –« Seth entging die Betonung des Wortes »biestig« durchaus nicht – »und vielleicht Moishe, der Bartender, denn am Abend davor hat Ben sich hier besoffen. Demzufolge käme eventuell auch Ida in Frage. Und möglicherweise die dicke Einsiedlerin Ella Hurst, die nicht im Telefonbuch steht. Wie können wir sie erreichen?«

»Tja …« Seth warf einen durstigen Blick auf die Drinks, die der Kellner vor sie auf den Tisch stellte. »Das ist immer ein höchst mühsames und langwieriges Unterfangen.«

»Genau wie die Lösung eines Mordfalls.«

»Ada und Mrs. Bergheim könnten auch Bescheid gewußt haben.«

»Worüber?«

»Über Bens Reise nach Mexiko.«

»Zurück zu Ella Hurst.«

Seth nahm einen Schluck von seinem frischen Martini. »Tja, Pharoah Love, zuerst mal schickt man ihr ein Telegramm, in dem man erklärt, worum es geht, und einen Anruf erbittet. Dann muß man in der Nähe eines Telefons bleiben, bis sie sich irgendwann dazu durchringt, die entsprechende Nummer zu wählen – falls sie sich überhaupt dazu entschließt.«

»Warum rufen wir sie nicht einfach direkt an?« Das »Wir« vermittelte Seth ein angenehmes Gefühl von Geborgenheit. »Ihre Nummer steht in Bens kleinem schwarzen Buch.«

»Sie geht nicht ans Telefon. Sie geht auch nicht an die Tür. Niemand überrumpelt Ella.«

»Dann schick ihr jetzt gleich ein Telegramm. Das kriegt sie in einer Stunde. Darin bittest du sie, sich morgen nachmittag mit uns zu treffen.«

»Willst du dich nicht lieber allein mit ihr treffen?«

»Ich hab' keine Geheimnisse vor dir, Cat.« Die Stimme war warm und freundlich, als striche Pharoah Seth sanft über den Kopf.

»Okay«, sagte Seth, schon im Aufstehen, »ich hole schnell ein bißchen Kleingeld und gebe das Telegramm auf.«

Kapitel 7

»Oh, meine heilige Mutter! Oh, meine gesegnete, heilige Mutter!« Hurst rang flehend die Hände und schlug die Augen zur Decke auf, als sei dort ein Bild seiner Mutter zu sehen. »Der Mann ist verrückt geworden! Vollkommen übergeschnappt!« Die Decke mußte unbedingt renoviert werden. »Kann man ihn denn nicht irgendwie aufhalten?« Hilfesuchend blickte er von Adam zu Veronica. Adam lag ausgestreckt auf dem Boden und machte Atemübungen. Veronica beobachtete, wie sich sein Brustkorb hob und senkte, und überlegte, wie er wohl im Bett war.

»Veronica!« forderte Hurst empört die ihm gebührende Aufmerksamkeit ein.

Widerstrebend riß sie den Blick von Adam los, lehnte sich in die Couch zurück und kickte die Schuhe von den Füßen. Auch Adam richtete sich auf, holte tief Luft, machte einen Überschlag auf die Füße, und Veronica applaudierte.

»Zeit für einen Drink«, sagte Adam und ging zur Bar.

»Gib mir einen von den subtileren Brandys«, befahl Hurst.

»Scotch und Soda«, orderte Veronica.

Rasch führte Adam die Bestellungen aus, dankbar für die Stille, die sich über das Zimmer gesenkt hatte. Konnte Seths Buch ihnen wirklich schaden? Über sich selbst machte er sich keine großen Sorgen. Er ging fest davon aus, daß er Jameson als Einnahmequelle nicht verlieren würde, solange er selbst bei ihm bleiben wollte. Aber was war mit Ella? Womöglich war sie die Bombe, die plötzlich losgehen konnte, und er wußte, das beschäftigte Jameson am meisten.

»Vielleicht gibt es eine juristische Möglichkeit, ihn zu hindern.« Hurst zog seinen Kimonogürtel fest und starrte aus dem Fenster über den Garten und das Gewächshaus, obwohl er genau wußte, daß es da keinen Lieutenant Pinkerton zu sehen gab. Beim Anblick des Gewächshauses fiel ihm etwas ein, und er stöhnte: »O Gott.«

»Was ist denn jetzt schon wieder?« fragte Adam, der gerade die Drinks verteilte.

»Das blöde Gewächshaus!« rief Hurst. »Die Peyote-Kakteen, die ich dort züchte!«

Wie von der Tarantel gestochen setzte sich Veronica auf. »Vernichten Sie das Zeug, um Himmels willen!«

»Aber es sind die letzten!« jammerte Hurst. »Ben wollte nach Mexiko, um mehr zu holen.«

»Du brauchst sie nicht«, meinte Adam schlicht. »Peyote macht nicht abhängig.«

»Sag mir nicht, was ich brauche und was nicht! Mir gefällt die Wirkung.« Sein Gesicht nahm einen geradezu verzückten Ausdruck an. »Zehn wunderbare Stunden hemmungsloses Technicolor-Spektakel. Sag mal«, wandte er sich plötzlich mit einer hysterischen Stimme an Adam, »was ist eigentlich mit deiner Familie in New Mexico? Könntest du sie nicht dazu kriegen, uns ein Care-Paket zu schicken?«

»Vergiß es!« Adams Stimme klang scharf wie ein Tomahawk.

»Was ist mit Seth?« warf Veronica ein.

»Oh, wie ich die Realität hasse.« Hurst seufzte tief. »Seth.« Nachdenklich fixierte er den Perserteppich. »Selbstverständlich wird es eine Ewigkeit dauern, bis er mit seiner Schreiberei auch nur halbwegs fertig ist.«

»Machen Sie sich da bloß nichts vor.« Veronica stellte ihren Drink auf den Couchtisch. »Wenn er erst mal in Fahrt ist, schreibt er wie ein Verrückter. Und egal, wie gut, schlecht oder mittelmäßig das Buch wird – jeder Verlag in der ganzen Stadt wird sich um Seth reißen.«

»Sie glauben doch nicht, daß es im Ladies Home Journal als Serie veröffentlicht wird, oder?«

»Jameson!« Das Entsetzen in ihrer Stimme belustigte ihn.

»Na ja, was soll ich tun, Veronica, wollen Sie, daß ich mir Ihren Ehemann kaufe?« Sie überlegte. »Glauben Sie, er ist käuflich?« fuhr Hurst fort. »Andererseits – selbst wenn die ganze Geschichte auf den Titelseiten explodiert wie ein Feuerwerk, was spielt das für eine Rolle?«

»Sie haben doch Beziehungen. Bestimmt könnten Sie zur Polizei gehen und die besonders unangenehmen Details unterdrücken lassen.«

»Ja, ja, ja, alles ist möglich.« Er fuhr sich mit den Fingern durch die flachsfarbenen Haare. »Aber der Schwarze macht mir Sorgen. Pharoah Love, so ein Name! Die Archäologenexpedition, die den ausgegraben hat, möchte ich zu gerne abservieren. Tja –« er seufzte – »einen letzten Hoffnungsschimmer gibt es noch.«

»Und der wäre?« fragte Veronica eifrig.

»Ella.« Darauf hatte Adam nur gewartet.

»Was könnte Ella tun?«

»Meine liebe Veronica, unter bestimmten Umständen kann Ella Wunder bewirken. Das wissen Sie doch, Schätzchen.«

Adams Stimme war so gedämpft, daß es beinahe ein Schock war, als er sich plötzlich einmischte. »Ich dachte, du wolltest sie da raushalten.«

»Zu spät«, meinte Hurst. »Der Detective hat sie bei der Beerdigung gesehen. Garantiert wird er sich mit ihr treffen wollen, und einer solchen Herausforderung kann Ella nicht widerstehen. Schließlich stand sie Ben in vieler Hinsicht näher als ich. Sie hat Spielchen mit ihm gespielt, und darauf war Ben ja immer ganz scharf. Er gehörte zu den wenigen Menschen, die Ella wirklich verstanden haben und zu schätzen wußten. Ella wird mit diesem Detective-Typen fertig, und ich denke, auch mit Seth. Ich werde sie sofort aufsuchen!«

»Müssen Sie ihr auch immer erst ein Telegramm schikken?« fragte Veronica und kräuselte spöttisch die Nase, »oder haben Sie ein geheimes Klopfzeichen vereinbart?«

»Ich rufe leise durchs Schlüsselloch. Das haben wir schon gemacht, als wir noch Kinder waren – wenn unser Vater uns in getrennte Zimmer gesperrt hat –« Seine Stimme wurde hart. »Er hat immer versucht, uns zu trennen. Aber wir waren unzertrennlich. Ella haßt mich aus tiefstem Herzen, aber sie wird nie das Band zerstören, das uns verbindet. Es ist einfach unzertrennlich.«

Inzwischen hatten Seth und Pharoah ihr Abendessen in Ida's Bar beendet und waren bei den Stingers angelangt. Es war schon nach zehn, und mehrere Paare tanzten Twist.

»In diesem Winter unsrer Diskothek ...«, murmelte Seth.

Pharoah sah auf die Armbanduhr. »Spielst du heute abend noch Richard III.?« Seine Augen glitzerten. Seth lachte.

»Ich glaube, heute werde ich nicht singen. Ich brauche einen klaren Kopf, wenn ich morgen Bens Papiere durchsehe. Wann treffen wir uns eigentlich?«

»Oh, um die Mittagszeit. Mit Moishe brauche ich mich wahrscheinlich nicht allzulange zu befassen«, meinte er mit einem Kopfnicken in Richtung Bartender.

»Bist du sicher, daß nichts aus Bens Wohnung verschwunden ist, ehe ihr dort gewesen seid?«

»Ziemlich. Alles war sehr sauber und ordentlich. Ein hektischer Mörder hätte das Apartment hinterlassen wie Indien nach dem Monsun. Nein, Cat, der Mörder ist in größter Eile wieder verschwunden.«

»Ich frage mich, warum.«

»Ich erzähl dir's irgendwann mal.« Pharoah gähnte herzhaft. »Glaubst du, unsere Ella Cat schleicht schon ums Telefon rum und überlegt sich, ob sie wählen soll oder nicht?«

»Hör mal, wenn du müde bist, dann geh ruhig heim. Ich kann gut allein auf den Anruf warten.«

»Willst du 'ne Weile allein sein, Cat?«

»Wenn ich allein sein wollte, würde ich es dir sagen.«

»So sollte das zwischen uns auch sein, Cat.« Er klopfte mit den Fingern leise auf den Tisch. »Alles kommt auf den Tisch.«

»Womöglich widme ich dir noch das Buch.«

»So was würde mir echt guttun.« Eine der Tänzerinnen stolperte gegen Pharoah, eine zierliche, etwa zwanzigjährige Blondine.

»Himmel«, sagte sie, während er ihr hochhalf. »Tut mir echt leid.«

»Keine Ursache, war mir ein Vergnügen.«

»Ach ja?« gurrte sie. »Wo ist Ihr Hotel?« Aber ihr Partner grapschte sie an der Hand und zerrte sie ins Getümmel zurück, ehe Pharoah antworten konnte.

»Süße kleine Braut«, bemerkte Pharoah. »Magst du den Typ?«

»Zu blond, zu mager, zu jung.«

Pharoahs nächster Satz schien irgendwie aus der Luft herabzuschweben, als habe er dort schon seit Stunden auf Landeerlaubnis gewartet. »Wird deine Veronica Cat eigentlich schnell wütend?«

»Sie spuckt, kratzt und beißt wie die meisten Katzen.« Er verbiß sich ein »Warum« und wartete erst mal ab.

»Schmeißt sie auch manchmal Sachen durch die Gegend?«

»Beispielsweise Radios?«

Gerade als Pharoah antworten wollte, klingelte das Telefon.

Fast eine Stunde verbrachte Ella damit, Seths Telegramm zu studieren. Sie saß in einer Ecke ihrer engen Wohnung, in dem Ohrenbackensessel, der einst ihrem Vater gehört hatte. Als sie ganz klein war, hatte er sie auf den Schoß genommen, sie auf seinen Knien reiten lassen oder sie geknuddelt, bis das Kindermädchen auftauchte und sie zurückforderte. Inzwischen hatte der Sessel dringend eine Generalüberholung nötig, genau wie Ella selbst.

Das Telegramm lehnte an einer Lampe auf dem Tisch neben ihr. Ella kicherte in sich hinein. Durch den schwarzen Schleier vor ihrem Gesicht wirkte das ohnehin nur schwach erleuchtete Zimmer noch schummriger. Das war ganz nach Ellas Geschmack, hier war Ellas Welt, und die verlangte gedämpftes Licht, ein verschleiertes Gesicht, einen grotesk fetten Körper, schwarze Handschuhe, meterlange purpurrote Perlenschnüre und Räucherstäbchen bis zum Umfallen. Das Zeug verbrannte in einem Schälchen zu Füßen des elfenbeinernen Buddha.

Sie schlürfte ihren Brandy und starrte auf das Telefon.

Sollten sie ruhig noch ein bißchen warten. Sollten sie doch ungeduldig werden. Sollten sie sich quälen, bis sie stöhnten, weil sie sich so sehr nach einem Anruf von ihr sehnten.

Dieser Schwachkopf von Jameson. Kein Wunder, daß Daddy ihn gehaßt hat. Was für ein affektiertes, albernes Balg er gewesen war! Wenn er sich wenigstens bemüht hätte, sich wie ein kleiner Mann zu benehmen, statt vor Daddy herumzukaspern wie eine gruselige Imitation von Mama. Dann wäre unsere Kindheit vielleicht etwas erträglicher gewesen. Die arme Mama. Die liebe Mama. Mit sechsundzwanzig gestorben. Wie schön sie war. War sie wirklich schön gewesen? Ella war gerade mal fünf Jahre alt, als Mummy aus dem Fenster ihres Landhauses stürzte und sich auf der Veranda das Genick brach. Sie hatte auf dem Sims gesessen, Ellas flachsfarbene Haare gebürstet und dabei gesungen: »Heute ist Ellas Tag, heute ist Ellas Tag.« Aber auf einmal hatte sie das Gleichgewicht verloren und war nach hinten gekippt. An dem großen Fenster in Mamas Zimmer gab es kein Sicherheitsgeländer. Sie hatte gern auf dem schmalen Sims gesessen und zu Daddy hinuntergerufen. War es an jenem Tag auch so gewesen? Hatte sie sich zu weit hinausgebeugt? Ella konnte sich nicht daran erinnern. Es war alles so schnell gegangen.

»Wenn ich eine Frau möchte«, hatte Daddy wütend geschrien, als Jameson auf Mummys hohen Absätzen und mit ihrem breitkrempigen Hut auf dem Kopf hereinstolziert kam, »dann kauf' ich mir 'ne neue!« Und dann hatte er ihm die Tür vor der Nase zugeschlagen. Geschah dem kleinen Scheißer ganz recht. Wie lange war das jetzt her? Sechzig Jahre? Wirklich schon? Ich sehe aus wie hundert. Jameson wie vierzig, und er hat auch die Narben, die es beweisen.

Der blöde Jameson. Schönheit bleibt immer jung. Gesichtsoperationen und Hormonspritzen. Warum nur muß er so würdelos altern? Wie wir einander hassen! Wie wir einander brauchen! Wer hat uns dieses schreckliche Schicksal auferlegt? Warum habe ich nie geheiratet?

Sie nahm das Telegramm und las es noch einmal durch. Die Großvateruhr im Korridor schlug elf. Ella sah zum Telefon hinüber. Zeit, daß sie sich aus dem Stuhl hievte. Dieser Fleischberg! Diese häßliche Fettschicht! Diese Mauer, die ich um mich errichtet habe, Jahr für Jahr, Schicht um Schicht. Langsam schlurfte sie zum Telefon, das Telegramm in der rechten Hand. Dann zupfte sie den Schleier zurecht, um die Ziffern besser erkennen zu können, und wählte. Die Stimme am anderen Ende sagte: »Guten Abend, hier Ida's Bar.«

Seth und Pharoah beobachteten, wie Ida ans Telefon ging. Sie sahen, wie sie »Ja« sagte, sich dann umdrehte und Seth zu sich winkte.

»Bingo, hoffe ich«, meinte Pharoah, während Seth aufstand.

»Hallo?«

Ellas Stimme war hoch und schrill.

»Morgen um vier«, sagte sie nur, und damit war das

Gespräch beendet. Seth legte den Hörer auf und kam zum Tisch zurück.

»Okay, Pharoah Love.« Er setzte sich und nahm seinen Drink. »Morgen um vier treffen wir uns mit Ella.«

»Sollen wir irgendwas Besonderes anziehen?«

»Ein Pokerface reicht.«

Schon wieder wackelte die kleine Blonde mit dem Hintern ein paar Zentimeter vor Pharoahs Gesicht herum; er überlegte schon, ob er sie kneifen sollte, doch dann fiel ihm rechtzeitig wieder ein, daß er ja hinter etwas viel Wichtigerem her war.

»Ich sollte dich vielleicht lieber ein bißchen auf das vorbereiten, was dich erwartet.« Pharoah rückte seinen Stuhl näher zu Seth. »Werd bloß nicht bleich, wenn du die Wohnung betrittst. Sie wurde von den Brüdern Collier eingerichtet. Überall stinkt es bestialisch nach Räucherstäbchen und nach Fettsucht. Ella sitzt in einer Ecke in einem uralten Ohrenbackensessel. Sie nimmt den Schleier nie ab, und zu trinken hat sie nur Brandy im Haus. Alles ist für uns bereitgestellt, wenn wir ankommen. Sie rührt sich nicht aus dem Sessel, weil das zu anstrengend für sie wäre. Ihre Stimme ist furchtbar schrill – so hoch, daß ich manchmal denke, nur Vögel und Hunde können sie hören.

Punkt vier öffnet sich für uns die Tür. Wir sitzen auf der Couch mitten im Zimmer. Die Vorhänge sind zugezogen, das Zimmer ist nur schwach erleuchtet.«

»Sieht sie was durch den Schleier?«

»Manchmal glaube ich, sie sieht auch durch eine Mauer. Sie hat einen scharfen Verstand und eine noch schärfere Zunge. Und wenn sie dich nicht mag, merkst du das ziemlich schnell.«

»Trotzdem ist sie zu Ben Cats Beerdigung gekommen.«

»Frag mich nicht nach Ellas Beweggründen. Ich bin ihr nur ein paarmal begegnet und immer wegen Ben. Sie hat ihn abgöttisch geliebt. Auch das kann ich nicht erklären.

Ben war meistens ziemlich ausweichend, wenn ich ihn auf Ella angesprochen habe. Ich weiß nur, daß sie eine alte Jungfer ist und sich vor etwa fünfzehn Jahren ins selbstgewählte Exil zurückgezogen hat, nach einem Unfall irgendwo im Ausland. Dabei wurde ihr Gesicht zerstört. Sie ist mit Jameson hierher zurückgekommen.«

Verwundert blickte Pharoah ihn an. »Wie lange haben die beiden im Ausland gelebt?«

»Ungefähr zwanzig Jahre, glaube ich.«

»Sogar während des Krieges?«

Seth setzte seinen Stinger ab. »Eine Weile waren sie in Südspanien, dann in der Schweiz, dann in Portugal. Und Ella haßt ihren Bruder. Das wird sie dir sehr schnell klarmachen. Sonst noch was?«

»Nein. Den Rest des Stückes kapier' ich bestimmt, wenn der Vorhang sich hebt.« Wieder unterdrückte er ein Gähnen. »Cat, ich bin müde. Ich glaube, ich zieh' mich zurück. Soll ich dich heimfahren, oder bleibst du noch?«

»Ich bleib' noch 'ne Weile.« Pharoah winkte dem Kellner, wobei er mit den Lippen das Wort »Zahlen« formte.

Aber Seth schüttelte den Kopf. »Vergiß es, heute bin ich dran.«

»Nein danke, Cat. Ich zahle selbst.«

»Ich hab' doch gesagt, ich bin dran.« Der beharrliche und leicht irritierte Ton in Seths Stimme ärgerte den Detective. »Ich bin flüssig. Ich hab' heute ein paar Nachzahlungsschecks einkassiert.«

»Okay, Cat. Wenn du darauf bestehst.« Irgendwie kam es Seth so vor, als habe er zu schnell nachgegeben. Er wußte, daß Pharoah hinter einer Mauer aus Sturheit und Stolz lebte, und schon allein Seths Geste schien ihm peinlich zu sein. Soll er sich daran gewöhnen, dachte Seth. Setz deine Grundsätze in die Praxis um, Pharoah Love. Geben und Nehmen. Halb und halb. Du bist dein eigener Herr, ich meiner. Und das solltest du lieber von Anfang an kapieren.

»Dann bis morgen.« Pharoah zwinkerte ihm zu und verließ den Tisch. Als er an Ida vorbeikam, wünschte er ihr eine gute Nacht, warf Ward einen vielsagenden Blick zu und blinzelte zu der kleinen Blonden hinüber. Sie belohnte ihn mit einem Lächeln, während ihr Begleiter ihm wütend nachstarrte.

Ida setzte sich zu Seth. Ihr Gesicht sah aus wie ein Stück Einwickelpapier, auf das jemand mit einem dicken Stift gemalt hatte. »Ich hab das Gefühl, ich krieg 'ne Darmgrippe.«

»Laß dir doch von dem keine Angst einjagen«, meinte Seth und hob sein leeres Glas, so daß der Kellner es sehen konnte.

»Die Kneipe ist alles, was ich habe, Seth.« Er tätschelte ihr die Hand. »Du weißt, was passiert, wenn sie dir in dieser Stadt auch nur einmal die Lizenz entziehen. Man hat ewig die Behörde auf dem Hals, und es ist nahezu unmöglich, 'ne neue zu kriegen. Soviel Kraft hab' ich nicht mehr.«

»Es wird nichts passieren, Ida. Wenn du ihn näher kennen würdest, wüßtest du, daß er ein netter Kerl ist.«

»Bullen interessieren sich nicht für Nettigkeit, wenn sie im Job sind. Ich hab' ihn mit meiner Geschichte nicht überzeugt. Er weiß, daß ich wußte, was Ward getrieben hat. Ich hab' ihn durchschaut.«

»Ich wollte, ich könnte das auch von mir sagen.«

Ida starrte in sein sympathisches, müdes Gesicht. Irgend etwas hatte sich verändert. Seine Wangen waren nicht mehr schlaff. Jetzt wirkten sie eher ein wenig hohl, die Kiefermuskeln angespannt.

»Er scheint dich zu mögen.«

Der Kellner brachte frische Drinks; Seth lehnte sich zurück und lächelte Ida an. »Das letztemal, als das jemand zu mir gesagt hat, war Ben gemeint. Momentan hab' ich mit ›mögen‹ eigentlich nichts mehr am Hut.«

»Ach, komm schon. Ich weiß, du wirst mit ihm fertig. Er respektiert dich. Deshalb könntest du vielleicht – vielleicht ein gutes Wort für mich einlegen – weißt du, was Nettes über mich einfließen lassen, wie ...«

»Er wird deine Kneipe nicht antasten, Ida. Das garantier' ich dir.«

Voller Zuneigung kniff sie ihn in die Wange. »Für mich bist du einer der nettesten Jungs der Welt. Falls du je mal Lust hast, es mit mir zu machen, Baby, brauchst du bloß 'ne deutliche Spur zu hinterlassen, ich finde dich dann schon.«

Innerhalb von fünf Stunden zerbrach Ward sieben Gläser, schnitt sich einmal in den Finger, gab unabsichtlich drei Kunden zuwenig Wechselgeld und vergaß bei zweien das Kassieren ganz. Er wußte, daß er sich die ganze Nacht damit um die Ohren schlagen würde, sein Treffen mit Pharoah zu proben. Das Problem war nur: Selbst wenn er seinen Text bis morgen früh um zehn auswendig konnte, woher sollte er wissen, welche Stichworte Pharoah ihm geben würde? Vielleicht war das die Strafe dafür, daß er nicht auf Bens Beerdigung gewesen war. Entweder das, oder es war wegen dieses Mädchens in Bennington, das er gebumst hatte. Aber er hatte Ben in den letzten zwanzig Jahren oft genug seinen Respekt erwiesen. Am Sonntag würde er den Bergheims einen Besuch abstatten – falls er noch auf freiem Fuß war. Er zerbrach das nächste Glas.

Ida starrte wütend zur Bar und zischte Seth aus dem Mundwinkel zu: »Dieser blöde Idiot kostet mich allmählich mehr, als er wert ist. Warum packst du mich nicht bei den Haaren und entführst mich aus dem ganzen Schlamassel? O je!«

Seth blickte auf. Gerade kam Veronica mit Adam Littlestorm zur Tür herein. Sie entdeckte Seth sofort und stieß Adam an. Er lächelte und winkte. Seth zwinkerte ihnen zu und verschränkte die Arme vor sich auf dem Tisch, während Veronica sich mit Adam im Schlepptau einen Weg durch die Tanzenden bahnte.

»Ich kann sie auch nach hinten bringen«, bot Ida an.

»Nein, nicht nötig«, entgegnete Seth. »Ich krieg' das schon hin.«

»Na«, zirpte Veronica, »wo ist denn dein dunkler Freund?«

»Ich dachte, du sprichst nicht mit mir«, gab Seth zurück.

Sie lächelte etwas schüchtern. »Du weißt doch, ich kann nie lange sauer auf dich sein.« Sie glitt auf den Platz neben ihm, und Adam setzte sich zu Ida.

»Wie geht's Mr. Hurst?« erkundigte sich Ida.

»Alles okay«, antwortete Adam. Ein Kellner erschien, um die Bestellungen aufzunehmen. »Das gleiche?« fragte Adam Veronica. »Zwei Scotch mit Soda. Seth?«

»Momentan nichts, danke. Wo ist Jameson?«

»In seiner eigenen Welt.«

»Er ist bei Ella«, fauchte Veronica, »und gräßlich aufgeregt wegen des Buches.«

»Was für ein Buch?« wollte Ida wissen.

»Hat er es Ihnen nicht erzählt?« Sie ließ den Lippenstift in ihre Tasche plumpsen. »Er schreibt ein Buch über Ben Bentley.«

Ida dachte einen Augenblick nach. »Warum nicht?«

»Du bist klasse, Ida.« Seth lebte richtig auf. »Warum nicht, jawohl! Was soll das ganze Getue? Jeder interpretiert schon alles mögliche in das Buch hinein, dabei hab' ich noch nicht mal angefangen.«

»Als Schriftsteller hast du das nicht unter Kontrolle«, entgegnete Veronica brüsk. »Du brauchst einen Lektor, jemanden, der dir hilft, das Material zu formen, so, wie ich es immer für dich getan habe. Jemanden, der das Ganze strafft.«

»Du hast nicht gestrafft, du hast alles Wichtige rausgestrichen. Du kriegst niemals wieder was von mir in die Finger.«

»Du undankbarer Mistkerl!«

»Du solltest nicht so rumschreien, Veronica. Jedesmal wenn du das tust, blamierst du dich.« Seths Worte prasselten auf sie nieder wie eine kalte Dusche. Und er dachte nicht daran, den Hahn zuzudrehen. »Du findest ein perverses Vergnügen daran, Leute auf die Größe zurückzustutzen, die du für angemessen hältst. ›Das hab' ich für dich getan.‹ ›Jenes hab' ich für dich getan‹«, äffte er sie gnadenlos nach. »Du tust überhaupt nichts für andere Leute, es sei denn, es springt für dich unterm Strich ordentlich was raus.«

»Seth!« japste sie. Der Kellner stellte die Drinks auf den Tisch und zog sich hastig wieder zurück.

»Ich sage dir hier und jetzt, vor all diesen Zeugen: Wenn du weiter versuchst, mein Projekt dadurch kaputtzumachen, daß du mir angeblich dabei hilfst, dann gehst du mit ihm unter. Dieses Buch wird geschrieben, weil es die erste ehrliche Arbeit ist, die ich in meinem Leben gemacht habe.«

»Hu-huuuh«, kreischte Ida.

»Genau das sind die Sätze, die dringend redigiert werden müssen«, höhnte Veronica, die sich nicht so ohne weiteres geschlagen gab.

»Jeder Mensch müßte redigiert werden, Baby, jeder. Aber da mein Ehrgeiz dir anscheinend so furchtbar zu schaffen macht, kann ich dich vielleicht damit ein wenig beruhigen, daß ich dir sage, das Buch wird einfach nur eine Studie über einen Jungen werden, der den falschen Weg eingeschlagen hat. Ich will nur zeigen, warum es so gekommen ist. Es wird ein kurzes Buch, denn sein Leben war nicht besonders lang. Aber ich werde mich besser fühlen, wenn ich es geschrieben habe. Und, Sweetheart, ich hab' mich seit langer, langer Zeit nicht mehr gut gefühlt. Ungefähr seit zehn Jahren nicht mehr, glaube ich. Seit dem Tag, an dem ich gesagt habe: ›Ja, Liebling, ich will dich heiraten‹.«

Veronica sprang auf, kippte ihm ihren Drink ins Gesicht, schnappte ihre Handtasche, stieß ihren Stuhl zurück und stürmte aus dem Lokal.

Seth war ausgesprochen zufrieden mit sich. Die Situation war ihm in keinster Weise peinlich.

Nachdem Pharoah Ida's Bar verlassen hatte, setzte er sich hinters Steuer seines Wagens und war plötzlich zu müde, um den Zündschlüsel umzudrehen. Wohin führt mich dieser Fall? fragte er sich. Diese »Yellow Brick Road«, der ich folge, wird mich nicht zum Zauberer von Oz führen, auch wenn ich schon den feigen Löwen, den Blechmann, die Vogelscheuche und eine Hexe getroffen habe. Was geschieht, wenn ich am Ende des Weges das vorfinde, was ich vermute? Ich war ein guter Cop, und ich glaube, ich bin ein guter Detective. Ich hab's aus eigener Kraft geschafft. Niemand hat mir geholfen. Niemand hat meinetwegen gekungelt. Aber es hat sich mir auch niemand in den Weg gestellt. Ich habe einen Jaguar, als erster von allen in meinem Block. Und in ein paar Jahren ist er abbezahlt. Zeit, ihn in Zahlung zu geben, ihn auszutauschen.

Eine Menge Dinge müßten gegen andere ausgetauscht werden. Schutz gegen Informationen. Stolz gegen Zuneigung. Einsamkeit gegen Liebe. Unterwürfigkeit gegen Dominanz. Ob alle bereit sind mitzumachen? Ich sollte Seth Cat nicht zu sehr mögen, aber er beeindruckt mich, er rührt mein Herz. Was bin ich für ihn – bis jetzt? Er ist ein Verdächtiger in meinem Mordfall. Der verdammte Idiot! Womöglich wird das sein letztes Buch.

Ich könnte es brauchen, daß jemand mir etwas widmet.

Ich mag diesen Cat zu sehr. Ich hab' viel zu lange niemanden mehr richtig gemocht. Ich brauche jemanden, um den ich mich kümmern kann. Ich bin vierzig. Ich hätte gern ein Mädchen, aber ich hab' gesehen, was meine Leute einander angetan haben. Himmel noch mal!

Ein Taxi bog um die Ecke, und er sah Veronica und Adam aussteigen. Warum hat Seth mir nicht erzählt, daß die beiden auch vorhatten zu kommen? War er deshalb so erpicht darauf, daß ich mich verziehe? Scheiße. Vielleicht weiß er aber auch gar nichts von ihrem Auftauchen. Hatte Veronica vorhin nicht mitten im Gespräch aufgelegt? Vor fünf Stunden. Ansonsten war er nur am Telefon gewesen, um Ellas Anruf entgegenzunehmen. Warum interessiert es mich, was er tut oder läßt?

Veronicas Mund stand keine Sekunde still, während sie mit Adam an dem Jaguar vorbeiging, ohne Pharoah zu bemerken.

Ein echtes Biest, diese Veronica. Aber mein Freund wird sich schon zu wehren wissen. Jetzt endlich drehte er den Zündschlüssel, der Motor sprang an und schnurrte los. Pharoah legte den Gang ein und fuhr langsam davon.

An Seths Tisch war die Ordnung wiederhergestellt. Er hatte sich das Gesicht gewaschen, die Haare gekämmt, und vor ihm stand ein frischer Stinger. Ida war wieder an die Bar zurückgekehrt, und Adam erwies sich als sehr angenehme Gesellschaft.

»Früher auf der High-School in New Mexico war ich ein vielversprechender Sportler«, erzählte er gerade. Er war bereits beim dritten Scotch angelangt. »Ich hab' sogar von den Olympischen Spielen geträumt. Aber leider ist es ganz anders gekommen. Also bin ich weg von zu Hause und hab' mich auf den Weg nach Osten gemacht.«

Die kleine Blonde auf der Tanzfläche verlor allmählich alle Hemmungen, und Ida überlegte, ob sie eingreifen und sie zurechtweisen sollte. Je weniger Adam sie beachtete, desto wilder verrenkte sich die Kleine. Doch Adam genoß es, Seths ungeteilte Aufmerksamkeit zu bekommen, denn ungeteilte Aufmerksamkeit bekam er äußerst selten.

»Ich hab' Sommer und Winter in den entsprechenden Touristenfallen gearbeitet. Dann bin ich einem Mädchen begegnet, und die hat mich gefragt, ob ich sie nach New York fahren könnte. Die Fahrt war anstrengend, in mehr als einer Hinsicht, aber das Mädchen hat mir hundert Dollar gegeben, als wir hier ankamen, und mir gesagt, ich soll ihren Namen vergessen.« Er lachte leise. »Mann, war die ein Flittchen! Langweile ich Sie?«

»Überhaupt nicht«, sagte Seth.

»Dann hab' ich im Village gekellnert. The Hungry Poodle. Kennen Sie das Lokal?«

Seth kannte den »Hungrigen Pudel« sehr gut. Ein Zufluchtsort für Werbeleute, Regisseure, Produzenten, Schauspieler und Banker, die sich gern mal gehenlassen wollten.

»Haben Sie je von Rod Monks gehört?«

»Ich hab' mal ein Fernsehskript für ihn verfaßt.«

»Tja, er war der erste, der mich bequasselt hat, Masseur zu werden.« Er schnaubte verächtlich. »Also hab' ich ihn massiert, dann einen anderen und so weiter. Ich habe gut verdient und gut gelebt, und alles andere war mir egal. Und als Jamie merkte, daß Ben, dieser Mistkerl, klammheimlich aus seinem Leben verschwand, da hat er mich als Ersatz geholt. Inzwischen hab' ich den alten Scheißkerl richtig ins Herz geschlossen. Mann, wenn die Leute im Reservat jemals Wind davon kriegen! Als der kleine Pisser mir einmal damit gedroht hat ...«

»Ben?«

»Wer sonst? Junge, hab' ich dem eine gescheuert.«

Also das ist damals passiert, dachte Seth.

»Laß mich in Frieden, ja?« Ben lag auf der Couch und preßte sich ein rohes Steak aufs Auge. »Es ist schlimm genug, daß ich den Model-Job morgen verpasse.«

»Ich dachte, du läßt dich nie in Schlägereien verwickeln«, beharrte Seth, während er darauf wartete, daß das rote Licht am elektrischen Perkulator anging.

»Ach, um Gottes willen! Das war keine Schlägerei. Ich bin bei Ella gestolpert und gegen den Türknauf geknallt. Ist der verdammte Kaffee immer noch nicht fertig?«

Die kleine Blonde veranstaltete ein Riesengezeter, als Ida sie und ihren Begleiter vor die Tür beförderte. »Haut bloß ab«, schrie sie ihnen nach, »sonst hol' ich die Bullen!« Ward zerbrach schon wieder ein Glas.

»Also waren Sie es, der Ben damals das Veilchen verpaßt hat.«

»Es wär bestimmt nicht bei dem einen Mal geblieben, aber –« Adam kicherte – »Ella hat mir gesagt, ich soll die Finger von ihm lassen. Diesen kleinen Kläffer kriegte man einfach nicht los. Na ja, ich denke, jetzt hat er sich endgültig verabschiedet. Junge, ich hätte Ihnen am liebsten einen Orden geschickt, als ich hörte, wie er Jameson erzählte, daß Sie beide sich getrennt hatten. Sie sind so ein netter Mensch, Seth. Wirklich. Wieso haben Sie sich mit so 'ner Laus überhaupt eingelassen?«

»Warum haben *Sie* sich mit ihm eingelassen?«

»Warum wußte ich nur, daß Sie genau das fragen würden?«

»Wann haben Sie Ben zum letztenmal gesehen?«

»Wenn es wichtig wäre, würde ich mich daran erinnern. Aber es ist nicht wichtig. Der arme Jamie. Er wird ihn furchtbar vermissen. Sein Vorrat an Peyote ist schrecklich geschrumpft.«

»Haben Sie ihn darauf gebracht?«

»Scheiße, nein. Er hat es in Mexiko entdeckt, als er 1962 mit Ben dort war. Mit mir hat das nichts zu tun, ich hasse das Zeug. Als ich klein war, hat mein Vater es genommen. Aber wenigstens war es da Teil eines religiösen Rituals. Er war Mitglied einer Sekte, bei der das Kauen von Peyote zur religiösen Zeremonie gehört. Aber dann hat meine Mutter beschlossen, Protestantin zu werden, weil ihr die Orgelmusik in der Kirche so gut gefiel. Da wurde er ebenfalls Protestant, genau wie ich und meine Geschwister.« Adam grinste. »Wir sind acht Kinder. Meine Mutter ist ziemlich ausgelaugt.« Er trank einen Schluck. »Seit ich bei Jamie wohne, versuche ich, ihn von dem Zeug loszueisen. Aber dieser kleine Scheißkerl von Ben hat ihn immer wieder bequasselt. Na ja, jetzt wird ihm bald gar nichts anderes übrigbleiben als aufzuhören.« Er seufzte. »Vermutlich findet er schnell was anderes. Noch einen Drink?«

»Nein danke.«

»Ich will auch nichts mehr. Sie haben 's echt gut. Ich meine, Sie können schreiben. Ich hab' nichts, worauf ich zurückgreifen kann. Wenn ich Jamie verlassen würde, wüßte ich nicht, wohin. Eigentlich sollte ich auf die Abendschule oder so. Früher mal hab' ich gedacht, ich könnte vielleicht Maler werden. Als Kind war ich echt gut im Zeichnen. In der Schule war ich überhaupt unter den Besten. Scheiße. Glauben Sie, jetzt ist es zu spät?«

»Es ist nie zu spät, wenn man etwas wirklich will, Adam.«

»Wie sich jetzt beispielsweise alle über Ihr Buch ereifern! Mann, ich würde auch gern mal soviel Staub aufwirbeln. Aber ich bin zu ...« Er schnippte mit den Fingern. »Wie heißt das Wort noch mal?«

»Passiv.«

»Passiv.« Er klopfte sich Zigarettenasche vom Hemd. »Ich würde so gern wenigstens einmal etwas machen, wofür ich mich nicht schämen muß. Wissen Sie, was ich meine? Meinetwegen könnten dann alle sagen, es ist Scheiße, aber das wäre mir schnuppe, weil ich etwas getan hätte, worauf ich stolz wäre. Ahhh ...« Er wedelte mit der Hand, als wolle er böse Geister verjagen. »Ich hab' immer mitgekriegt, wie die anderen über Sie hergezogen sind – Jamie, Ben, Veronica ...« Seth spürte, wie ihm das Blut aus dem Gesicht wich. »Aber die lachen sowieso über jeden, der etwas macht, was sie nicht können.«

Über mich hergezogen ... Ben ...

»Aber Sie lassen sich überhaupt nicht beeindrucken, und das gefällt mir so an Ihnen. Sie schreiben dieses Buch, ganz egal, wer sagt, Sie sollen es nicht tun.« Er zwinkerte vielsagend. »Es wird ein tolles Buch. Das spüre ich hier drin.« Er schlug sich gegen die Brust. »Sie stehen 'ne ganze

Stufe über denen.« Wieder kicherte er. »Brauchen Sie 'nen guten Masseur? Kostenlos.«

Seth rang sich ein Grinsen ab. »Ich hab' in letzer Zeit genug Schläge bezogen.«

»Okay.« Adam lachte. »Aber falls Sie mal darauf zurückkommen möchten – vergessen Sie es nicht. Ich bin auf Ihrer Seite.«

Und ich brauche jede Hilfe, die ich kriegen kann, dachte Seth, und ich wollte, du wärst nicht so besoffen, dann könnte ich dich noch mal fragen, wann du Ben Bentley zum letztenmal gesehen hast.

Adam schüttelte heftig den Kopf und richtete sich auf. »Ich geh' jetzt lieber. Viel zuviel Feuerwasser!« Dann warf er den Kopf zurück und lachte schallend über seinen eigenen Witz.

Ida sagte zu Ward:

»Nichts mehr zu trinken für Tonto, sonst muß ich ihn noch raustragen lassen. Und laß bloß das Glas nicht fallen, um Himmels willen!«

Der Kellner brachte die Rechnung, und Seth legte ein paar Scheine auf den Tisch. »Komm, Adam. Ich rufe dir ein Taxi.«

»Gehn wir lieber in deine Wohnung und trinken noch was.«

»Heute nicht.« Seth half ihm auf die Füße. »Ich hab' morgen einen harten Tag vor mir und muß ins Bettchen.« Etwas unsicher erhob sich Adam und hielt sich vorsorglich an der Stuhllehne fest.

»Wow«, flüsterte er. »Das passiert jedesmal, wenn er Ella besucht. Vermutlich komm ich mit Ella einfach nicht zurecht. Die arme Ella.« Seth half ihm zur Tür hinaus und winkte unterwegs Ida und Ward zum Abschied zu.

Die Nacht war klar, und die kühle Luft erfrischte beide ein wenig. Seth winkte ein Taxi zu sich, und Adam stieg ein. Seth gab dem Fahrer die Adresse am Gramercy Park und steckte dann den Kopf noch mal durchs Rückfenster.

»Gute Nacht, Adam. Bis bald.« Adam tätschelte ihm die Wange, und Seth trat zurück, als das Taxi losfuhr. Dann überlegte er, ob er wohl fit genug war, die zehn Blocks bis zu seinem Apartmenthaus zu Fuß zurückzulegen.

»Ich hab' immer mitgekriegt, wie die über Sie hergezogen sind …«

Er wanderte los.

»Ich würde so gern wenigstens einmal etwas machen, wofür ich mich nicht schämen muß.«

Seth fühlte sich total verkrampft, überall. Er hätte eine Massage gut brauchen können.

Kapitel 8

Jameson stand am Fenster, hielt den Vorhang mit einer Hand zur Seite und tippte ungeduldig mit der Fußspitze auf den Boden. Unter seinem pfauenblauen, mit goldenen und roten Vergißmeinnicht bestickten Hausmantel aus Seide, der um die Taille mit einer Brokatschärpe gebunden war, trug er einen purpurroten Seidenpyjama. Seine Slipper waren orientalisch, grün und fuchsienrot, mit einem kleinen Glöckchen an der Spitze. Es fehlte nur noch ein Topf mit Gold zu seinen Füßen.

Voller Empörung beobachtete er, wie Adam in aller Ruhe den Taxifahrer bezahlte, nach seinem Schlüssel fummelte, das Tor aufmachte, es wieder zuschlug und dann über den verschlungenen Pfad zur Haustür schlenderte. Leise bimmelnd schritt Jameson zur Tür und öffnete sie. Adam stolperte herein und stieß dabei seinen Schlüssel in Jamesons Bauch.

»Uff! Du Tölpel!« Mit einem freundlichen, wenn auch etwas verschwommenen Lächeln richtete Adam sich auf, während Hurst die Tür zuknallte und ins Wohnzimmer entschwebte. Adam folgte ihm, zog unterwegs die Jacke aus und ließ sie auf den Fußboden fallen. Jameson drehte sich auf dem Absatz um, baute sich vor Adam auf, beide Hände in die Hüften gestemmt, und fragte in einem äußerst unangenehmen Ton: »Wo warst du?«

»Unterwegs.«

»Was hast du gemacht?«

»Nichts.« Er ließ sich auf die Couch plumpsen. Als sein Blick auf den wütenden Hurst fiel, glaubte er einen Augenblick lang, jemand hätte den Farbfernseher angelassen.

»Du warst mit Veronica im Bett!«

Adam stöhnte und legte den Kopf in den Nacken.

»Antworte mir!«

Mühsam setzte Adam sich auf. »Du bist eine alte Nervensäge.« Jameson schnappte nach Luft, packte einen Porzellanaschenbecher und schleuderte ihn gegen den Kamin. Adam beugte sich vor, das Gesicht in den Händen vergraben. Ganz langsam spreizte er die Finger, und ließ sein rechtes Auge hindurchschauen. »Kuck-kuck!«

»Ich warte hier seit Stunden! Du hast es nicht mal für nötig befunden nachzufragen, ob es mir gutgeht!« Adam fing an, auf den Couchtisch zu trommeln. »Hör mal, in diesem Land gibt es Telefone.« Adam faltete die Hände.

»Wie war's denn bei Ella?«

»Die war heute abend ein absolutes Wrack! In Tränen aufgelöst, als ich gegangen bin. Mir wäre es lieber gewesen, sie hätte sich in Säure aufgelöst!« Jameson stürmte zu einem Sessel hinüber und ließ sich hineinsinken. »Morgen nachmittag bekommt sie Besuch von Seth und diesem Detective.«

Plötzlich war Adam stocknüchtern. »Ist sie jetzt völlig übergeschnappt?«

»Ella kann sich um sich selbst kümmern. Das kriegt sie schon seit vielen Jahren ganz gut geregelt.«

»Ella sucht Ärger, Baby.«

»Davon lebt sie.« Er zündete sich eine Zigarette an.

»Ich wollte, du würdest endlich den Kontakt zu ihr abbrechen.«

Auf Jamesons Gesicht erschien ein böses Grinsen. »Du kannst Ella nicht leiden, weil sie Ben geliebt hat. Und dich mag sie nicht.«

»Weißt du, was ich tun könnte?« fragte Adam drohend. »Vielleicht erzähle ich Seth alles über Ella. Das würde dir wahrscheinlich nicht gefallen, oder?«

Jameson stieß den Rauch durch die Nase aus. Wie der Drache, den der Heilige Georg zum Kampf herausfordert. »Das würdest du nicht wagen.«

»Woher willst du das wissen?«

»Du gehst mir auf die Nerven, Adam.«

Adam erhob sich und begann, sein Hemd aufzuknöpfen. »Du kannst mir den Buckel runterrutschen.« Damit verließ er das Zimmer und stieg die Treppe hinauf. Jameson sprang mit einem Satz aus dem Sessel und nahm bimmelnd die Verfolgung auf.

»Adam!« Er bimmelte die Treppe empor und hob unterwegs das Hemd auf, das Adam hatte fallenlassen. »Adam!« Er überquerte den Korridor und rannte in Adams Schlafzimmer. Nur in der Unterhose stand Adam mitten im Zimmer und zündete sich gerade eine Zigarette an. »Wenn du das tust – wenn du das tust – dann bring' ich dich um! Hast du gehört? Ich bring' dich um!«

»Wie denn?« fragte Adam und stieß den Rauch aus. »Ich höre nie Radio beim Baden.«

Jameson begann zu zucken. Adam schrie »Scheiße!« und eilte zu ihm.

Veronica fuhr im Bett hoch, griff nach ihrem Morgenmantel, warf ihn um die Schultern und kletterte aus dem Bett. Auf der Kommode lag ihre Handtasche. Dort fand sie ein Taschentuch und wischte sich die Augen trocken.

»Keine Sorge, er kommt zu mir zurück. Ich kriege dieses Buch schon in die Finger, und wenn es das letzte ist, was ich tue.«

Ein Seufzer kam aus der Richtung des Bettes.

»Er weiß, daß ich es ernst meine, und wenn ich es ernst meine – dann meine ich es ernst!«

Das Bett knarrte und seufzte dann erleichtert, als es von der zweiten Last befreit wurde.

»Er macht nur gerade eine feindselige Phase durch. In der Analyse passiert das jedem mal. Ich hab' mich informiert. Du kannst nicht behaupten, daß ich mich dem Kampf unvorbereitet stelle.«

Er nahm sie in die Arme und küßte sie. »Geh wieder ins

Bett und schlaf ein bißchen. Eine gute Kriegerin braucht soviel Ruhe wie möglich. Ach Gott, und jetzt noch der ganze Weg zurück zu Darien.«

Veronica sah ihm beim Anziehen zu und fragte sich, ob wohl die geringste Chance bestand, Daniel Saber jemals von seiner Familie loszueisen.

Ada erwachte mit einem Ruck und knipste die Nachttischlampe an. Angstrengt lauschte sie. Nichts. Lieber Gott, mach, daß Mama fest schläft. Sie fummelte nach einer Zigarette, fand eine und steckte sie an. Dann setzte sie sich aufs Bett und schlang die Arme um die Knie. Ein Buch über Ben. Was für ein Unsinn. Wenn es ein gutes Buch würde, wäre das die perfekte Ironie des Schicksals. Andererseits – warum nicht? Schließlich gab es jede Menge Biographien über Oscar Wilde. Warum also nicht eine über Benjamin? Vermutlich wird Seth noch mal vorbeikommen und Fragen über Bens Kindheit stellen. Bestimmt recherchiert er gründlich. Hoffentlich ist er so anständig, auch etwas Diskretion walten zu lassen. O Gott. Angenommen, er ist ehrlich! Angenommen, er stellt den kleinen Scheißer so dar, wie er wirklich war! Ob er wohl die Abtreibung erwähnt?

Jesus Gott! Das würde er nicht wagen! Sonst bring' ich ihn um!

Pharoah Love schlief mit dem Kopf unter dem Kopfkissen. Die Decke hatte er sich irgendwie um die Schulter gewickelt, ein Bein hing über die Bettkante, und er atmete schwer. Einmal wimmerte er leise, dann lachte er auf. Wieder wimmerte er, dann ein Knurren. »Ich hab' dich, Cat!« brummte er und begann wieder laut zu lachen. Davon wurde er wach. Er starrte in die Dunkelheit.

»Wer ist da?«

Mit einem Satz war er aus dem Bett, riß seinen Dienstrevolver aus dem Halfter und knipste die Lampe an.

Als er sah, daß er ganz allein im Zimmer war, schleuderte er den Revolver aufs Bett und setzte sich auf einen Stuhl. Die Einsamkeit umfing ihn und nahm ihm die Luft zum Atmen. Er begann zu frösteln, ging zum Bett zurück und legte den Revolver auf den Nachttisch. Dann schlüpfte er unter die Decke und starrte in die Lampe, die er vergessen hatte auszumachen.

»Nun schlaf schon, Baby. Mama läßt das Licht für dich an. Wenn die Lampe brennt, kommen keine Gespenster. Die haben nämlich Angst vor dem Licht.«

Pharoah stand wieder auf, ging zur Lampe und machte sie aus. Dann stolperte er zurück zum Bett, knallte unterwegs mit dem Fuß gegen den Stuhl und schrie: »Verdammt!« Aber nicht, weil er sich gestoßen hatte.

Ruthelma schlief auf zwei riesigen Kopfkissen, die prallen Arme über der Brust gefaltet. Im Haar hatte sie achtzehn Lockenwickler, ordentlich aufgereiht. Sie schnaufte und schnarchte. Die Schnaufer kamen sanft und leise. Die Schnarcher waren kursiv hervorgehoben.

Ward saß auf der Bettkante und starrte auf die Uhr. Noch fünf Stunden. Fünf Stunden bis zum Countdown. Warum hatte er bei Madame Grabatkin nicht die Szene aus Detective Story geübt? Wie sollte er sie jetzt bei Pharoah Love spielen?

A la Marlon Brando? »Äh – was wolln – äh ...« Kratz, kratz. »Äh – was wolln Se denn von mir – äh – Cop?« Nein, ganz falsch.

Vielleicht sollte er ein paar Witze erzählen. Im Stil von Jack Lemon. »Himmel, Officer, hätt ich 'nen Dollar, könnten Sie glatt 'nen Schein kriegen.« Vergiß es.

Jean-Paul Belmondo! »Je ne sais pas rien, flic.«

Ida gab ihm mit dem Ellbogen einen Stoß. »Jetzt leg endlich los, Mann. Es ist spät.«

Seth saß in der Küche und schlürfte eine Tasse Pulverkaffee. Vor ihm auf dem Tisch lagen mehrere Blätter. Auf einem stand »Motive«. Auf dem zweiten »Personen«, auf dem dritten »Titel«. Abgesehen von »Motive«, »Personen« und »Titel« waren die Blätter leer.

Plötzlich erschien Pharoah Loves Gesicht auf dem Blatt mit den Motiven.

Seth kritzelte schnell etwas darüber.

Der Nachtportier in Ella Hursts Apartmenthaus hatte schon öfter Stein und Bein geschworen, daß sie gelegentlich bei Nacht durch die Straßen irrte. Einmal, so behauptete er, habe er sie um fünf Uhr morgens zurückkommen sehen, beladen mit irgendwelchem Zeug, das sie wahrscheinlich aus Mülleimern und Abfallhaufen herausgeklaubt hatte. Hurst hatte solche Vorfälle nie bestritten.

Heute nacht blieb ihr Bett unberührt.

Kapitel 9

Am Samstag morgen waren sämtliche Hunde der West Side gut bei Stimme. Beim Anziehen hörte Seth eine wahre Kakophonie aus Jaulen, Kläffen und Bellen, und ohne daß er aus dem Fenster zu sehen brauchte, hätte er die kleine Armee von Hundeliebhabern und ihren vierbeinigen Schützlingen in allen Einzelheiten beschreiben können. Garantiert war Napoleon da (mit der roten Leine), zusammen mit seinem rothaarigen schlanken Frauchen, das anscheinend Nacht für Nacht in ihrem Studioapartment Agenten, Produzenten und andere ausgewählte »Typen« empfing; sie hob ihre Stimme gelegentlich, um zu singen, jedoch nie, um Protest einzulegen. Dann der Architekt in den besten Jahren aus dem vierzehnten Stock mit seiner Dogge Victor (an der Kette), der jeder besorgten Mutter versicherte, er sei sanft wie ein Lämmchen – der Hund, nicht der Architekt.

Die beiden Knaben von der venezuelanischen Gesandtschaft führten ihre Airedales an die Luft (braune beziehungsweise grüne Leine) und debattierten dabei auf spanisch, während die Hunde gelangweilte Blicke tauschten. Seth glaubte fest, daß die Airedales zweisprachig waren. Hie und da erklang ein ungeduldiges »Ich hab' gesagt, bei Fuß, Evangeline« (Boxer, rote Leine von Bloomingdale's), und zwar vom Schaufensterdekorateur (Bantamgewicht, rosa Schlips, von Bloomingdale's).

Heute morgen nervten sie Seth alle längst nicht so sehr wie sonst. Er war so guter Laune wie schon seit Monaten nicht mehr. Bis fünf Uhr in der Frühe hatte er an den Zetteln mit »Motive«, »Personen« und »Titel« gearbeitet, und jetzt betrachtete er das Resultat mit fast perversem Vergnügen. Er hatte die Verdächtigen haargenau definiert (es sei denn, am Horizont lauerte noch eine unbekannte Größe, was aber höchst unwahrscheinlich war), ihre Motive hieb- und stichfest entschlüsselt (obwohl Bens Papiere natürlich zur einen oder anderen Ergänzung oder Streichung führen würden), und er würde das Buch »Ben: Ein vergeudetes Leben« nennen, wenn er bei Shakespeare nichts Besseres auftreiben konnte als »Dies allzu feste Fleisch«.

Bis zu seinem Mittagstermin mit Pharoah Love (unsichtbare Leine) blieb ihm noch eine Stunde, deshalb beschloß er, sich ein gutes Frühstück bei Stark's zu genehmigen. Er erlaubte sich sogar ein Lächeln, während er auf den Lift wartete, und lobte sich dafür, daß er den Tag so hochgestimmt begann. Vielleicht dauerte die gute Laune sogar noch ein paar Stunden an. Im sechzehnten Stock hielt der Aufzug, um einen weiteren Passagier einzulassen.

Eine schludrige Alte ohne Büstenhalter schlurfte an Bord, unter dem fetten Arm ihren räudigen Pudel.

»Sobald wir wieder nach oben fahren, werden wir das ein für allemal klären.« Der Hund zeigte ihr die kalte Schulter und glotzte statt dessen Seth an. »Hast du verstanden, was ich dir sage? Phyllis! Hör gefälligst zu, wenn ich mit dir rede! Jetzt ist Schluß damit, daß alles ewig nach deiner Nase läuft!« Phyllis gähnte, doch die schludrige Alte packte den Hund am Kopf und zerrte so lange an ihm herum, bis er ihr endlich in die Augen stierte. »Ich habe genug von deinen Beleidigungen, du verzogenes Balg!« Die Aufzugtüren öffneten sich, und sie setzte Phyllis unsanft auf dem Boden der Lobby ab. Mit einer obszönen Geste hob Phyllis den Schwanz und trabte in Richtung Drehtür. »Ich will heute aber nicht diesen Weg gehen!« kreischte die schludrige Alte. »Wir nehmen den Botenausgang!« Phyllis setzte sich auf den Boden und stierte ihr Frauchen an. Wenn Blicke töten könnten, dachte Seth, während er durch die Drehtür ging.

Die Venezuelaner diskutierten hitzig und wortreich, ohne auf Napoleons Frauchen zu achten, das in den höchsten Tönen »I Could Have Danced All Night« trällerte. Der Architekt versicherte gerade einer Mutter mit drei Kindern, daß die Dogge sanft wie ein Lämmchen war, und der Schaufensterdekorateur bedachte Seth mit seinem starren, halbnackten Lächeln, das Seth so gut es ging ignorierte. Er merkte nicht, daß er ebenso wie die tropfenden Wasserhähne, die sturen Backöfen und der schlechte Empfang auf Channel Nine für seine Nachbarn ein Rätsel und ein Stein des Anstoßes war.

Mit raschen Schritten marschierte er zum Broadway; unterwegs machte er nur einmal halt, um sich die Morgenzeitung zu kaufen. Er suchte sich einen Tisch am Fenster und eine Kellnerin ganz in der Nähe, gab seine Bestellung auf und konzentrierte sich dann auf seine Zeitung. Noch immer nichts über den Mord an Ben Bentley. Am Montag, dachte er, am Montag fängt die Kacke bestimmt an zu dampfen, wenn der Brief rechtzeitig für die morgige Literaturbeilage der New York Times eingetroffen ist.

Mit gesundem Appetit machte er sich über sein Frühstück her.

Auf einem Zweig direkt über Jamesons Kopf zwitscherte ein Vogel und starrte den Eindringling unheilvoll an. Adam lag ausgestreckt im Gras und nahm mit geschlossenen Augen ein Sonnenbad. Er hatte den Kaffee abgelehnt, er hatte den Toast abgelehnt, er hatte die Marmelade abgelehnt. Jameson wünschte, sein Kopf würde platzen, während er das Kumquat-Gelee, das für viel Geld aus Hongkong eingeführt worden war, auf eine dünne Scheibe Roggentoast strich. Dann schob er es sich in den Mund, schlug die Beine übereinander und faltete die Hände über seinen knochigen Knien. Das Gelee schmeckte schleimig, der Toast wie Stroh, und Jamson hoffte nur, daß er das Zeug hinunterbrachte, ohne daran zu ersticken.

Nach dem Anfall gestern nacht hatte er im Bett gelegen, Kette geraucht und an die Decke gestarrt, wo ein unsichtbarer Projektor einen Film mit dem Titel »Das Leben des Jameson Hurst« abspielte. Wäre er Filmkritiker gewesen, hätte er den Film nach allen Regeln der Kunst verrissen. Beim Ansehen jedoch erfüllten ihn Reue, Ekel, Trauer, Mitleid und gelegentlich eine leise Freude. Eigentlich fand er die Geschichte gar nicht so schlecht, aber aufgrund einiger absolut haarsträubender Schlenker lief die Handlung immer wieder aus dem Ruder. Und es konnte nichts umgeschrieben, neu besetzt oder noch einmal gedreht werden. Dies war das Endprodukt, und es war von vorneherein zu kommerziellem Mißerfolg verurteilt. Selbst das Ende ließ sich nicht mehr ändern, es war unvermeidlich. Er würde bald sterben. Schon mehrere Ärzte hatten ihn gewarnt. Er war alt, und sein Körper verkraftete die immer häufigeren Anfälle nicht mehr.

Endlich gelang es ihm, Toast und Gelee hinunterzuwürgen, und er führte mit zitternder Hand die Kaffeetasse an die Lippen. Der Vogel zwitscherte, Adam öffnete ein Auge und fragte: »Was ist das?«

»Ein gelbbauchiger Kernscheißer«, fauchte Jameson und schlürfte seinen Kaffee. Adam rollte sich auf die Seite von Hurst fort, und spielte mit dem Gras. Der Anfall letzte Nacht hatte ihm angst gemacht. Er hätte einen Arzt rufen sollen, als der Krampf sich löste und Hurst statt dessen hysterisch wurde. Kurz hatte er überlegt, Seth Piro anzurufen, obwohl er immer noch nicht wußte, warum. Den größten Teil der schlaflos verbrachten Nacht hatte er an Seth gedacht, und bei Tagesanbruch hatte er sich richtig nach ihm gesehnt.

»Du solltest was essen«, hörte er Jamesons angestrengte Stimme. Adam richtete sich auf und streckte sich. Dann drehte er sich zu Jameson um, und plötzlich war ihm, als sähe er ihn zum erstenmal. War mit dem Bildnis des Dorian Gray vielleicht etwas Ähnliches passiert, nachdem die Zeit es zerstört hatte? Jameson löste die gefalteten Hände, streckte die Beine aus und zündete sich eine Zigarette an.

»Letzte Nacht war ziemlich grausig, stimmt's?« Adam stand auf, setzte sich an den Tisch und schenkte sich eine Tasse Kaffee ein. Den Garten würde er vermissen. Das Tischfeuerzeug noch in der Hand, starrte Jameson ihn an.

»Wann willst du gehen?«

»Ich denke nicht ans Gehen, es sei denn, du willst, daß ich verschwinde.« Für beide war diese Lüge eine enorme Erleichterung.

»Der Mord an Ben ist an allem schuld«, knurrte Hurst und knallte das Feuerzeug auf den Tisch. »Wenn dieser Schlamassel überstanden ist – möchtest du dann nach Mexiko?«

Adam musterte ihn mit vorwurfsvollem Blick. »Letzte Nacht hast du behauptet, du brauchst kein Peyote mehr.«

Hurst machte große, unschuldige Augen. »Peyote ist nicht das einzige, was Mexiko zu bieten hat, mein Lieber. Wenn du willst, können wir auch nach Griechenland fahren.« Er rang sich ein mattes Lächeln ab. »Oder langweilen dich alte Ruinen?«

»Jamie«, sagte Adam. »Ich fühle mich einsam.«

Hurst nahm seine Zigarette von der linken in die rechte Hand. Dann sagte er: »Du hast doch mich. Und meine Freunde.«

»Aber ich hab' selbst keine Freunde.« Der Vogel zwitscherte, aber kein anderer zwitscherte eine Antwort.

Hurst seufzte und strich seinen Morgenmantel glatt. »Wahrscheinlich solltest du öfter mal allein weggehen. Leute in deinem Alter treffen.« Gedankenversunken begann er vor sich hinzusummen, ohne zu merken, daß es »This Is the Beginning of the End« war.

»Mir ist es egal, wie alt jemand ist«, entgegnete Adam, »solange ich nur etwas mit ihm anfangen kann.« Kein Lüftchen regte sich im Garten, aber Hurst spürte einen winzigen Hauch.

»Hast du gestern abend jemanden kennengelernt?«

Adam rührte in seinem Kaffee.

»Also, war es so?«

»Ich kann das nicht erklären. Zum erstenmal, seit wir uns kennen, hab' ich mich gestern eine Stunde lang mit Seth unterhalten, und als ich wieder zu Hause war, hab' ich ihn vermißt. Das ist alles. Seit ich an die Ostküste gekommen bin, habe ich niemanden mehr vermißt. Jetzt weiß ich auf einmal, wie einsam ich bin.« Adams Stimme wurde hart. »Aber komm jetzt bitte nicht auf irgendwelche blöden Gedanken.«

»Aber nein.« Die Lüge kam aus Jamesons Mund und starb sofort an Erschöpfung. »Wenn du Seth gern öfter sehen möchtest, dann tu das, unbedingt. Natürlich gehören zwei zum Tangotanzen.«

»Seth an sich bedeutet mir nichts.«

»Mich dünkt, die Dame protestiert zu heftig.«

»Sieh es doch mal so, Jamie. Egal, was in deinem Leben geschieht, du hast immer Ella.«

»Es gibt keinen Grund, gemein zu werden.«

»Ach, zum Teufel. Was machen wir heute?«

»Nun ...«, begann Hurst, kam aber nicht weiter. Auf seiner Brust breitete sich ein grüner Fleck aus, der Vogel zirpte, schlug mit den Flügeln und flatterte davon. Wenn er noch die Kraft dazu gehabt hätte, hätte Adam gelacht.

Ward verließ das Polizeirevier und eilte zur nächsten Telefonzelle. Beim ersten Klingeln hob Ida ab.

»Es war ein Kinderspiel«, berichtete er voller Stolz. »Ein absolutes Kinderspiel.«

»Du nimmst mich auf den Arm.«

»Nein! Er wollte alles hören, was ich über Ben weiß, und dann alles über Seth Piro.« Pause. »Ida? Ida, bist du noch dran?«

»Ja, klar.«

»Dann hat er mir ein paar Fragen über dich gestellt ...«

»Ach ja?« Sie klang etwas nervös.

»Und ich hab' ihm gesagt, daß dein Lokal sauber ist.«

»Was ist mit dem Peyote?«

»Er hat mir nur eingeschärft, ich soll keine Sachen mehr für die Gäste weitergeben. Ich glaube, wir sollten irgendein Schild aufstellen, Ida.«

»Er wollte nichts Persönliches über mich wissen?«

»Was denn, um Himmels willen?«

»Keine Ahnung. Irgendwas Persönliches eben. Ach, was soll's. Bis nachher im Lokal.« Damit legte sie auf.

Ward fummelte in der Geldrückgabe, aber da gab es leider keinen Jackpot. In der Jackentasche stöberte er noch ein Zehncentstück auf, steckte es in den Schlitz und wählte.

»Hallo?« sagte eine kleine blonde Stimme am anderen Ende.

»Hi, Kleine. Hier ist Ward Gabriel.«

»Oh, hi! Sag mal, diese fette Schlampe hatte ja wohl nicht alle Tassen im Schrank, mich gestern einfach rauszuschmeißen.«

Ward schmiegte das Ohr an den Hörer. »Hättest du vielleicht Lust, mit mir mal ganz woanders hinzugehen?«

»Komm rein, Cat. Setz dich.«

»Wie geht's dir denn heute?« fragte Seth, während er sich auf dem einzigen Besucherstuhl im Zimmer niederließ.

»Bin quietschfidel«, antwortete Pharoah, schwenkte in seinem Stuhl herum und holte einen dicken Ordner auf seinen Schreibtisch. »Kaffee?«

»Nein danke. Ich hab' gerade erst gefrühstückt.«

»Aha.« Pharoah behielt die Hand auf der Akte und lächelte Seth an. »War noch viel los bei Ida, nachdem ich gestern gegangen bin?«

Seth erwiderte das Lächeln, während er in seiner Tasche nach den Zigaretten fahndete. »Veronica ist mit Adam Littlestorm aufgetaucht. Sie und ich hatten eine kleine Auseinandersetzung, woraufhin sie mir ihren Drink ins Gesicht geschüttet und mich dann mit Adam Littlestorm alleingelassen hat. Wir haben uns angeregt unterhalten. Dann ist Adam nach Hause gegangen, und ich bin auch nach Hause gegangen.« Er entzündete ein Streichholz und hielt es an die Zigarette. Der seltsame Gesichtsausdruck des Detectives wunderte ihn nicht besonders.

»Ich wußte gar nicht, daß Hurst ihn lange genug für ein angeregtes Gespräch aus den Augen läßt.«

»Hurst war bei Ella.«

»Aha. Dieser Indianer – ist er nett?«

»Sehr nett.«

»Habt ihr euch auch über Ben unterhalten?«

»Ich glaube, wir haben ihn höchstens zwei-, dreimal erwähnt.«

»In welchem Zusammenhang?«

»Beispielsweise, weil Ben einmal damit gedroht hat, Adams Leuten zu petzen, was für ein Leben er hier führt, und da hat Adam ihm ein Veilchen verpaßt.« Seltsam, wie leicht ihm das alles bei Pharoah über die Lippen kam. Er hatte das angenehme Gefühl, daß es ein guter Tag werden würde.

»Vermutlich ist das auch kein schlechterer Grund als mancher andere, um unserem Ben Cat eine zu scheuern. Manch einer ist schon für weniger umgebracht worden.«

»Adam steht auf meiner Liste aber nicht sehr weit oben.«

»Auf welcher Liste, Cat?«

Seth beugte sich über den Schreibtisch und schnippte die Zigarettenasche in den Aschenbecher. »Ich hab' gestern abend eine Liste mit Motiven und Verdächtigen erstellt.«

»Ach ja?« Pharoah sah sehr erfreut aus. Seth Cat war auf Draht, und das gefiel ihm. »Bist du zu irgendwelchen Schlußfolgerungen gekommen?«

»Du hattest recht damit, daß derjenige, der es getan hat, im Affekt gehandelt haben muß. Ohne Plan. Ohne Vorbereitung. Das ist Totschlag, richtig?«

»Stimmt genau, Cat.«

»Was steht auf Totschlag?«

»Bis zwanzig Jahre.«

Seth deutete auf den dicken Ordner und fragte: »Sind das die Sachen?«

»Ja, das sind die Sachen.« Pharoah stellte den Ordner auf den Kopf, und der Inhalt purzelte auf den Schreibtisch. »Cat, wir tun dir diesen Gefallen, denn wir haben die offizielle Genehmigung dazu, und wir mögen dich.« Bei den letzten drei Worten wurde seine Stimme weich. »Aber ich möchte nicht, daß du deinen Freunden und Bekannten irgendwas davon erzählst. Du mußt auf dich aufpassen, falls du zufällig mal wütend wirst.«

Wie ein Verhungernder beim Anblick eines T-Bone-Steaks brannte Seth darauf, sich über die Sachen herzumachen.

»Du kannst dir ruhig Zeit lassen«, erklärte Pharoah, »bis wir uns um vier mit unserer Ella Cat treffen. Ich geh' jetzt und hol' mir was zum Lunch.« Damit schob er Seth das ganze Zeug hin und stand auf. »Soll ich dir einen Kaffee mitbringen?«

»Gern. Schwarz, ohne Zucker.«

»Das weiß ich doch, Cat.« Als er an ihm vorbeiging, klopfte er Seth freundlich auf die Schulter, und dann fiel die Tür auch schon hinter ihm ins Schloß.

Das weiß ich doch, Cat. Seth zog auf Pharoahs Drehstuhl um. Er starrte auf Bens Sachen und überlegte, wo er anfangen sollte. Das kleine rote Adreßbuch. Seth schlug die erste Seite auf. »Ben Bentley« stand da in ordentlichen Druckbuchstaben. Darunter Adresse und Telefonnummer. Mit seinen eigenen Sachen war Ben immer sehr sorgsam umgegangen. In jedem seiner Bücher standen sein Name, seine Adresse und Telefonnummer, immer unter der Überschrift: »Gestohlen von ...«

Zuerst nahm sich Seth den Buchstaben A vor. Zwei Namen, beides Männer. Sie sagten ihm nichts. B begann mit

Ada Bergheim, dann kam Mrs. Molly Bergheim. Danach folgten noch fünf Namen, drei männlich, zwei weiblich. Einen weiblichen erkannte Seth als Ehefrau eines Radio-Kolumnisten, den sie einmal bei Jameson kennengelernt hatten. Seth fragte sich, ob die beiden wohl etwas miteinander gehabt hatten. Das C war leer, D, E und F ohne Besonderheiten.

Beim G jedoch blieb ihm beinahe die Luft weg. Oben auf der ersten Seite stand »Gönner«, und darunter folgten etwa dreiundsiebzig Namen, manche mit Telefonnummer, manche nur mit Adresse, und neben vier oder fünf waren vier Sternchen gemalt. Nicht mal im Guide Michelin gab es so viele gute Restaurants. Neben zwölf Namen befand sich ein rotes Häkchen, und aus den dreien, die Seth erkannte – zwei Schauspieler und ein Profi-Jockey – schloß er, daß irgendwelche Zahlungen abgewickelt worden waren. Er zwang sich, bis zum Ende zu lesen. Ganz zum Schluß, als letzte Eintragung unter G, fand er Ward Gabriel und freute sich, wenigstens einem alten Freund zu begegnen.

Er war nicht sicher, ob ihm schwindlig oder schlecht war. Aber er fühlte sich nicht mehr gut, soviel war klar. Die Hochstimmung war verschwunden, und er wußte, daß der Rest des Tages bestimmt nicht leicht werden würde. Er blätterte weiter. Unter dem L prangte eine weitere Überschrift: »Liebhaber«. Danach zählte Seth insgesamt dreiundfünfzig Namen. Manche waren Wiederholungen der Gs, und neben mindestens dreißig Namen prangten rote Häkchen. Die zehn von ihnen, die Seth kannte, waren allesamt reich und schon etwas älter. Drei hatte Ben ihm bei einer Dinnerparty vorgestellt. Mühsam arbeitete er sich zum Z vor, wo er den Zen Tempel fand. Woher hatte Ben bloß die Zeit dafür genommen? Er klappte das Buch zu und starrte darauf. Hatte Pharoah Love vor, all diese Leute zu befragen? Mit wie vielen hatte er schon gesprochen? Welche von ihnen hatten jetzt schlaflose Nächte oder dachten an Selbstmord?

Sein Mund war trocken, und er wünschte, Pharoah käme bald mit dem Kaffee. Als nächstes widmete er sich einem Heft von der Sorte, wie sie Kinder in der Grundschule benutzen. Auf der ersten Seite standen wieder Bens Name, Adresse und Telefonnummer in Druckbuchstaben. Auf der nächsten Seite war ein Name. Ein bekannter Choreograph, der unter den Buchstaben C und F vier Sternchen eingeheimst hatte. Seth überlegte, warum Ben nie auf die Idee gekommen war, am Ende eines Jahres ein Dinner zu veranstalten und einen Preis zu verleihen, wie den Oscar oder den Emmy. Unter dem Namen war eine Liste mit genauen Daten und Geldbeträgen. Der letzte Eintrag war zwei Jahre alt. Seth erinnerte sich daran, daß der Mann nach London gefahren war, um einen Film zu choreographieren, und dabei gleich die englische Staatsbürgerschaft beantragt hatte.

Hundert Seiten, vollgeschrieben mit Namen, Daten und erhaltenen Geldsummen. Jameson Hurst hatte sogar ehrenvolle drei Seiten. Die Beträge, die er Ben gezahlt hatte, beliefen sich auf weit über hunderttausend Dollar. In Seths Kopf drehte sich alles. Er kramte auf dem Tisch herum und fand einen Umschlag, der mit einem Gummiband umwickelt war. Seth entfernte das Band und zog fünf Sparbücher heraus, mit einem Kontostand von insgesamt mehr als sechzigtausend Dollar. Welch unverhoffter Glücksfall für die Bergheims.

Als nächstes nahm er einen quadratischen Umschlag, der etwa sechzig maschinenbeschriebene Seiten enthielt. Auf der ersten stand ordentlich getippt:

VERFÜGBAR
Meine Geschichte
von
Ben Bentley

Darunter wieder Adresse und Telefonnummer. Inzwischen war Pharoah schon über eine Stunde weg. Wann kommt er endlich mit dem Kaffee zurück? Oder läßt er mir absichtlich soviel Zeit, damit ich mich allein durch dieses Zeug hier wühle?

Nach knapp einer Stunde hatte Seth die sechzig Seiten durchgelesen. Es war keine kontinuierliche Handlung, und zwischendurch gab es große Lücken, wo mehrere Jahre einfach ausgelassen waren. Doch Seth erkannte alles wieder. Die meisten Geschichten hatte Ben ihm selbst erzählt, aber bei den letzten sechs Seiten, die mit Tinte in Bens winziger Handschrift geschrieben waren, standen ihm fast die Haare zu Berge. Hier stand, warum Veronica erpreßt worden war, und was Ben wirklich von ihm, Seth, gehalten hatte. Bei Bens Beerdigung hatte er geweint, und als Pharoah endlich mit einem Becher Kaffee, schwarz, ohne Zucker, zurückkehrte, weinte er wieder.

»Soll ich noch mal rausgehen, bis zehn zählen und dann wieder reinkommen, Cat?«

Seth schüttelte den Kopf und wischte sich mit dem Jackenärmel die Augen. Dankbar nahm er den Becher entgegen, riß den Deckel ab und trank einen großen Schluck. Dann lehnte er sich zurück und sah Pharoah an, der sich auf die Schreibtischkante gesetzt hatte und sich eine Zigarette anzündete.

»Mußtest du nicht mindestens einmal kotzen, als du das Zeug gelesen hast?«

Pharoah inhalierte tief und ließ das verbrannte Streichholz in den Aschenbecher fallen. »Ich hab' so getan, als würde ich was von dem Scheiß lesen, den diese Buchläden in der Forty-second Street verscherbeln.« Er wechselte vom Schreibtisch zum Stuhl, verhakte die Daumen im Gürtel und schlug die Beine übereinander. »Was ich versucht habe rauszukriegen – wieviel davon entspricht der Wahrheit?«

»Über Namen, Adressen und Sparbücher läßt sich nicht streiten«, meinte Seth, »aber das hier –« er schlug mit der flachen Hand auf die maschinengeschriebenen Seiten – »das hier kann unmöglich alles wahr sein!«

»Man sollte meinen, er hätte ein bißchen mehr Hemmungen gehabt.«

Seth lachte höhnisch. »Er war ungefähr so gehemmt wie eine Nymphomanin beim Gruppensex. Bestimmt hat er 'ne Menge ausgeschmückt. Ich kannte ihn so gut, wie man ihn eben kennen konnte. Die Geschichten haben sich immer wieder geändert. Von einem Tag auf den anderen hatte er manchmal schon vergessen, was er mir erzählt hatte.«

»Also hab' ich sie gebumst, Seth, gleich da am Strand.«

Ben sah Seth zu, wie er den Truthahn für Thanksgiving mit Fett übergoß.

»An welchem Strand?«

»Acapulco.«

»Letzte Woche war es in der Kirche von Taxco.«

»Hä? Oh, das war das zweitemal.«

Der Pappbecher bekam einen Riß, und Seth warf ihn schnell in den Papierkorb, während Pharoah den Fleck mit einem Stück Papier aufwischte. »Willst du das Buch immer noch schreiben, Cat?« Wortlos beobachtete Seth, wie er Bens Sachen in den Ordner zurückbeförderte und ihn fest zuband.

Als er Pharoahs Frage endlich beantwortete, klang seine Stimme heiser und hart. »Mehr denn je.«

»Du und der Verstorbene, habt ihr euch wirklich so aufgeführt, wie er es hier beschrieben hat?«

»Mehr oder weniger.«

»Cat, dein Therapeut freut sich bestimmt immer schrecklich auf die Sitzungen mit dir.«

Seth nahm Pharoahs Zigarette, zog daran und drückte sie dann im Aschenbecher aus.

»Und unser Biest – kanntest du diese Seite an ihr?«

»Nein, ganz bestimmt nicht … Nein. Vermutlich hat Peyote bei ihr diese Wirkung.«

»Aber eins ist mir schleierhaft, Cat.«

»Was denn?«

»Keine Bilder.«

»War das, was du gelesen hast, nicht anschaulich genug?«

»Was ich gelesen habe, ist das Wort eines kranken Cat gegen eine Menge anderer Cats. Irgendwo gab es bestimmt mal Fotos. In seinem Schreibtisch lag eine teure deutsche Kamera, aber nirgends – absolut nirgends – war ein Schnappschuß, ein Negativ – nichts. Cat, ich glaube, derjenige, der unseren Knaben erledigt hat, hat diese Bilder mitgenommen.«

»Aber du hast gesagt, in der Wohnung war nichts durcheinander.«

»Stimmt. So war es auch. Weil der Mörder genau wußte, wo er das Zeug findet. Der Verstorbene hat wahrscheinlich alles säuberlich in einer kleinen Schachtel verstaut, und der Täter brauchte bloß diese kleine Schachtel unter den Arm zu klemmen und zu verschwinden.«

»Und das alles dalassen?« entgegnete Seth und deutete auf den Ordner.

»Wie gesagt, das Wort des kranken Cat gegen alle Cats, die darin vorkommen. Jeder gute Anwalt kann solche Geschichten zunichtemachen. Deshalb haben wir auch die Presse rausgehalten. Wann ist er in die Wohnung gezogen?«

»In seine?« Pharoah nickte. »Am selben Tag, an dem er mich verlassen hat. Das war vor etwa vier Monaten.«

»Das engt den Kreis der Personen, die sich in der Wohnung ausgekannt haben, beträchtlich ein. Beträchtlich. Tja, Cat, allmählich nimmt die Sache Gestalt an. Wann beginnst du mit dem Buch?«

»In ein paar Tagen, denke ich. Ich muß erst mal sehen, ob ich was von dem, was ich geschluckt habe, wieder rauskotze. Ich muß überlegen, wie ich das Material benutzen kann, ohne jemandem zu sehr auf den Schlips zu treten. Dann muß ich für mich selbst entscheiden, was Tatsache ist und was Spinnerei. Und was ich dann übrig habe, muß zum Thema passen.«

»Wie lautet denn das Thema, Cat? Das interessiert mich gewaltig.«

Seth lehnte sich in dem Drehstuhl zurück und starrte auf den Boden, als wäre das Thema seines Buchs dort in säuberlichen Buchstaben aufgeschrieben. Schließlich antwortete er, langsam und bedächtig, und Pharoah merkte, daß er es sich gründlich überlegt hatte.

»Das Leben«, begann Seth, »ist eine Reihe von Erfahrungen – gute, schlechte, angenehme, scheußliche – und manche haben größeres Gewicht als andere. Doch was macht uns fähig, uns dem Leben zu stellen, wenn nicht Erfahrung? Und aus jeder Situation ziehen wir unsere Erfahrungen.« Er stand auf; der Stuhl quietschte. Langsam ging er zur Wand und lehnte sich dort an. »Manche von uns geben sich mit dem zufrieden, was sie bekommen – gut, schlecht oder mittelmäßig –, aber manche haben den Mut, alles so hinzubiegen, daß es ihren Bedürfnissen entspricht. Die Feiglinge und Schwächlinge bleiben auf der Strecke und versinken im Sumpf, den sie selbst geschaffen haben. Diejenigen, die ihr Leben so gestalten, wie sie es wollen, sind auch diejenigen, die sich den Herausforderungen stellen. Die anderen kriegen einen drüber. Das Leben ist ein Auto, dessen Fahrer Fahrerflucht begeht. Und ob du's glaubst oder nicht –« er drehte sich zu Pharoah um –, »Ben hat sich Hals über Kopf ins Leben gestürzt. Er hat es mit Fäusten bearbeitet, er hat es umgemodelt, es zu seinem Werkzeug gemacht. Was ihn erledigt hat, war die Macht der Umstände. Der elende kleine Scheißer war weiß Gott kein Held, aber in einer anderen Umgebung hätte er durchaus einer werden können.«

Pharoah hatte seinen Stuhl halsbrecherisch gegen einen Aktenschrank gekippt.

»Ich will zeigen, was ihn zu dem gemacht hat, was er war«, fuhr Seth fort, »denn, Pharoah Cat, ich hatte nie die

Courage, mein Leben so zu gestalten, wie es meinen Bedürnissen entsprochen hätte. Ich werde die Parallele zwischen meinem Leben und Bens Leben ziehen. Und wenn ich fertig bin –« er seufzte – »nehme ich womöglich ein Streichholz und halte es unter das Manuskript.«

»Nicht bevor ich es gelesen habe, Cat.«

Langsam ging Seth zum Drehstuhl zurück.

»Weißt du, Cat, ich glaube, wenn du das Buch fertig hast, lieferst du mir gleichzeitig den Mörder.« Er warf einen Blick auf seine Armbanduhr. »Viertel vor vier. Wir müssen zu Ella Cat.« Damit stand er auf, rückte seinen Hut zurecht und öffnete die Tür. Langsam erhob sich Seth und warf noch einen letzten Blick auf den Ordner.

Vielleicht kriegst du mehr von mir, als du erwartest, Pharoah Cat.

Kapitel 10

Ella saß auf dem Schaukelstuhl und zupfte ihren Schleier zurecht. Dann glättete sie die schwarzen Spitzenhandschuhe, hob den Schleier kurz an und nippte an ihrem Brandy. Die Vorhänge waren zugezogen, und auf dem Tischchen neben dem Sofa brannte eine Lampe mit einer Fünfundzwanzig-Watt-Birne. Der Duft der Räucherstäbchen erinnerte an den Fernen Osten. Auf dem Couchtisch standen zwei Cognacschwenker auf schwarzen Spitzenuntersätzen.

In wenigen Minuten würde es leise an die Tür klopfen, und Ella würde mit ihrer schrillen Quäkstimme die Besucher hereinbitten. Vorhin hatte Jameson sie besucht, und ihre Unterhaltung war alles andere als angenehm gewesen.

»Adam entfernt sich immer mehr von mir«, hatte er gesagt und die Finger ineinander verschlungen.

»Das läuft doch immer so. Inzwischen müßtest du eigentlich darauf gefaßt sein.«

»Diesmal nicht. Ich habe gedacht, Adam bleibt bis zum Schluß bei mir.«

»Vielleicht ist das bei den Indianern so, mein Lieber.« Die Anrede »mein Lieber« tat ihm in den Ohren weh, als würde jemand mit dem Fingernagel über die Fensterscheibe kratzen. »Sie kommen leise angeschlichen, und dann stehlen sie sich genauso leise wieder davon.«

»Er ist dabei, sich selbst zu finden, genau wie Ben, und ... Ich glaube, Seth ist wieder der Auslöser.«

»Seth?« Sie warf den Kopf zurück und lachte schrill und laut. »Wie kann ein Schiff ohne Kompaß den Konvoi zum Hafen führen?«

»Guter Gott, Ella, hast du eigentlich überhaupt nichts von dem kapiert, was ich dir erzählt habe?« Sie nimmt mich nicht ernst. Ausgerechnet jetzt, da ich sie am dringendsten brauche, nimmt sie mich nicht ernst. »Irgendwie hat Bens Tod Seth neue Kraft gegeben. Er setzt sich gegen Veronica zur Wehr. Er macht sich offen über mich lustig. Er hat sich mit diesem gräßlichen Detective angefreundet. Und jetzt findet Adam ihn auch noch toll!«

»Nein, er findet ihn nicht toll, du blöder Hammel. Adam sucht nur eine neue Vaterfigur. Du bist alt und hast epileptische Anfälle und stellst hohe Ansprüche. Und dein Gesicht sackt schon wieder ab. Du hast dich schon so oft liften lassen, daß deine Ohren allmählich horizontal stehen.«

»O Gott!« Er begann bitterlich zu schluchzen. Warum zwingt mich Ella, der Realität ins Auge zu sehen?

»Ach, hör doch auf mit dem kindischen Geplärre!« schimpfte sie. Tränen waren ihr immer unangenehm, ganz besonders ihre eigenen. Sie ärgerte sich noch darüber, daß sie bei Bens Beerdigung die Fassung verloren hatte. Würde sie je zugeben, daß es eigentlich Seth gewesen war, der sie so gerührt hatte?

»Wer kümmert sich denn um mich, wenn Adam weggeht?« Jameson hoffte, die Verzweiflung in seiner Stimme würde ihr Mitleid erwecken..

»Ach, mein Lieber.« Sie seufzte. »Du hast die Wahl zwischen einer Krankenschwester und Gott.«

»Du Ekel!« zeterte er. »Du kaltherzige, egoistische Hexe!«

»Hör auf, Jamie. Du ödest mich an. Es ist nicht Adams Abschied, der dich quält, sondern dein eigener. Mein Lieber, bei deinem unfehlbaren Gespür für Stil möchte ich fast annehmen, du planst eine große Abschiedsparty für dich selbst.«

Sein Gesicht hellte sich auf.

»Du hast doch immer so imposante Auftritte arrangiert, Liebling.« Es störte ihn nicht, daß die Anrede »Liebling« eigentlich eine Ohrfeige war. »Warum inszenierst du nicht einen grandiosen Abgang? Mein Lieber, das wäre eine Party, auf der selbst ich mich sehen ließe.«

»Das glaube ich nicht!«

»Wer weiß?«

»Du hättest keine Angst?«

»Ich bin schließlich auch auf Bens Beerdigung gewesen, stimmt's?«

»Das war ziemlich dumm von dir.«

»In meinem Alter kann man sich solche Dummheiten leisten.« Ihr Lachen klang müde und brüchig. »Wir könnten einen unvergeßlichen Abend daraus machen.«

Er ließ sich von ihrer Begeisterung anstecken. Seine Augen blitzten, und einen Moment lang hätte man glauben können, es gehe ihm besser. »Das werden wir, Liebste, das werden wir. Und Adam ... O Gott, der arme Adam!« Er lachte laut. »Adam wird ja so schrecklich leiden. Oh, Mutter! Mutter! Ich sehe ihn schon vor mir!«

»Red bitte nicht von Mutter!« hatte Ella gekreischt. »Wie oft habe ich dir schon gesagt, du sollst sie nicht erwähnen. Geh jetzt. Los, raus hier, du angeschimmelter Päderast.«

Jetzt war sie allein und ruhig und bestens darauf vorbereitet, ihre Besucher zu empfangen.

Es klopfte leise. Ella drehte sich um und durchbohrte die Tür mit einem gellenden: »Herein!«

Die Tür ging auf, und Seth trat ein, gefolgt von Pharoah Love. »Hallo, Ella«, sagte Seth freundlich.

»Setzen Sie sich auf die Couch, alle beide. Die Brandys haben schon Zimmertemperatur.« Die Gäste nahmen gehorsam auf dem Sofa Platz. Nach und nach gewöhnten sich ihre Augen an das Dämmerlicht und ihre Nasen an die Räucherstäbchen.

»Schönen guten Tag, Mr. Love.«

»Guten Tag, Ma'am.« Er legte seinen Hut auf den Couchtisch.

»Wer hat Benjamin ermordet?«

»Wir sind leider noch weit entfernt von einer Antwort auf diese Frage«, antwortete Pharoah.

»Ich habe den Jungen sehr gemocht«, quäkte sie, »aber er mußte umgebracht werden.« Sie hob den Cognacschwenker unter ihren Schleier und nahm einen Schluck.

»Wann haben Sie ihn das letztemal gesehen?« fragte Pharoah.

»Bei seinem Begräbnis.«

»Ich meine, lebendig.«

Ella überlegte kurz. »Ah, ja.« Pharoahs Ohren mußten sich erst an ihre durchdringende Stimme gewöhnen. »Das war am Abend vor seinem Tod. Er ist vorbeigekommen, um sich von mir zu verabschieden.« Sie seufzte. »Ziemlich endgültiger Abschied.«

»Ella«, begann Seth. Sie legte den Kopf schief. »Mr. Love wüßte gern, warum Sie Veronica aus ihrer schwierigen Lage geholfen haben.«

»Und Ada Bergheim«, fügte Pharoah hinzu.

»Ach, du liebe Güte.« Ella schnippte einen Fussel von ihrem Kleid. »Ich fand einfach, daß Benjamin zu weit ging. Sie müssen wissen, der Junge hatte mehr Gutes in sich, als die meisten Menschen gemerkt haben. Würden Sie mir da zustimmen, Seth?«

»Ja, zum Teil schon.«

»Außerdem hatte Veronicas Anwalt einiges aus Benjamins dunkler Vergangenheit ausgegraben. Wäre das alles bekannt geworden, hätten wir alle die Auswirkungen zu spüren bekommen. Also habe ich Benjamin einfach das Geld gegeben, das er von Veronica haben wollte, und fertig. Mir war das völlig egal. Und was seine Schwester angeht – da habe ich rein aus Sentimentalität gehandelt. Sie dürfen nicht vergessen – ich bin auch eine Schwester. Und mein widerlicher Bruder hat mich mehr als einmal schlecht behandelt. Ich konnte es nicht ertragen, wie grausam sich Benjamin gegenüber Ada verhielt. Ich sollte vielleicht hinzufügen, daß Benjamin die Sache bedauert hat.

Aber Sie wissen ja, daß Ada ihn als Kind auch nicht besonders nett behandelt hat. Sie hat sehr unter der Geschwisterrivalität gelitten. Der Vater ist gestorben, als Benjamin noch ein Baby war, und die Mutter war oft weg, um ihre Zeitungen zu verkaufen. Dann mußte Ada auf Benjamin aufpassen. Sie hat ihn gequält. Er hatte wirklich eine schreckliche Kindheit – da muß man sich nicht wundern, daß er auf die schiefe Bahn geraten ist. Deshalb haben wir uns ja so gut verstanden. Meine Kindheit war auch nicht besser. Aber Benjamin mußte umgebracht werden. Ja. Es ging einfach nicht anders. Sie haben Ihren Brandy noch gar nicht angerührt, meine Herren!«

Brav griffen beide zu ihren Gläsern und tranken einen Schluck.

»Können Sie mir sagen, wo Sie sich am Dienstag vormittag zwischen neun und elf aufgehalten haben?«

Ella musterte Pharoah interessiert, dann stellte sie ihr Glas auf den Tisch. »Ich habe hier in diesem Sessel gesessen und nachgedacht.«

»Waren Sie allein?«

»Sie meinen, ob ich ein Alibi habe? Nein, ich habe keines. Ich war hier, und zwar allein. Ich habe Benjamin nicht umgebracht.«

»Aber er hat Sie erpreßt, oder?«

»Ich habe ihn dafür bezahlt, daß er mir Gesellschaft leistet.«

Pharoah war entzückt, mit welchem Geschick die dicke Frau seinen Fragen auswich. »Ihre Zahlungen tauchen in seiner Buchführung nicht auf«, erklärte er.

»In seiner Buchführung?«

»Ja.« Pharoah grinste. »Ben hat über die Gelder, die er erhielt, sehr genau Buch geführt. Aber merkwürdigerweise werden Sie nie genannt.«

Seth überlegte, warum ihm das nicht aufgefallen war. Sicher ist das der Grund, weshalb Pharoah Detective ist und ich nicht, dachte er.

»Vermutlich aus Respekt«, meinte Ella. »Er respektierte meinen Wunsch nach Anonymität. Ich werde deswegen eine Kerze für ihn anzünden.«

»Die Einträge über Ihren Bruder füllen mehrere Seiten«, sagte Pharoah. »Vielleicht hat der Verstorbene Ihre Zahlungen bei denen Ihres Bruders untergebracht.«

»Untergebracht?« Sie wiederholte das Wort voller Verachtung. Dann seufzte sie tief. »Schon möglich. Benjamin hatte sehr merkwürdige Angewohnheiten, wie wir alle wissen. Und nun sagen Sie mir bitte – wer war's denn Ihrer Meinung nach?« Pharoah unterdrückte den Impuls, zu ihr hinzugehen und sie in die Wange zu kneifen.

»Ich bin mir nicht sicher.«

»Seth, wen halten Sie für den Täter? Alle Leute sind ganz aus dem Häuschen wegen dieses Buches, das Sie über Benjamin schreiben wollen. Ich vermute, jeder denkt, daß Sie die Identität des Mörders kennen, und diese Enthüllung das eigentliche Thema des Buches ist.«

»Vielleicht weiß ich es ja, wenn ich die Fakten zusammengetragen habe.«

»Spielen Sie bitte nicht mit mir, Seth – obwohl ich ja sonst nichts gegen ein Spielchen habe. So sehe ich nämlich das Leben, Mr. Love.«

»Wie meinen Sie das?«

»Ich sehe das Leben als eine Art Scharade. Sonst wäre es absolut unerträglich. Seth findet das Leben unerträglich – habe ich recht, Seth?« Sie wartete keine Antwort ab. »Seth sucht im Leben anderer Menschen etwas, das ihn stützt. Und mit diesem Buch macht er genau das – nicht wahr, Seth? Seth sucht das Leben in anderen, während er es doch eigentlich in sich selbst suchen sollte.« Ella spielte mit ihren violetten Perlen und klopfte leicht mit einem Fuß auf den Boden. Die ganze Szenerie war bedrückend. Aber aus Ellas Worten hatte Seth weder eine Anklage noch einen Vorwurf herausgehört. Er war viel zu beschäftigt damit, ihre Beobachtungsgabe zu bewundern.

»Es könnte allerdings sein«, fuhr sie fort, wobei ihre Stimme quietschte, als wäre jemand plötzlich auf die Bremse getreten, »daß aufgrund der vielen unerfreulichen Erfahrungen der letzten Zeit aus dem Knaben Seth langsam ein Mann wird. Ich glaube, ich weiß, worum es bei diesem Buch eigentlich geht. Wenn Seth Benjamin objektiv analysiert, wird er vielleicht auch sich selbst neu entdecken.«

Seth wußte genau, daß Ella bei diesen Worten spöttisch grinste, obwohl er das durch den Schleier nicht sehen konnte. Er hielt es für klug, ihre Beobachtungen zu loben. »Sie sind sehr scharfsinnig, Ella. Dafür habe ich Sie schon immer bewundert.«

»Ich wußte doch, daß ich recht habe!« quiekte sie triumphierend. »Also, Mr. Pharoah, glauben Sie immer noch, daß ich Benjamin ermordet habe?«

Cat, dachte er, du fliegst in einem Jet, während wir immer noch im Planwagen über die Prärie jagen. Er lehnte sich zurück, schlug die Beine übereinander und legte den Arm auf die Rückenlehne des Sofas. »Sie könnten die Täterin sein.«

»Selbstverständlich könnte ich die Täterin sein!« schnaubte sie. »Wagen Sie es ja nicht, mich von der Liste der Verdächtigen zu streichen! An welcher Stelle stehe ich? Ganz oben? Im Mittelfeld? Ganz unten?«

»Meine Liste ist nicht durchnumeriert.« Pharoah grinste.

»Ich könnte Ihnen die Namen herunterbeten.« Ihre Eitelkeit erfüllte die Luft. »Fangen wir an mit Seth. Und dann natürlich Veronica. Mein alberner Bruder mit seinen albernen Anfällen. Möglicherweise auch Benjamins Schwester, aber der Gedanke gefällt mir irgendwie nicht.« Sie machte eine dramatische Kunstpause. Dann fuhr sie fort. »Und wie ist es mit dem Indianer meines Bruders? Haben Sie an ihn gedacht?«

Du bist gemein, dachte Seth. Echt gemein.

»Er denkt viel, und wer viel denkt, der ist gefährlich.«
»Ich habe schon an ihn gedacht«, antwortete Pharoah.
»Das gefällt ihm bestimmt«, wisperte Ella. »Er findet nämlich, daß man ihm nicht genügend Aufmerksamkeit schenkt. Sie mögen Adam, nicht wahr, Seth? Zumindest machen Sie ein sehr vorwurfsvolles Gesicht.« Pharoah sah Seth an. Er wirkte eher sauer als vorwurfsvoll.
»Ja, ich mag Adam«, sagte Seth. »Hat Jameson etwas dagegen?«
»Sie haben ihm Ben weggenommen. Jamie wäre sicher sehr aufgebracht, wenn der Blitz gleich zweimal einschlagen würde.«
»Ich weiß, was Sie damit sagen wollen, Ella, aber Sie irren sich gewaltig. Ich habe vor, sehr, sehr lange alleine zu reisen.«
»Tramper sind manchmal unwiderstehlich, wenn man sich einsam fühlt.«
»Miss Hurst«, schaltete sich Pharoah ein. »Wieso denken Sie, daß Adam Littlestorm Ben Bentley umgebracht haben könnte?«
»Ben hat einmal gedroht, Adams Familie über seine Beziehung mit Jamie zu informieren. Und Adam war verärgert darüber, daß Ben immer noch soviel Einfluß auf meinen Bruder hatte. Es gab ständig Streit wegen des Geldes, das mein Bruder Ben gegeben hat – und wegen der Reisen nach Mexiko, wo er Peyote beschafft hat.«
Ein Punkt für mich, dachte Pharoah. »Ich hab' ja schon vermutet, daß er Ben Cats Engel war.«
»Ben Cat!« wiederholte Ella. »Ja, er war wirklich wie eine Katze. Nachts ist er auf Samtpfoten herumgeschlichen … total egoistisch … und wie er sich die Lippen geleckt hat, wenn er ein mögliches Opfer erblickte … und gelegentlich hat er sich dazu herabgelassen, sich den Bauch streicheln zu lassen. Ben Cat – treffender kann man das gar nicht ausdrücken, Mr. Love.« Dann wurde sie ernst. »Als Benjamin Seth verlassen hat, bekam Adam Angst, er

könne versuchen, ihm seine Position bei Jamie streitig zu machen. Ja!« Ihre Stimme wurde schrill. »Ich glaube, Adam wäre zu dem Mord fähig gewesen. Wissen Sie, mein Bruder hat mir erzählt, daß er nicht sagen will, wo er an dem Vormittag war, als Benjamin ermordet wurde.«

»Tatsächlich?« fragte Pharoah.

»Ja«, sagte sie. »Und jetzt ist Adam sehr verschlossen und launisch. Offenbar will er unbedingt das Land verlassen. Ich glaube, er und mein Bruder haben über eine Reise nach Mexiko oder nach Griechenland geredet.« Sie musterte die beiden Männer. »Sie sind hierhergekommen, um etwas zu erfahren – hab' ich recht? Dann können Sie es mir auch nicht verübeln, wenn ich kooperiere.«

»Ich bin Ihnen sehr verbunden«, meinte Pharoah leise. »Wirklich.« Er sah Seth an, und Seth begriff, daß es Zeit war zu gehen.

»Vielen Dank, Ella«, sagte er und erhob sich. »Wir wollen nicht länger stören.«

»Sie haben mich nicht gestört«, versicherte Ella. »Ich kann Sie leider nicht hinausbegleiten. Sie kennen ja den Weg. Auf Wiedersehen.«

»Auf Wiedersehen«, sagte Pharoah und ging voran.

»Auf Wiedersehen, Ella«, sagte Seth und schloß die Tür. Draußen lehnte sich Pharoah erschöpft an die Wand.

»Eine sehr seltsame Dame«, stöhnte er.

Seth legte den Finger an die Lippen und gab Pharoah zu verstehen, er solle ihm in den Fahrstuhl folgen.

»Warum soll ich leise reden?« flüsterte Pharoah.

»Sie horcht an der Tür.«

Tatsächlich preßte Ella das Ohr an die Tür. Sie hörte aber nur sich entfernende Schritte, dann die Tür des Aufzugs, die sich öffnete, und sich wieder schloß. Langsam ging sie zu dem venezianischen Spiegel, der über einem Schränkchen hin. Unterwegs nahm sie den Schleier vom Gesicht. Mit Kennerblick studierte sie ihr Spiegelbild.

»Spieglein, Spieglein an der Wand«, krächzte sie, »wer ist die Schönste im ganzen Land?«

Der Spiegel hüllte sich in diplomatisches Schweigen.

»Na, ist ja auch egal, du Blödmann«, schimpfte sie. »Wer ist die Klügste?«

»Ich glaube, ich muß mich mal mit Adam unterhalten.«

Pharoah fuhr mit dem Jaguar stadteinwärts auf der Third Avenue und wollte gerade einen Bus überholen.

»Ella hat jedenfalls sehr deutlich zu verstehen gegeben, daß sie ihn für den Täter hält«, meinte Seth. »Wer weiß? Vielleicht sollte ich ihn ein bißchen weiter oben auf die Liste setzen.«

»Das ist das Problem mit Listen, Cat. Man muß sie ständig revidieren.« Pharoah holte tief Luft. »Mann, ich glaube, ich kriege diesen Räucherstäbchengestank nie wieder aus der Nase! Hat Ben Cat eigentlich je ihr Gesicht zu sehen bekommen?«

»Wenn ja, hat er nie was gesagt.«

»Weiß man, was passiert ist?«

»Angeblich war's ein Autounfall in Spanien.«

»Sie hat doch soviel Geld – warum nimmt sie sich nicht den besten Schönheitschirurgen auf der Welt?«

»Solche Operationen verlaufen nicht immer erfolgreich.«

Pharoah nickte und schaffte es endlich, den Bus zu überholen. »Ich habe gestern Nachforschungen über die Familie Hurst angestellt. Sie müssen aus dem Ausland stammen. Im Geburtenregister habe ich nichts über sie gefunden. Ich bin fast siebzig Jahre zurückgegangen, aber der Name ist nicht aufgetaucht. Weißt du, ob sie aus Europa stammen?«

Seth hatte über Adam Littlestorm nachgedacht, und Pharoahs Fragen lenkten ihn ab, was ihn ärgerte. »Kann sein. Ich glaube, die Mutter war Französin. Der alte Hurst hatte einiges an Grundbesitz in Europa und war oft drüben. Wenn ich mir's recht überlege« – er seufzte –, »weiß ich eigentlich so gut wie nichts über Ellas und Jamesons Herkunft.«

»Vielleicht hat sie der Storch gebracht.« Pharoah lachte leise.

»Vielleicht.« Sie wurde jedenfalls nicht in einem Reservat in New Mexico geboren. Sie stammten nicht aus einer Familie mit acht Kindern und hatten nicht zugesehen, wie ihre Eltern bei einer religiösen Zeremonie Peyote kauten. Sie waren nicht quer durchs Land gefahren, hatten nicht irgendwelche Gelegenheitsjobs gemacht und zwischendurch von der Freigebigkeit einer Frau gelebt. Sie waren nicht von älteren Männern, die ein mögliches Opfer auf den ersten Blick erkannten, zu Strichern gemacht worden.

»Wo bist du, Cat?«

»Was?« Seth zuckte zusammen, als Pharoahs Frage ihn aus seinen Grübeleien schreckte. »Entschuldige. Ich habe gerade über die Hursts nachgedacht.«

»Na, so was. Ich fahre jetzt aufs Revier zurück. Du kannst Bens Sachen abholen. Ich packe sie für dich zu einem sauberen kleinen Bündel zusammen.«

»Wie lange kann ich die Sachen behalten?«

»So lange du willst. Es sind alles nur Fotokopien.«

Das Leben ist nichts als eine lange, traurige Prozession einigermaßen guter Kopien, dachte Seth.

»Meinst du, daß zwischen Ben und dem Indianer je etwas war?«

»Glaub' ich nicht.« Seth hoffte, daß er überzeugend klang.

»Aber es könnte doch sein.«

»Bei Ben war alles möglich«, entgegnete Seth. Und jeder Mensch ist für ihn eine Herausforderung gewesen.

»Ich hasse das Wort ›nein‹.« Seth hatte die ganze Zeit in Ida's Bar verbracht und einen Martini nach dem anderen getrunken, in der Hoffnung, so die Flammen zu löschen,

die sein Inneres versengten. Vor einer Stunde hatte er sich mit Veronica gestritten, und es war eine ihrer übleren Auseinandersetzungen gewesen. Seth fragte sich, ob der aufdringliche junge Mann auf dem Hocker neben ihm eine Ahnung davon hatte, daß er in Lebensgefahr schwebte.
»›Nein‹ bedeutet soviel wie ›Schluß‹«, beharrte der aufdringliche junge Mann, »und ich kann es nicht leiden, wenn etwas endgültig ist – es sei denn, ich bin derjenige, der es bestimmt.«

Seth setzte eine unfreundliche Miene auf, als er sich dem gutaussehenden jungen Mann zuwandte. »Meine Mutter hat mir gesagt, ich soll nicht mit Fremden reden.«

»Meine auch.« Er grinste charmant. »Aber wenn ich mich daran gehalten hätte, hätte ich noch nie Freunde gefunden. Du siehst so traurig aus. Komm, ich spendier' 'nen Drink. Ida kennt mich. Ich heiße Ben Bentley. Wohnst du hier in der Gegend?«

»Hey, Cat! Wach auf!« Pharoah stieß Seth mit dem Ellbogen an. »Ich habe langsam das Gefühl, ich kutschiere einen Leichenwagen durch die Gegend.«

»Entschuldige«, murmelte Seth. »Ich muß dauernd an das Buch denken.«

»Du hast nicht zugehört.« Pharoah grinste, aber man konnte seiner Stimme anhören, daß er gekränkt war. »Ich hab' dir erklärt, wie Mama Cat Hurst abgetreten ist.«

Seth richtete sich auf. »Erzähl's mir doch bitte noch mal.«

»Vielleicht sollte ich lieber singen. Dann hörst du bestimmt zu.« Seth schaute Pharoah an und schenkte ihm ein Lächeln. »Ich weiß, ich weiß, Cat. Wir sind im Moment alle ein bißchen durcheinander. Also. Mama Cat Hurst saß am Fenster, und angeblich hat sie sich rausgebeugt, um Papa Cat was zuzurufen, der unten auf der Terrasse saß. Und da hat sie das Gleichgewicht verloren, ist runtergefallen und hat sich das Genick gebrochen. In der Hand hielt sie einen Kamm, jedenfalls stand das in einem Zeitungsartikel, den ich ausgegraben habe. In der Zeitung von Oyster Bay. Aber dann hat der Reporter vom Bestattungsunternehmer erfahren, daß sie ein Haarnetz trug. Wem hat sie die Haare gekämmt? War's Ella Cat? Jameson Cat?«

»Ist das wichtig?«

»Vielleicht – falls Mama Cat geschubst wurde.«

Jetzt schweiften Seths Gedanken nicht mehr ab. »Aber die beiden waren doch noch Kinder, als ihre Mutter gestorben ist.«

»Cat«, sagte Pharoah, »es gibt auf der Welt nichts Gefährlicheres als ein wütendes Kind. Manche wütenden Kinder werden sechzig Jahre alt, aber das heißt nicht, daß sie erwachsen sind. Verstehst du, worauf ich hinaus will?«

»Allerdings.« Er hatte oft zu Ben gesagt, Jameson sei das größte Baby, das er kenne. Und was war mit Baby Ella? Hatten sie eine Leiche im Schrank, und hatte Ben zu oft an der Tür gerüttelt?

»Es gibt noch eine andere Möglichkeit«, meinte Pharoah. »Vielleicht wollte Mama Cat Hurst gerade das Haarnetz abnehmen, um ihre goldenen Locken zu kämmen. Aber da sie in einer riesigen Villa mit vielen Bediensteten wohnte, hätte das doch sicher eine Zofe für sie gemacht. Wie dem auch sei – Papa Cat schnappte sich die Kinder und schickte sie flugs nach Europa. Weißt du, wie er gestorben ist?«

»Ja. Er war auf der Titanic.«

»Und wußtest du auch, daß er als Frau verkleidet versucht hat, in ein Rettungsboot zu kommen, als es hieß ›Frauen und Kinder zuerst‹?«

»Nein«, sagte Seth. Sein Mund war wie ausgetrocknet. »Du machst deine Hausaufgaben sehr gründlich.«

»Cat, das ist der Trick bei solchen Fällen. Wenn man das, was man sucht, nicht an der Oberfläche findet, muß man graben.«

Ja, dachte Seth, du bist kein Psychiater, Pharoah Cat, aber du hättest das Zeug dazu.

Kapitel 11

»Vielleicht würden Madam ein Stück Pflaumentorte vorziehen?« schlug der Kellner vor.

Veronica rührte energisch in ihrer Mokkatasse, während Ruthelma das Kuchenangebot auf dem Servierwagen studierte. Ein Diamantenhändler hätte bewundert, mit welcher Sorgfalt sie jedes Juwel auf versteckte Mängel überprüfte.

»Ich mag keine Pflaumen«, erwiderte Ruthelma in ihrem Mischen-Sie-sich-gefälligst-nicht-ein-Tonfall. Veronica wünschte, Ruthelma würde sich endlich entscheiden, damit sie weiterreden konnten. Bitte, lieber Gott, laß sie nichts auswählen, was kleckert. Dieses stumme Stoßgebet schickte sie immer gen Himmel, wenn sie mit Ruthelma essen ging.

»Ich nehme das da!« entschied Ruthelma und deutete auf ein Heidelbeer-Apfel-Törtchen, von dem der Schokoladensirup nur so triefte, und das mit einem Klacks Schlagsahne gekrönt war. »Schlagsahne macht *gar nicht* so dick, wie die meisten Leute denken«, sagte sie zu Veronica. »Sie besteht ja fast ausschließlich aus *Eiweiß*.«

Der Kellner verzog keine Miene. Mit ruhiger Hand servierte er Ruthelma das Törtchen und zog sich dann diskret zurück.

»Ich weiß, das ist nicht korrekt, aber ich werde das Zeug mit dem *Löffel* essen.«

»Ruthelma, wir sind schon so lange befreundet …«

»Mmmmmm …«

»… und ich habe Ihnen schon viele Aufträge verschafft …«

»Mmmmmm …«

»… und ich finde, Sie sollten sich das, worüber wir gesprochen haben, ernsthaft überlegen.«

Zwei Schokorinnsale liefen über Ruthelmas Kinn, von jedem Mundwinkel einer. Sie erwischte das eine mit der Serviette, und Veronica überlegte sich, ob sie helfen sollte, das andere aufzuhalten, da schoß auch schon Ruthelmas Zunge heraus und leckte es weg, ehe Veronica zu einem Entschluß gekommen war.

»Na ja, meine Liebe«, meinte Ruthelma, »ich finde es *sehr* unprofessionell, meine Autoren zu überreden, Projekte *fallen zu lassen,* nur weil ich oder andere sie möglicherweise mißbilligen.« Sie betrachtete den letzten Löffel Kuchen so wehmütig, als sei er ein Geliebter, von dem sie sich am Bahnhof verabschiedete. »Darüber habe ich in letzter Zeit *viel* nachgedacht. Seth hat schon seit fast zwei Jahren eine schlimme Schreibhemmung. Wenn ihm das neue Thema hilft, die Blockade zu *überwinden,* dann sollte sich meiner Meinung nach *keine* von uns beiden einmischen.«

»Sehen Sie denn nicht, daß es ihm unglaublich schaden würde, wenn das Buch veröffentlicht wird?«

Ruthelma schob den Teller weg, wischte sich den Mund mit der Serviette ab, überprüfte, ob sie sich den Busen bekleckert hatte – was erstaunlicherweise nicht der Fall war – und löffelte dann Zucker in ihren Espresso. »*Liebe* Veronica«, begann sie streng, »sein letztes Buch, bei dem ich Saber House *angefleht* habe, es nicht zu veröffentlichen, hat ihm geschadet. Seth ist ein *hervorragender* Schriftsteller, und ich werde *immer* an ihn glauben, aber er muß erst mal wieder zu sich selbst finden. Wenn sich jetzt jemand *einmischt,* kann das *tödlich* sein.« Sie musterte Veronica durchdringend. »Warum haben Sie es sich anders überlegt?«

»Was meinen Sie?«

»*Gestern* haben Sie verlangt, daß das Buch *abgelehnt* wird. Heute wollen Sie, daß wir das ganze Projekt *aufgeben.*«

»Mir ist klar geworden, daß außer Seth noch viele andere Personen durch das Buch leiden könnten.«

»Die Wahrheit tut *immer* weh. Ich konnte Ben Bentley nicht *ausstehen,* aber de Gaulle ist mir auch unsympathisch. Aber das würde mich *nie* dazu bringen, einen Schriftsteller, der ein Buch über ihn schreiben möchte, davon *abzuhalten.*« Ruthelma hoffte, daß damit das Thema beendet war, doch sie hatte Veronicas manipulative Fähigkeiten unterschätzt.

»Dann müssen Sie zulassen, daß Saber House das Erstbeurteilungsrecht bekommt.«

»Sie meinen, daß *Sie* das Buch als erste zu sehen bekommen.« Ruthelma hatte es satt, vorsichtig zu taktieren. Sie wollte nach Hause, mit ihrer Mutter im Central Park spazierengehen und sich dann an den Packen Manuskripte setzen, den sie fürs Wochenende mit nach Hause genommen hatte. »Haben Sie Seth nicht schon *genug* geschadet?«

Veronica kochte vor Wut. »Was wollen Sie damit sagen?«

»Sie wissen *genau,* was ich meine«, erwiderte Ruthelma in ihrem typischen Singsang. »Sie haben seine Bücher genauso *kastriert,* wie Sie *ihn* zu kastrieren versucht haben.« Veronica wollte etwas sagen, aber Ruthelma ließ sie nicht zu Wort kommen. »Lassen Sie mich bitte *ausreden,* dann bezahle ich auch das Essen. Ich kenne Sie schon *sehr lange,* liebe Veronica. Ich kenne Ihre innere *Dichotomie.*« Sie klang wie ein Internist, der über ein bestimmtes Organ doziert. »Sie leiden an einem *Haßliebe-Syndrom.* Sie haben Seth geheiratet, weil er ein vielversprechender junger Mann war, aber in der *Öffentlichkeit* haben Sie ihn immer runtergemacht. Ich weiß, daß Sie das unbewußt mit vielen Leuten tun. Ich kann mich erinnern, daß Sie nicht mal *Edith Piaf* mochten …«

»Was soll dieser Quatsch!«

»Aber das ist genau das, was ich sehe, *liebe* Veronica. Und jetzt tun Sie es bei Seth *schon wieder.* Warum lassen Sie ihn nicht einfach in *Ruhe?*«

»Verdammt noch mal!« zischte Veronica. »Ich könnte Sie umbringen – und Seth am besten gleich dazu.«

»Meine *liebe* Veronica« – Ruthelma lächelte –, »wären Sie imstande, einen *Mord* zu begehen?«

In dem kleinen Park am Fuß der East Fifty-seventh Street saß Adam Littlestorm auf einer Bank, mit Blick auf den East River. Er starrte durch das Eisengeländer auf einen vorbeifahrenden Müllkahn. Wenn nur die Vergangenheit genauso leicht weggeschafft werden könnte wie dieser Müll! Er hatte weder gefrühstückt noch etwas zu Mittag gegessen. Das flaue Gefühl im Magen erinnerte ihn an seinen Freiheitshunger. Nur weg von hier! Entscheidungen fielen ihm nicht leicht, aber wenn er einmal einen Entschluß gefaßt hatte, machte er ihn niemals rückgängig. Das Leben mit Jameson Hurst war wie ein Leben im Spiegelkabinett. Und Adam hatte genug von den Zerrbildern.

Ein Gummiball rollte ihm vor die Füße. Er hob ihn auf und drehte sich um. Ein kleiner Junge mit großen braunen Augen und einem winzigen Mund starrte auf den Ball. Adam grinste und warf ihm den Ball zu. Der Junge fing ihn und trabte zurück zu seinem Kindermädchen, das auf einer Bank saß und einen Liebesroman las.

Adam blickte wieder zum Fluß und zu dem Ausflugsboot, das jetzt vorbeifuhr. Seht her, hätte er am liebsten gerufen. Seht mal alle her! Hier sitzt ein Mann, der zu einem unwiderruflichen Entschluß gekommen ist. Auf Wiedersehen, Jameson. Auf Wiedersehen, Ella. Ich verliere zwar mein Einkommen, aber dafür finde ich meine Selbstachtung wieder. Ob es wohl eine Abfindung gibt? Seine Gedanken wanderten zu Seth Piro. Er blickte auf seine Armbanduhr. Vielleicht ist Seth jetzt wieder zu Hause, Ella nimmt sich bestimmt nicht allzuviel Zeit für ihn. Ella ist mit allem knickerig. Sie gibt immer nur soviel, wie sie will. Adam erhob sich, holte eine Münze aus der Tasche und machte sich auf die Suche nach einer Telefonzelle.

»Hier, alles für dich, Cat.«

Die Fotokopien waren in einem neuen Ordner. Seth betrachtete den Stapel, während er die Nummer seines Telefondienstes wählte. »Wie viele von den Leuten in Bens Adreßbuch hast du schon kontaktiert?«

»Vielleicht ein Dutzend. Manche sind nicht mehr aufzuspüren, und die meisten, die ich erreicht habe, können sich nicht mehr an Ben Cat erinnern. Oder jedenfalls behaupten sie das.«

Seth horchte auf die Botschaften, die ihm sein Telefondienst durchgab.

»Um wieviel Uhr hat Mr. Littlestorm angerufen?«

Pharoah zündete sich eine Zigarette an.

»Okay. Notieren Sie bitte die übrigen Mitteilungen. Ich melde mich noch einmal, wenn ich zu Hause bin. Das heißt, etwa in einer halben Stunde.« Seth legte auf.

»Adam schickt also Rauchsignale?«

»Er ruft gelegentlich an.«

»Wärst du nicht überrascht, wenn er unser Täter wäre?«

Unser Täter. Was ist meine Rolle in dieser Geschichte? Bin ich der Dr. Watson für Sherlock? Boswell für Johnson? Die Maus für die Katze? Seth setzte sich und zündete sich eine Zigarette an.

»Wer auch immer unser Täter ist – ich wäre in jedem Fall überrascht.«

»Das glaube ich nicht, Cat.«

Seth musterte ihn neugierig.

»Cat, ich glaube, du hast 'ne ziemlich genaue Vorstellung, wer Ben umgelegt hat.« Pharoah grinste. »Ich frag' dich nicht, keine Sorge. Ich will dir nur sagen, daß ich weiß, daß du dir insgeheim jede Menge Gedanken machst, und zwei Köpfe sind immer besser als einer. Ich denke nur, daß der Täter vermutlich auch weiß, daß du ihn kennst – warum würdest du sonst das Buch schreiben? Und er könnte angeschlichen kommen und deine Schreibmaschine klauen.«

»Sie ist versichert.«

»Bist du heute abend in Ida's Bar?«

»Nein«, antwortete Seth und deutete auf den Ordner. »Ich will anfangen, diese Sachen zu bearbeiten.«

»Ach, das hat Zeit«, versuchte der Detective ihn zu überreden. »Komm so um zehn vorbei – auf einen kleinen Schlummertrunk.«

»Nein, nicht heute abend, Pharoah. Ich habe zuviel zu tun.«

»Der große Kampf mit dem Abgabetermin?«

»Ich hab' mir selbst einen Termin gesetzt.«

»Mit welchem endgültigen Abgabetermin hast du dich denn an dem Morgen herumgeschlagen, als Ben Cat angerufen und dich weggelockt hat?«

Seth zog an seiner Zigarette und sah Pharoah an. Dann stieß er den Rauch aus, und Pharoah redete weiter.

»Ich habe mit deiner Agentin gesprochen. Sie hat gesagt, du hättest schon sehr lange keinen Auftrag mehr gehabt.« Er zog das Wort »sehr« in die Länge, um Ruthelmas Singsang nachzuahmen.

»Pharoah Cat«, begann Seth. »Es ist so, wie ich dir schon mal gesagt habe. Wie für die meisten Menschen in dieser schlechtesten aller möglichen Welten gilt auch für mich: ich lüge.« Er grinste charmant, fast mit einer Spur Ironie. »Aber es war nur eine winzige Lüge. Ich hab' dir dann doch gesagt, wo ich hingegangen bin, stimmt's? Ich hab' die Karten auf den Tisch gelegt, genau wie du wolltest. Vielleicht hatte ich keinen Abgabetermin, aber ich habe an etwas gearbeitet. An einem Artikel über Peyote. Wenn du mir nicht glaubst, zeige ich dir die vier Sätze, die ich an dem Vormittag zu Papier gebracht habe.«

»Versteh mich richtig, Cat«, sagte Pharoah, »wenn man so 'nen Job hat wie ich, fällt es einem unheimlich schwer, sich von Zweifeln frei zu machen, selbst bei Leuten, die man echt mag. Und falls du es noch nicht gemerkt haben solltest – ich mag dich sehr.«

»Obwohl ich einer der Tatverdächtigen bin?«

»Das tut nichts zur Sache. Bitte – laß dich später noch in Ida's Bar sehen. Samstag ist der einsamste Abend der Woche.«

»Es gibt doch noch das Fernsehen!«

»Die Filme kenne ich alle schon.

»Ich kann nichts versprechen. Sei nicht sauer, falls ich nicht komme.«

»Na ja, wenn du nicht auftauchst, kann ich ja immer noch nach Hause gehen, ein warmes Bad nehmen und Radio hören. Das ist etwas, was ich mit dem Verstorbenen gemeinsam habe. Ich liege für mein Leben gern in der Wanne, während das Radio dudelt.«

Seth erhob sich und nahm den Ordner.

»Vielleicht rufe ich dich später noch an, Cat.«

»Ich bin zu Hause.« Seth verließ eilig das Büro. Draußen auf der Straße holte er tief Luft. Er war naßgeschwitzt, seine Hände waren feucht, und er umklammerte verzweifelt den Ordner.

Cat, ich glaube, du hast 'ne ziemlich genaue Vorstellung, wer Ben umgelegt hat.

Jawohl, Pharoah Cat, ich habe einen Tatverdächtigen im Auge. Aber wärst du wirklich so überrascht, wenn ich dir sagen würde, wen?

Jameson wandte sich vom Spiegel ab und Adam zu.

»Ich nehme an, daß dich nichts mehr umstimmen kann?«

»Richtig.«

Jameson ging zum Sofa und legte sich der Länge nach darauf. Er griff nach seinen Zigaretten und zündete sich eine an. Adam schnippte ein bißchen Asche von seiner Zigarette in den Kamin und hoffte inständig, daß jetzt kein Anfall kam.

»Würdest du es über dich bringen, bis Dienstag abend hier zu bleiben?«

»Warum? Was ist am Dienstag?«

»Ich möchte eine Abschiedsparty geben.« Jameson lachte laut. »Nicht für dich, mein Lieber. So weit geht mein Sinn für Ironie dann doch nicht. Ursprünglich hatte ich die Party für uns beide geplant – und in gewisser Weise gilt das immer noch. Du gehst von mir weg, und ich – »er machte eine ausholende Handbewegung – »ich gehe einfach nur weg.«

»Nach Mexiko?«

»Nein. Weiter weg.«

»Aber wenn sie nicht erlauben, daß du die Stadt verläßt?«

»›Sie‹? Du meinst, die Polizei? Dieser kleine Detective? Sei nicht albern. Wenn Jameson Hurst beschließt wegzugehen, dann geht er. Also – bleibst du bis zur Party?«

»Wenn du willst. Ja.«

»Es wird bestimmt ein höchst amüsanter Abend. Ich habe in der letzten Stunde zwei Dutzend Leute angerufen, und sie haben alle begeistert zugesagt.« Adam stand wie angewurzelt am Kamin. »Hast du schon genauere Pläne?«

»Ich hab' ein Zimmer auf der West Side gefunden. Und als nächstes will ich mir einen Job suchen.«

»Als was?«

»Ich nehme alles.«

»Du kannst ja immer als Masseur arbeiten.«

»Da hacke ich mir lieber die Hände ab.«

»Verstehe«, sagte Jameson leise. »Dann soll es also wirklich ein ganz neues Leben sein.«

»Stimmt.«

»Ich dachte schon, du willst mit jemandem zusammenziehen.«

»Mit wem zum Beispiel?«

Das Telefon klingelte. Adam warf einen dankbaren Blick darauf. Jameson nahm den Hörer ab und murmelte: »Hallo?« Er horchte, und dann zuckten seine Mundwinkel, und er hielt Adam den Hörer hin. »Es ist für dich. Seth.« Adam nahm ihm das Telefon ab.

»Hi.«

»Tut mir leid, daß ich mich jetzt erst melde«, sagte Seth. »Aber es war ein beschissener Tag.« Er saß in Shorts vor der Klimaanlage, schwitzte aber immer noch. »Du hast gesagt, du wolltest mich sprechen. Könnten wir uns jetzt auf einen Drink treffen? Kannst du weg?«

»Ja«, antwortete Adam. Jameson bemühte sich, ein gleichgültiges Gesicht zu machen, während er seine Fingernägel mit einer Feile attackierte.

»Wie wär's in einer Stunde?«

»Ausgezeichnet«, sagte Adam und legte auf.

Und eigentlich hätte das ein schöner Tag werden sollen, dachte Seth.

Adam setzte sich Jameson gegenüber. »Ich treffe mich nachher auf einen Drink mit Seth.«

»Ach, er ist also der Grund!« zischte Jameson.

»Nein, überhaupt nicht!«

»Na, meinetwegen.« Jameson seufzte. »Wer kann schon etwas dagegen machen, daß Jugend sich zu Jugend gesellt?« Jameson kannte die Zwischentexte zahlloser Stummfilme auswendig.

»Du irrst dich gewaltig.«

»Das spielt jetzt keine Rolle mehr. Aus den Augen, aus dem Sinn. Ich bin zu alt und zu krank für diesen Unsinn. Kommst du zurück und ißt mit mir zu Abend, oder willst du die Nacht mit ihm verbringen?«

Adam riß sich zusammen. »Ich gehe zu ihm – auf einen Drink. Wenn du willst, daß ich mit dir zu Abend esse, können wir uns gern verabreden.«

»Ich kann dich ja bei Seth anrufen.«

»Du kannst vor allem aufhören, dich so aufzuführen.«

»Jetzt noch, in meinem Alter, Liebling? Es wäre einfacher, den Eiffelturm nach Disneyland zu verpflanzen.« Er warf die Nagelfeile beiseite. »Ach, ist schon gut. Komm nach Hause, wenn ihr fertig seid. Wir essen hier. Du kannst mir bei den Partyvorbereitungen helfen.«

»Gut, einverstanden.« Adam verließ den Raum. Jameson sprang auf und begann im Zimmer auf und ab zu gehen. Er konnte die Tränen nicht zurückhalten, sie liefen ihm brennend über die Wangen. Er ging zur Balkontür und öffnete sie. Draußen starrte er, ans Geländer gelehnt, ins Weite. Die Tränen waren wirklich lästig. Er suchte nach einem Taschentuch. Da merkte er, wie er das Gleichgewicht verlor. Ein panischer Schrecken durchfuhr ihn, er faßte schnell mit der linken Hand nach dem Geländer und hielt sich fest.

Mein Gott! dachte er erleichtert. Ich wäre fast vornüber gefallen, und da unten auf der Veranda hätte ich mir das Genick gebrochen.

In diesem Moment wurde ihm übel, und er mußte sich übergeben.

Seth trug den Eiskübel von der Küche ins Wohnzimmer. Die Klimaanlage war abgestellt, zwei Fenster standen weit offen. Der Ordner lag im obersten Schrankfach, damit er nicht Adams Neugier erweckte. Seth spielte mit dem Gedanken, sich einen Martini zu mixen, aber dann beschloß er, auf Adam zu warten. Er setzte sich in einen Sessel, streckte die Beine aus und zündete sich eine Zigarette an. Seltsam, den ganzen Tag über kein Lebenszeichen von Veronica. Soll sie doch weiterschmollen, mir ist das egal.

Der Nachrichtensprecher von Channel Two teilte Veronica mit, daß die Wasserknappheit allmählich kritisch werde. Sie sah ihn trotzig an und unterdrückte den Impuls, alle Wasserhähne in ihrer Wohnung aufzudrehen. Vorher hatte er etwas von Luftverschmutzung gefaselt – daß die Werte angestiegen seien und sich ihre Lungen mit tödlichen Giften füllten. Zu Beginn der Sendung hatte er sie völlig fertiggemacht, indem er warnend darauf hinwies, daß der Teer in Zigaretten die Lungen schrumpfen ließ und sie zersetzte. Die Vollkornbrot-Werbung hatte eine gewisse Erleichterung gebracht. Vielleicht mußte man doch nicht Jude sein, um Ben Bentley zu ermorden.

Sie lag auf dem Sofa, in einem leichten Unterrock, dicht unter dem offenen Fenster, atmete die tödliche Luft ein, starrte auf ihre tödlichen Zigaretten und horchte auf das tödliche Tropf-Tropf des Wasserhahns in der Küche. Jetzt erzählte der Sprecher, daß Rußland in Sibirien die bisher tödlichste Bombe hatte hochgehen lassen.

»Wie erfreulich«, murmelte sie, erhob sich und machte den Apparat aus. Das Telefon klingelte, und einen Augenblick lang hatte sie Angst, den Hörer abzunehmen. Er war bestimmt mit hunderttausend tödlichen Bakterien behaftet.

»Hallo?«

»Veronica, meine Süße!« Jameson klang entsetzlich affektiert, jedes Wort tänzelte daher wie im Balletträckchen. »Ich gebe am Dienstag eine Abendgala, und da möchte ich den Genuß Ihrer entzückenden Anwesenheit nicht missen!«

»Was ist der Anlaß?«

»Es wird eine Abschiedsparty.«

»Wer verabschiedet sich?«

»Ich, mein Herzchen. Ich habe vor, in unbekannte Gefilde zu wandern. Haben Sie schon gehört, daß ich wieder verlassen werde? Adam desertiert. Ich vermute, er sucht im Moment Zuflucht in Seths Apartment. Ist das nicht spaßig?«

Wenn ich Jameson überzeuge, kann ich auch mich selbst überzeugen, dachte Veronica. »Seth und Adam? Das halte ich aber für höchst unwahrscheinlich.«

»Tja, meine Liebe, ich glaube, wenn Adam sich entsprechend artikulieren könnte, würde er eine Liaison anstreben. Aber vielleicht bin ich in dieser Angelegenheit auch nur ein bißchen überempfindlich. Ella ist überzeugt, daß das, was passiert ist, für alle das beste ist. Ich muß jetzt leider auflegen, liebste Veronica. Meine Badewanne ist fast voll, und ich will ein bißchen Lavendel zugeben. Also, Dienstag abend, ab neun Uhr.« Ein Klicken, und die Leitung war tot.

Die Stille durchbohrte Veronicas Ohr wie ein Laserstrahl, aber sie war zu perplex, um den Hörer aufzulegen. Wie würde der Nachrichtensprecher von Channel Two diese Neuigkeit präsentieren? Schließlich knallte sie den Hörer auf die Gabel und brach in Tränen aus.

»Also gut, Veronica«, hörte sie die nüchterne Stimme ihrer Mutter, »du kannst nicht immer alles haben. Daddy meint, du bist entsetzlich verwöhnt. Wollen wir ihm nicht beweisen, daß er unrecht hat? Geh bitte in den Salon und sag ihm, daß du's dir anders überlegt hast. Du möchtest keine neuen Rollschuhe. Und nächste Woche« – sie zwinkerte ihr verschwörerisch zu – »nächste Woche, wenn er die ganze Sache längst vergessen hat, kaufe ich dir ein Paar.«

Das stimmt doch alles nicht, verdammt noch mal, das kann doch nicht wahr sein! Ich liebe Seth immer noch. Und ich bin immer noch seine Ehefrau. Und ich schwöre, daß ich ihn dorthin zurückhole, wo er hingehört. Unter meine Fuchtel.

Adam wanderte von dem großen, begehbaren Wandschrank zum Schlafzimmer und wieder zurück ins Wohnzimmer. »Das ist wirklich eine schöne Wohnung, Seth.« Er setzte sich hin, und die Eiswürfel in seinem Glas klirrten.

»Für den Preis ist sie wirklich nicht übel. Und die Aussicht ist erstklassig.«

»Fantastisch!«

»Aber es gibt natürlich Hunde hier und Kinder mit Fahrrädern. Doch damit muß man wahrscheinlich in jedem Apartmenthaus rechnen.«

»Du hast echt Glück gehabt, daß du so was Günstiges

gefunden hast. Ich habe mir gerade in der West Eightieth Street ein Zimmer gemietet. Nichts Besonderes, aber wenn ich da ausziehe, spreche ich wahrscheinlich fließend Spanisch.« Adam lächelte schüchtern.

»Du trennst dich von Jameson?«

»Ja.« Seth beneidete Adam um den erleichterten Stolz in der Stimme.

»Was willst du machen?«

»Leben.« Er stellte sein Glas auf das Couchtischchen und zündete sich eine Zigarette an.

»Bist du gekommen, um mir das zu erzählen?« Bitte, keine Komplikationen. Bitte! Nicht jetzt.

»Ich wollte dich um Rat bitten. Es hat etwas mit Ben zu tun.«

Wenn du das sagen willst, was ich denke, dann sag's bitte nicht. Ich möchte es nicht hören.

»Ich war an dem Morgen, als er umgebracht wurde, in Bens Wohnung.«

Kapitel 12

»Ich hab' ihn nicht umgebracht«, sagte Adam. »Er war schon tot, als ich in die Wohnung kam.«

»Warum bist du hingegangen?«

»Um ihm Geld zu geben.«

»In Jamesons Auftrag?«

»Nein. Jameson weiß gar nicht, daß ich dort war. Ben hat mir versprochen, er gibt mir das Negativ eines Fotos, wenn ich zweihundert Dollar zahle.«

»Du also auch«, sagte Seth trocken.

Adam zuckte die Achseln. »Es war ein Foto von mir im Gewächshaus. Von mir und noch einer anderen Person. Wer das war, spielt jetzt keine Rolle. Es ist unwichtig. Das Bild ist bei einer von Jamies Peyote-Partys aufgenommen worden. Ich bin ins Gewächshaus gegangen, um noch ein paar Buttons zu schneiden. Jemand ist mir gefolgt. Wollte sich an mich ranmachen, und Ben hat eine sehr peinliche Aufnahme geschossen. Eigentlich hat sich gar nichts abgespielt, aber auf Bens Foto sieht es so aus. Ich mußte es mir zurückholen.«

»Und hast du es geschafft?«

»Wie meinst du das?« Adams Naivität war rührend.

»Pharoah Loves Theorie lautet, daß der Mörder eine Schachtel mit Negativen aus Bens Wohnung mitgenommen hat.«

»O Gott! Und derjenige, der sie jetzt hat –«

»Meldet sich nicht«, unterbrach ihn Seth. »Wer zugibt, daß er diese Negative besitzt, gibt gleichzeitig zu, daß er Ben umgebracht hat. Hast du irgend jemanden gesehen, als du in die Wohnung gekommen bist?«

»Nein, niemanden. Ich wäre fast mit der Putzfrau zusammengestoßen. Ich habe gehört, wie sie die Treppe raufkam. Da bin ich sofort in den Heizungsraum gerannt, bis ich gehört habe, daß sie in der Wohnung ist.«

»War Veronica auch auf der Peyote-Party?«

»Nein. Jamie hat mir erzählt, sie sei mal bei einer gewesen, und da ist irgend etwas passiert, was sie so erschreckt hat, daß sie nie wiedergekommen ist.«

»Hat er dir gesagt, was das war?«

»Nein. Aber ich habe meine Vermutungen.«

Seth ging zur Bar. »Wie ist dein Drink?«

»Okay.«

Seth dachte an Ella, während er sich einen Martini mixte. Sie hatte Adam als Tatverdächtigen sehr viel höher angesetzt als er oder Pharoah. Hatte sie das einfach so gesagt und einen Zufallstreffer gelandet, oder wußte sie mehr, als sie zugeben wollte? Ella hatte Ben geliebt, aber aus ihrer Abneigung gegen Adam machte sie keinen Hehl. Hatte das mit Jameson zu tun? Hatte Jameson sich bei ihr beklagt, weil Adam ihn verlassen wollte? War Ella auf irgendwelchen Schleichwegen dahinter gekommen, daß Adam an dem betreffenden Morgen in Bens Wohnung war? Und wenn ja, wie? Von wem hatte sie es erfahren?

»Adam«, sagte Seth, »Pharoah Love und ich waren heute bei Ella.«

»Ich weiß.«

Er drehte sich um und sah Adam in die Augen. »Ich sage dir das nur ungern, aber sie hat versucht, Pharoah Love davon zu überzeugen, daß du Ben umgebracht hast.«

Adam hielt sein Glas so verkrampft fest, daß Seth schon befürchtete, er würde es zerdrücken.

Das Telefon klingelte.

»Wenn es Jamie ist«, sagte Adam mit einer komischen Stimme, »dann sag ihm, er kann mich mal.«

Seth nahm den Hörer ab. »Ja?«

»Wie läuft die Arbeit, Cat?«

Seth hoffte, daß er einigermaßen locker klang. »Hi, Pharoah. Hab' mich gerade drangesetzt.«

In der Telefonzelle war es drückend heiß, also öffnete Pharoah die Tür einen Spaltbreit. »Warum läßt du das Zeug nicht bis morgen liegen, Cat? Ich fühle mich sehr einsam und irgendwie auch ein bißchen deprimiert. Könntest du mich vielleicht aufheitern?«

»Hör zu, ich komme später höchstwahrscheinlich doch noch in Ida's Bar.« Seth ließ sich aufs Sofa sinken, ein Bein über die Armlehne geschwungen. »Aber das hängt wirklich davon ab, wie gut ich vorankomme.«

Pharoah seufzte. »Ich will dich ja nicht unter Druck setzen, Cat. Aber der Fall macht mich langsam ziemlich fertig.«

»Ich glaube, er macht einige Leute fertig«, meinte Seth. Die nächste Frage beunruhigte ihn.

»Bist du allein, Cat?«

»Ja, klar.«

»Okay, Cat. Also, hoffentlich bis später.« Pharoah legte auf, verließ die Telefonzelle und ging zu seinem Wagen, der gegenüber vom Eingang zu Seths Apartmenthaus geparkt war. Seine Schläfen pochten, und sein Gesicht glühte, als er sich hinters Steuer setzte. Versuch bitte nicht, mich reinzulegen, Cat. Ich hab' doch genau gesehen, wie der Indianer ins Haus gegangen ist. Ich weiß, er ist bei dir. Er fuhr los. In diesem Moment trat Veronica aus einem dunklen Hauseingang und ging rasch über die Straße zur Lobby des Apartmenthauses.

»Möchtest du was essen?« fragte Seth.

»Nein.« Adam fuhr sich mit der Handkante über die Kehle. »Mir steht's bis hier.«

»Du solltest Pharoah Love sagen, daß du in Bens Wohnung warst.«

Adam fuhr sich mit den Fingern durch die Haare und gab ein Geräusch von sich, das wie ein unterdrückter Kriegsschrei klang. »Wie kann ich denn beweisen, daß ich ihn nicht umgebracht habe? Angenommen, er sperrt mich ein, weil ich der Hauptverdächtige bin?«

»Selbst wenn er das tun würde«, entgegnete Seth,

»kann er dich nicht lange festhalten. Jeder gute Anwalt würde dich rausholen, aus Mangel an Beweisen.«

»Du lieber Gott.« Adam seufzte. »Vermutlich würde es besser aussehen, wenn ich mich gleich bei ihm melde.«

»Ich glaube, er ist unterwegs zu Ida's Bar.«

»Ich habe Jamie versprochen, daß ich zum Abendessen wieder zu Hause bin. Wenn ich ihn jetzt anrufe und ihm sage, daß ich es nicht rechtzeitig schaffe, dann denkt er bestimmt … Ach, du lieber Gott.«

»Sag ihm einfach die Wahrheit. Was kann schon passieren? Du hast doch bereits gekündigt.«

Adam schüttelte frustriert den Kopf. »So einfach ist das nicht. Er ist sowieso schon mißtrauisch und hat eine Bemerkung fallenlassen, daß er gar nicht weiß, wo ich an dem Morgen war, als Ben ermordet wurde. Du weißt doch bestimmt, wie er ist, wenn er denkt, er ist hintergangen worden? Jetzt hat er schon Ella eingesetzt, um mich anzuschwärzen.« Adam sprang auf und lief unruhig hin und her. »Ihm ist doch inzwischen alles egal. Nicht mal für sich selbst interessiert er sich noch. Er stirbt bald. Die Krämpfe werden schlimmer. Der Arzt hat ihn gewarnt. In den letzten fünf Tagen hatte er drei Anfälle. Der nächste könnte tödlich sein. Deswegen ist es ihm völlig gleichgültig, was passiert.«

»Tja … «, begann Seth. »Wenn du es über dich bringen würdest, noch ein bißchen länger bei ihm zu bleiben …«

»Nein!« schrie Adam. »Ich kann nicht. Ich halte es einfach nicht mehr aus.«

Glockenklänge erfüllten den Raum. Adam brauchte ein paar Sekunden, bis er begriff, daß es die Türklingel war. Er blickte Seth fragend an, aber Seth starrte stumm auf die Tür. Wenn es Pharoah ist, dachte Seth, wie soll ich ihm Adams Anwesenheit erklären? Wenn es Pharoah ist, dann hat er wirklich Nerven. Wie kann er hierherkommen, wenn ich ihm gesagt habe, daß ich arbeiten will? Wenn das Pharoah ist, dann werde ich …

Er öffnete die Tür. Vor ihm stand Veronica, die Handtasche fest umklammernd. »Ich hab' gehofft, daß du zu Hause bist«, sagte sie nur und trat ein. »Ich hätte vorher angerufen, aber …« Sie starrte Adam an.

»Hallo«, murmelte Adam.

»Oh.«

Seth schloß die Tür, nahm Veronica am Arm und führte sie zum Sofa. »Wir trinken gerade einen Martini. Möchtest du auch einen?« Der Spott in seiner Stimme war nicht zu überhören. Veronica machte sich los und ließ sich aufs Sofa fallen.

»Hat Pharoah Love dich gerade angerufen?«

»Bist du Hellseherin?« fragte Seth.

»Hast du eine Ahnung, von wo er angerufen hat?«

»Woher soll ich das wissen? Vermutlich von seinem Büro aus. Warum fragst du?«

»Er hat dich von der Telefonzelle auf der anderen Straßenseite angerufen. Und als er ging, wirkte er ausgesprochen wütend.« Ihre Augen wanderten von Seth zu Adam und wieder zurück.

»Er beschattet dich«, sagte Adam tonlos. Seine Stimme war kaum wiederzuerkennen.

»Offensichtlich«, erwiderte Seth betont lässig. »Ach, was soll's! Warum nicht? Ich bin ein Verdächtiger in einem Mordfall. Werden die Verdächtigen nicht immer beobachtet? Wer weiß? Vielleicht werden wir alle von unsichtbaren Schatten verfolgt.« Adam ging zur Tür. »Wo willst du hin?«

»Zu Ida's Bar.«

Veronica riß die Augen auf. »Meinetwegen brauchen Sie nicht zu gehen, Darling.«

»Ich gehe meinetwegen«, entgegnete Adam schnippisch. Veronica zuckte zusammen, als die Tür hinter ihm ins Schloß fiel. Sie schaute zu Seth hoch.

»Ich habe nicht gewußt, daß ich dich stören würde.«

»Ich würde dich auffordern, das auf einem ganzen Stapel Bibeln zu beschwören, aber du glaubst ja nicht an Gott, und ich habe keine Bibeln. Hat Jamie dich hierher geschickt, um etwas zu sabotieren, was er sich in seinem kranken Hirn ausgedacht hat, oder war es dein eigener Plan?«

Veronica weinte nicht leicht, und deshalb war Seth richtig betroffen, als er jetzt sah, daß sie die Hände vors Gesicht schlug und am ganzen Körper zitterte. Er ging zur Bar, goß ihr einen kräftigen Scotch mit Soda ein und setzte sich dann neben sie, den Drink in der Hand.

»Du solltest was trinken. Hier.«

»B-b-bitte, stell das Glas weg.« Sie kramte in ihrer Handtasche, fand ein Taschentuch, und nach sechzig Sekunden war die Ordnung wiederhergestellt. Sie nahm den Scotch, trank einen kräftigen Schluck und sah dann Seth mit ernstem Gesicht an.

»Ich hab' noch nie solche Angst gehabt – ich hab' mich noch nie so allein gefühlt – in meinem ganzen Leben nicht. Sieh mich nicht so an!« Seth versuchte, sein hämisches Grinsen zu unterdrücken. »Das ist kein Getue. Es … es …« Sie machte eine hilflose Geste. »Es ist, als ginge plötzlich die Welt unter. Seth, hast du die Sache schon mal richtig zu Ende gedacht? Was passiert mit uns, wenn der Fall an die Öffentlichkeit kommt? Ist dir klar, für wie viele Leute ihr guter Ruf auf dem Spiel steht? Wie viele Existenzen ruiniert werden könnten?«

»Du denkst doch vor allem an dich selbst.«

»Ja«, antwortete sie matt, »vor allem. Seth, wieviel weiß Pharoah Love? Was hat er dir erzählt? Was hat er in Bens Wohnung gefunden?« Seth mußte sich beherrschen, um nicht zu der Schranktür zu blicken, hinter der die Fotokopien verstaut waren.

»Wovor hast du Angst? Was konnte er denn gefunden haben?«

»Na ja – irgendwas – über uns alle!«

»Du meinst, irgendwas über dich.«

Sie stellte das Glas weg und holte ihr Zigarettenetui hervor. »Okay, Seth.« Niemand hätte diese Erschöpfung in der Stimme heucheln können. Veronica war eine starke Frau und gab selten zu, daß sie nicht mehr konnte. Aber jetzt sah sie wirklich aus wie fünfunddreißig, vielleicht sogar noch fünf Jahre älter. Sie zündete sich eine Zigarette an, stieß den Rauch aus und sagte dann mit einer Stimme, die vor lauter Resignation so hohl klang wie ein fernes Echo: »Hat Pharoah Love gesagt, daß er irgendwelche unanständigen Negative gefunden hat?«

»Was genau meinst du mit ›unanständig‹?«

»Ich meine Fotos, die Ben bei einer von Jamies Peyote-Partys aufgenommen hat. Die Bilder, mit denen er mich erpreßt hat.«

»Was für Fotos?«

»Ziemlich kompromittierende.« Plötzlich begann sie zu schreien. »Was denkst du, warum ich grün bin vor Angst? Bilder von mir und irgendeiner gottverdammten Lesbe beim Sex.« Seth zeigte keine Regung, und Veronica war perplex. »Bist du nicht schockiert? Ich war schockiert! Es war das erstemal – und das letztemal, das kann ich dir versichern. Ich ekle mich jedesmal, wenn ich daran denke – und zur Zeit denke ich fast ununterbrochen daran!« Sie war wieder den Tränen nahe. »So was würden sie doch nicht in der Zeitung bringen, oder?«

»Nicht mal, wenn sie wüßten, wo die Bilder sind.«

»Was?«

Seth nahm einen Zug aus ihrer Zigarette. »In Bens Wohnung wurden weder Fotos noch Negative gefunden. Pharoah vermutet, daß der Täter Sie mitgenommen hat.«

»O Gott! Dann kann da also auch aus einer anderen Richtung noch etwas kommen. O Gott!« Sie ließ sich gegen die Rückenlehne sinken, streckte die Beine von sich und bestreute Seth mit Zigarettenasche. »Wer?« ächzte sie. »Wer könnte es sein?«

Wie zur Antwort klingelte das Telefon.

Die Störung irritierte Seth. »Verdammt noch mal!« Er nahm den Hörer ab und meldete sich mit schroffer Stimme: »Was gibt's?«

»Seth?« quäkte eine vertraute Stimme am anderen Ende. Er fuhr zusammen.

»Ella?« Veronica setzte sich sofort auf, neigte den Kopf zur Seite und horchte mit offenem Mund.

»Wir haben eine Art Notfall. Ist Adam bei Ihnen? Er wollte zum Abendessen zu Jamie nach Hause kommen, und Jamie bringt es nicht über sich, Sie anzurufen.«

»Nein, Ella, Adam ist nicht hier. Er ist vor einer Weile gegangen. Vielleicht ist er in Ida's Bar. Das ist die Nummer auf dem Telegramm, das ich Ihnen gestern geschickt habe.«

»Ich werde die Information an Jameson weiterleiten. Seth?«

»Ja, Ella?«

»Sie haben nicht wieder in Jamies Revier gewildert?«

»Natürlich nicht, Ella.«

»Da bin ich aber froh.« Sie klang ehrlich erleichtert. »Ich mag Sie irgendwie, Seth. Bei Bens Begräbnis haben Sie mich sehr gerührt. Kaum jemand weint noch um einen anderen Menschen. Ich habe auch geweint. Aber nicht um Ben. Um Sie.« Veronica umkreiste Seth ungeduldig und verpestete das ganze Zimmer mit ihrem Zigarettenqualm. Seth preßte den Hörer ans Ohr, um Ellas Flötentöne zu verstehen. »Bei den paar Malen, die Ben Sie zu mir mitbrachte, hatte ich den Eindruck, Sie haben mehr Format als die meisten. Verstehen Sie, was ich damit sagen will?«

»Vielen Dank, Ella.«

Das Telefon klickte. Langsam legte Seth den Hörer wieder auf die Gabel.

»Ella!« sagte Veronica respektvoll, als wäre Seth soeben zum Ritter geschlagen worden. »War das tatsächlich *Ella*? Sie ruft doch *nie* jemanden an!« Sie hörte sich an wie eine perfekte Imitation von Ruthelma.

»Sie hat in Jamesons Auftrag gehandelt«, erklärte Seth. »Ich muß dir sicher nicht sagen, worum es ging.« Veronica nickte und begab sich zur Bar.

»Hast du Hunger?« fragte Seth.

»Nein. Du?«

»Nein.«

Sie drehte sich um und lehnte sich an die Bar. »Warst du schockiert?«

»Wegen Ella?«

»Nein, nicht wegen Ella. Meinetwegen – und wegen der Negative.«

»Das ist doch unwichtig.«

»Ich liebe dich, Seth. Bitte, glaub mir. Ich liebe dich.«

Seth konnte nicht widerstehen. Er ging zu Veronica und drückte seinen Mund auf ihren. Ihre Lippen erneuerten eine alte Freundschaft, und Veronica strich ihm zärtlich über den Kopf. Ihr Daumen kribbelte triumphierend.

»Warum haben Sie bis jetzt gewartet, Cat?«

»Ich hatte Angst.«

»Und was hat Sie jetzt veranlaßt, Farbe zu bekennen?«

»Seth.« Ihre Augen begegneten sich endlich. Pharoah und Adam saßen in der hintersten Ecke von Ida's Bar. Die Stammgäste bezeichneten die Ecke immer als Isolierstation. Der plärrenden Jukebox und dem lärmenden Samstagabendpublikum, das die Bar füllte, konnte man auch hier nicht entgehen, aber man war vergleichsweise ungestört.

»Waren Sie bei Seth Cat, als ich ihn vorhin angerufen habe?«

»Ja.«

Pharoahs Finger folgten einem unsichtbaren Muster auf der Tischdecke. »Sind Sie deswegen bei ihm gewesen – weil Sie ihm sagen wollten, daß Sie an dem Morgen in Bens Wohnung waren?«

»Ja.«

»Warum gerade Seth Cat?«

»Ich hab' keine Freunde.« Pharoah zog eine Augenbraue hoch. »Ich brauchte Rat. Er hat mir gesagt, ich soll hierherkommen und Sie suchen. Aber ich schwöre bei allem, was mir heilig ist, daß ich Ben nicht umgebracht habe.«

»Ich weiß, daß Sie's nicht waren.« Pharoah sagte das so schnell, daß Adam sich erstaunt aufrichtete. Er merkte nicht, daß Pharoah genauso verblüfft war. Dann sagte der Detective langsam und betont: »Nicht, weil ich den Täter kenne, sondern weil ich glaube, daß Leute wie Sie keinen Mord begehen. Ich will nicht behaupten, daß Sie nicht mit Mordgedanken im Herzen in Bens Wohnung gegangen sind, aber Denken und Handeln sind zwei Paar Stiefel.« Er winkte dem Kellner und bestellte das gleiche noch mal. »Aber damit wir nicht ganz umsonst hier sind, Cat, was steckt hinter der Bruder-und-Schwester-Nummer?«

»Sie meinen die Hursts?« Jetzt hätte er dringend eine Beruhigungspille gebraucht. »Was meinen Sie mit ›Nummer‹?«

»Wenn die beiden behaupten, daß sie sich so hassen, warum halten sie dann zusammen wie Pech und Schwefel?«

Adam zögerte kurz. Dann räusperte er sich. »Sie haben nur einander. Keine anderen Verwandten.«

»Wie lange wohnen Sie schon mit dem alten Hurst zusammen?«

»Zwei Jahre.«

»Dann müssen Sie sich eigentlich auskennen. Redet er je über seine Eltern?«

»So gut wie nie.«

»Hat er erzählt, wie seine Mutter ums Leben gekommen ist?«

»Ja. Sie ist aus dem Fenster gefallen, als er fünf Jahre alt war.« Vorsicht, sagte Adam zu sich selbst, immer schön langsam. Dieser Mann kann zwischen den Wörtern hören. Du bist Jamie etwas schuldig. Nicht viel, aber immerhin.

»Hat er je erwähnt, ob er oder Ella Cat dabei waren?«

Adam überlegte. »Nein. Nicht, daß ich wüßte.«

»Hm.« Pharoah beobachtete, wie Ida eine Gruppe von Gästen zu einem Tisch führte. Plötzlich kam ihm der Gedanke, daß es interessant wäre, sie auf einem Skateboard zu sehen. »Adam Cat – welche von diesen beiden merkwürdigen Gestalten hat Ihrer Meinung nach Ben Cat umgebracht?«

»Ich ... ich weiß es nicht«, stammelte Adam. »Ich ... Ach, du lieber Gott.« Er zuckte die breiten Schultern. »Ich kann mir bei beiden nicht vorstellen, daß sie einen Mord begehen. Und als ich an dem Morgen aus dem Haus gegangen bin, war Jamie noch da.«

»Und Ella sagt, sie war zu Hause und hat ›nachgedacht‹. Haben Sie Hunger?« Falls dies eine Einladung zu einem gemeinsamen Abendessen sein sollte, fand Adam das sehr überraschend. Er wollte weg. Selbst Jameson war besser als das hier.

»Ich – äh – ich habe Jamie versprochen, daß ich mit ihm zu Abend esse.«

»Hm.« Pharoah legte die Speisekarte weg und trank einen Schluck. Der Drink war schon ziemlich wäßrig, und er sah sich nach dem Kellner um, ob er endlich die neuen brachte. »Hat Seth was gesagt, ob er heute abend zu Hause bleibt?«

»Das weiß ich nicht. Als ich ging, war gerade Veronica gekommen.«

Pharoah machte plötzlich ein grimmiges Gesicht. »Die alte Hexe gibt wohl nie auf.«

Endlich kam der Kellner mit den Getränken. »Heute abend ist es hier wie im Irrenhaus.« Er räumte die leeren Gläser ab und eilte zu einer anderen Gruppe von Leuten, die ebenfalls schon ungeduldig darauf warteten, bedient zu werden. Adam überlegte, ob er es wagen konnte, sich zu verabschieden. Der Detective hatte sein Geständnis zu beiläufig weggesteckt. War das wirklich schon alles gewesen? Wollte ihn niemand aufs Revier schleifen? Kein Verhör, das sich über endlose Stunden hinzog? Waren die ganzen Humphrey-Bogart-Filme reine Erfindung?

»War das alles?«

Aus Gründen, die er sich selbst nicht erklären konnte, war Pharoah von der Naivität des Indianers enttäuscht. »Im Augenblick, ja. Ich trage keinen Gummischlauch bei mir.« Er sah Adam nicht an. Naive Leute waren für ihn keine Herausforderung. »Glauben Sie, es ist möglich, daß Seth Cat und das Biest sich wieder zusammen tun?« fragte er.

»Keine Ahnung. Mir ist das ziemlich egal. Spielt es denn eine Rolle?«

»Ja, allerdings, Cat. Er ist zu gut für sie.« Pharoah lehnte sich zurück. »Wenn Sie los wollen, Cat, dann verduften Sie ruhig.«

»Tja, also ... ich hab's Jamie versprochen, und außerdem ...«

»Gute Nacht.« Pharoah sah Adam an. »Halten Sie sich bitte zur Verfügung.«

Adam nickte, stand auf und drängte sich durch die Menge, ohne Ida und Ward zu beachten. Er wollte hinaus auf die Straße, in die Freiheit, er wollte seine Freiheit genießen, er sehnte den Mittwochmorgen herbei und den Beginn seines neuen Lebens.

»Ella! Ella!« Jameson war völlig aufgekratzt. »Es soll die grandioseste Party der ganzen Saison werden!« Er strahlte sein Spiegelbild an und hätte sich am liebsten vorgebeugt, um es zu küssen. »Im Garten lauter bunte Lampions. Ich habe eine Fünf-Mann-Combo bestellt, die Teppiche werden entfernt, damit man tanzen kann. Und um Mitternacht ...«

»Um Mitternacht erscheine ich«, quäkte Ella.

Plötzlich füllten sich Jamesons Augen mit Tränen. Er fiel auf die Knie und faltete die Hände. »Ella ... Ella, Liebling«, flüsterte er heiser.

»Liebling!« rief sie, ihn nachäffend.

»Jawohl, Liebling. Sei nicht so grausam zu mir, Ella. Nicht jetzt, da das Ende naht. Es fällt mir nicht leicht, das zu sagen, was ich sagen will, aber es muß gesagt werden.«

»Dann heraus damit! Du kannst einem schneller den Magen umdrehen als einen Satz zusammenschustern!«

»Ella!«

»Entschuldige.«

»Ich habe dich mein ganzes Leben lang geliebt, Ella.«

»Idiot!«

»Es ist die Wahrheit und nichts als die Wahrheit. Ich liebe dich – schon immer. Aufgrund der Last des schrecklichen Geheimnisses, die wir nun sechzig Jahre lang gemeinsam getragen haben, sind wir oft gemein zueinander gewesen. Aber hast du mich denn auf deine Art nicht auch geliebt?«

»Wahrscheinlich schon.«

»Mißgönne mir nicht die Wahrheit«, flehte er. »Wir haben einander das ganze Leben über beschützt. Ist das kein Zeichen für Liebe?«

»Du hast es also endlich begriffen«, sagte sie leise. »Warum sonst wäre ich all die Jahre an deiner Seite geblieben? Hast du denn nicht gemerkt, du gottverdammter Päderast, daß ich dir mein Glück geopfert habe? Ist so ein Opfer nicht das gleiche wie Liebe, du einfältiger, liebenswürdiger, wundervoller Dummkopf? So, und jetzt raus hier, ehe wir noch in diesem Meer von Sentimentalität ertrinken. Adam erwartet dich wahrscheinlich schon zu Hause. Du mußt herausfinden, was er diesem schrecklichen Detective erzählt hat! Und noch was, Jamie …«

»Ja, Liebling …«

»Vergiß nicht, ihn zu deiner Party einzuladen.«

»Das kann ich nicht.«

»Jamie!« Er war erschüttert, wie ängstlich ihre Stimme plötzlich klang. »Du glaubst doch nicht, daß Adam es ihm erzählt hat? Du glaubst doch nicht, daß er uns verraten hat?«

»Hör auf! Das darfst du nicht einmal denken! Adam würde das nie wagen.« Er stand ganz aufrecht, ein Ritter in einer unsichtbaren Rüstung. »Es würde ja bedeuten, daß er sich selbst belastet. Er ist weit genug gegangen, nicht wahr, mit seiner Entscheidung, mich zu verlassen. Ben war gerissener als Adam, aber am Ende hat er doch verloren. Nein, Liebling, ich kann mit Sicherheit sagen, daß Adam uns nicht verraten hat. Der jämmerliche kleine Idiot. Oh, es ist mir gar nicht recht, was wir ihm antun müssen! Aber andererseits«, fügte er heiter hinzu, »andererseits sind die meisten Menschen entbehrlich. Bis gleich, meine Süße.«

»Bis gleich.«

»Hey! Kopf hoch! Sie bringen die Bar in Verruf. Ein Detective darf nicht deprimiert aussehen, oder sind Sie inkognito hier?« Ida setzte sich auf den Stuhl gegenüber von Pharoah. Um zwei Uhr morgens wurde es in der Bar allmählich ruhiger. Pharoah sah sie einen Moment lang verschwommen an, dann blinzelte er den Schleier weg. Seine Augen konnten den Anblick von zwei Idas nicht tragen.

»Ich mag Sie, Ida Cat«, murmelte er.

Das hat mir gerade noch gefehlt, dachte sie grimmig. Ein betrunkener Schwarzer ist ja gar nicht so übel, aber ein betrunkener schwarzer Detective – das ist zuviel. Mühsam unterdrückte sie ein Kichern.

»Wie wär's mit 'ner Tasse Kaffee?«

»Hm«, sagte er und rieb sich mit beiden Händen den Nacken. »Nein, ich brauche was anderes, Ida Cat.«

»Also dann – was zu essen? Wahrscheinlich fehlen Ihnen einfach ein paar Kalorien.«

»Ich sag' Ihnen, was mir fehlt. Mir fehlt sehr vieles. Vor allem aber fehlt mir ein Mörder.«

»Den finden Sie leider nicht auf der Speisekarte.«

»Ich weiß, Ida Cat. Ich hab' schon nachgeschaut.«

»Hören Sie«, sagte sie, kreuzte die Arme vor der Brust und stützte sich auf den Tisch. »Was passiert eigentlich, wenn Sie die Tat keinem anhängen können?«

»Ohhhh«, kicherte er. »Ich werd' sie schon einem anhängen, Ida Cat, sonst übernimmt ein anderer meinen Job. Und das würde mir gar nicht gefallen. Nein, nein, Ida Cat. Ich werde meinen Mörder schon finden – und zwar bald. Das spüre ich in den Knochen. Aber ich muß die Sache etwas beschleunigen, weil ich allmählich die Nase voll habe. Und wenn ich mir etwas in den Kopf gesetzt habe, Ida Cat ...« Er schwieg. Man hörte Donnergrollen, und als Pharoah aus dem Fenster blickte, sah er einen grellen Blitz.

»Das ist es, Ida Cat. Das ist es – ein Zeichen des Himmels!« Erschöpft ließ er die Hand sinken. Sein Kopf sackte nach vorn.

»Hey!« Keine Reaktion. »Cat! Hey!« Mühsam blickte er auf. »Ist Ihnen schlecht?«

»Nein, Ida Cat.« Er seufzte. »Mir ist nicht schlecht. Ich bin verliebt.«

»Ach, es geht mir so gut!« Veronica tanzte barfuß im Schlafzimmer herum, während sie den Reißverschluß an ihrem Kleid hochzog.

»Willst du wirklich keinen Kaffee?« rief Seth aus der Küche. Er fragte sich, ob das Gewitter Veronica veranlassen würde, über Nacht zu bleiben. Hoffentlich nicht!

»Nein, nein, nein, nein!« zwitscherte sie vergnügt. »Dann kann ich nicht schlafen, und ich will heute nacht mindestens neun Stunden schlafen.« Sie schlüpfte in ihre Pumps und ging mit entschlossenen Schritten ins Wohnzimmer, um ihre Handtasche zu holen.

»Ich ruf' dir ein Taxi.« Seth betrat den Raum, in der einen Hand eine Tasse Kaffee, in der anderen ein Sandwich mit Käse und Schinken.

»Ach, laß nur. Ich gehe die paar Meter zu Fuß.«

»Um diese Zeit? Bist du verrückt?« Er war am Schreibtisch angekommen, wo er Tasse und Teller abstellte. »Die Straßen hier sind nicht mal bei Tageslicht sicher. Außerdem regnet es.«

»Na und? Na und? Na und?« Sie hüpfte zu ihm hinüber und küßte ihn auf die Nase.

Ach du Scheiße. Sie glaubt wirklich, daß die letzten beiden Stunden etwas bedeuten.

»Was ist los?« fragte Veronica.

»Wie meinst du das?«

»Du machst so ein komisches Gesicht.«

Er drehte sich um und betrachtete sich im Spiegel. »Ich finde, ich sehe nicht anders aus als sonst.«

»Mach mir doch nichts vor!« Wie gut er diesen Tonfall kannte! Er war ihm mindestens so vertraut wie ein Preßlufthammer, der die Straße aufreißt. »Es tut dir leid, daß wir gebumst haben.« Er wollte gerade in sein Sandwich beißen. Lieber wäre es ihm gewesen, er könnte ihre Halsschlagader zwischen die Zähne kriegen. Er legte das Sandwich wieder auf den Teller und lehnte sich zurück.

»Okay. Der Wind hat sich offenbar gedreht. Was willst du?«

»Du ziehst dich wieder mal in dein Schneckenhaus zurück, stimmt's?«

»Herrgott, Veronica, kannst du nicht einmal etwas tun, ohne die folgenden beiden Stunden damit zu verbringen, es zu zerpflücken?«

»Du bist mit mir ins Bett gegangen, weil du mit irgend jemandem ins Bett gehen mußtest. Das ist alles, stimmt's?« Sie ließ sich auf das Sofa sinken.

»Was erwartest du? Applaus?« Sie überlegte kurz, ob sie ihm ihre Handtasche an den Kopf werfen sollte, aber sie war nicht genug in Übung, um einen Gegenangriff abzuwehren.

»Ach, was soll's«, sagte sie lässig, was ihn nicht im geringsten wunderte. »Schließlich sind wir verheiratet. Und das ist doch das mindeste, was eine Ehefrau für ihren Mann tun kann.«

Er biß in sein Sandwich.

Veronica holte tief Luft. »Hast du was mit Adam?«

Seth stöhnte. »Veronica, das einzige, was Adam und ich gemeinsam haben, ist, daß wir nichts gemeinsam haben. Geh jetzt bitte nach Hause. Ich hatte nicht vor, dich heute abend irgendwie auszunützen, und geplant habe ich es schon gar nicht, weil ich ja keine Ahnung hatte, daß du vorbeikommen würdest. Du wiederum bist hierhergekommen, weil du gedacht hast, du müßtest dich zwischen mich und Adam stellen, und als du gemerkt hast, daß gar nichts zwischen uns ist, hast du beschlossen, alles zu riskieren. Ich habe das ausgenützt. Okay? Ich war dir einen Schritt voraus.«

Abrupt setzte sie sich auf und schlug energisch die Beine übereinander. »Ich finde, wir sollten uns scheiden lassen.«

»Ja, das finde ich auch«, sagte er und biß noch einmal zu. »Aber ich kann mir eine Scheidung finanziell nicht leisten.«

»Ich bezahle alles«, entgegnete sie schnippisch. »Aber von jetzt an, mein Süßer, ist alles erlaubt.«

Er legte sein Sandwich weg. »Okay! Okay!« rief er. »Nimm deine Pfennigabsätze und ramm sie mir in die Eier. Alles erlaubt! Was hast du vor? Willst du mich ruinieren? Mich zugrunderichten? Willst du der ganzen Welt mitteilen, daß du einen doppelt gepolten Mann geheiratet hast? Glaubst du wirklich, es interessiert mich auch nur im geringsten, was du tust? Nur zu! Trompete es in ganz New York herum! Und nenne den verstorbenen Ben Bentley als Zeugen!« Er beugte sich vor und grinste. »Und ich zahle es dir mit gleicher Münze heim und nenne Daniel Saber.«

Ein Chamäleon hätte Veronica darum beneidet, wie blitzschnell sie die böse Miene wegwischen konnte. »Ach komm, Süßer, wir mögen einander doch viel zu sehr für solche albernen Drohungen!« Sie stand auf und strich sich das Kleid glatt. »Ich finde, wir sollten es beide überschlafen.«

»Nimm's nicht zu leicht!« rief er und sprang auf. »Ich bin dir überlegen, Baby. Ich weiß inzwischen, wie's um mich steht. Bei diesem Ausflug sitze ich am Steuer. Und ich sage dir eins: Halte dich von jetzt an aus meinem Leben raus.«

»Seth!«

»Ich laß mich nicht mehr von dir fertigmachen!« Sie wich zurück, als er auf sie zukam. »Hör endlich auf, dich überall einzumischen! Wenn du noch einmal versuchst, mich daran zu hindern, das Buch zu schreiben, dann ...«

Sie war schon zur Tür hinaus und rannte den Flur entlang. Die Tür fiel ins Schloß. Seth starrte auf seine Hände. Seine Finger waren verkrampft, als hielten sie einen unsichtbaren Hals umklammert. Veronicas Hals.

Er eilte in die Küche und stieß mit dem Ellbogen gegen den Kaltwasserhahn. Dann hielt er seine Hände in den eisigen Wasserstrahl, wobei er laut schluchzte, bis sich die Muskeln seiner Finger entspannten. Er lehnte sich erschöpft an die Spüle, starrte auf das Wasser, das den Abfluß hinunterfloß, und fragte sich, wer zum Teufel um diese Uhrzeit noch anrufen könnte. Schließlich drehte er den Hahn zu, trocknete sich die Hände an einem Geschirrtuch und nahm den Hörer in der Küche ab.

»Hi, Cat«, sagte eine lallende Stimme am anderen Ende der Leitung. »Du bist mein Lieblings-Cat, Cat. Mein allerliebster Lieblings-Cat.« Und dann wurde der Hörer nach einem kurzen Herumfummeln wieder aufgelegt.

Seth legte ebenfalls auf, ging ins Wohnzimmer und zündete sich eine Zigarette an. Oh, Dr. Shlacher, dachte er entzückt, es ist nicht mehr wichtig, wie er mit mir umgeht. Seth Baby sitzt hinterm Lenkrad, lieber Dr. Shlacher, und Seth Baby hat nicht die geringste Absicht, das Steuer wieder abzugeben.

Adam war in der Küche und aß ein Rührei, als Jameson nach Hause kam. Gerade schluckte er den letzten Bissen hinunter, da betrat Hurst die Küche, die Morgenzeitung unterm Arm.

»Da bist du ja«, meinte Hurst naserümpfend. »Ich habe gedacht, wir würden miteinander zu Abend essen.«

»Das habe ich auch gedacht«, entgegnete Adam und stellte sein Geschirr in die Spüle. »Ich bin schon seit einer guten Stunde wieder hier.«

»Oh.« Hurst legte die Zeitung auf den Tisch. »Na ja – ich habe endlos lange gewartet, und schließlich bin ich davon ausgegangen, daß ich versetzt wurde. Also habe ich bei Ella Trost gesucht.«

»Möchtest du einen Kaffee?«

»Einen kleinen Schluck.«

Adam holte Tassen und Untertassen aus dem Schrank und stellte sie auf den Tisch, wo die Kaffeemaschine verlockend gurgelte.

»Ella hat dich bei Seth angerufen, aber du warst nicht da. Jedenfalls hat er das behauptet.«

Adam lächelte. »Vermutlich sollte ich es als Kompliment ansehen, daß Ella mit ihrer Tradition bricht, nur um mir nachzuspionieren.«

»Wir haben dir nicht nachspioniert!« erwiderte Hurst verdrossen. »Du hast gesagt, du kommst zum Abendessen nach Hause, und ich war zu stolz, um Seth selbst anzurufen.«

Er schaute zu, wie Adam den Kaffee eingoß, und setzte sich dann auf den Stuhl ihm gegenüber.

»Hast du was gegessen?« fragte Adam.

»Ich hatte keinen Hunger.«

»Möchtest du, daß ich dir was koche?«

»Nein. Wo warst du?«

»Ich war noch in Ida's Bar.«

Hurst kniff die Augen zusammen. »Was hast du dem Detective erzählt?«

Adam blickte auf. »Woher weißt du, daß ich mich mit ihm getroffen habe?«

Hurst schlug sich die Hand vor den Mund.

»Du bist mir gefolgt!« rief Adam. Hurst nahm die Hand wieder weg und setzte sein Kleinjungengesicht auf. »Ja, ja, ich bin dir zu Ida's Bar gefolgt, aber als ich durchs Fenster geguckt und dich mit dem schwarzen Mann gesehen habe – also, da bin ich ganz, ganz wütend geworden und gleich zu Ella gerannt. Ella war sehr besorgt, Adam. Sie befürchtet, du könntest vielleicht ein bißchen zuviel über uns ausgeplaudert haben.« Dann fügte er in scharfem Ton hinzu: »Hast du geplaudert?«

»Nein, verdammt noch mal«, gab Adam zurück. »Ich habe nichts gesagt. Aber ich hätte es tun sollen. Was bringt Ella auf die Idee, Love einzureden, ich hätte Ben umgebracht?«

Jamesons Hände flatterten nervös. »Hat sie das getan? Da muß ich aber mit ihr schimpfen.« Dann meinte er besänftigend: »Sie war nur ein bißchen ungezogen. Du kennst doch Ella.«

»Ich habe Neuigkeiten für dich und Ella. An dem Morgen, an dem Ben umgebracht worden ist, war ich in seiner Wohnung.«

»Oh! Oh!« Jameson schlug die Hände vors Gesicht.

»Aber er war schon tot, als ich hingekommen bin, und das habe ich Pharoah Love erzählt. Und damit eines klar ist: Er glaubt keineswegs, daß ich Ben umgebracht habe.«

Hurst nahm die Hände vom Gesicht und sah Adam an.

»Und ich hab' noch was für dich: Er hat Nachforschungen über den Tod deiner Mutter angestellt …« Hurst stieß einen schrillen Schreckensschrei aus. »Und krieg jetzt bloß keinen Anfall. Ich würde dich nämlich einfach hier liegen lassen.«

Hurst rührte schon wieder relativ gelassen in seinem Kaffee. »Ich will Mr. Love zu meiner Party am Dienstag einladen.«

»Hast du sonst noch irgendwelche Überraschungen auf Lager?« fragte Adam und spielte mit dem Brotmesser.

»Ja.« Hurst grinste. »Aber die gebe ich erst am Dienstag abend bekannt.« Er hob die Tasse an die Lippen und trank einen Schluck. Dann setzte er sie mit einem koketten Lächeln wieder ab. »Weißt du was, Adam? Du machst den Eindruck, als wärst du in den letzten Stunden um einiges älter geworden. Ich finde, das steht dir ausgezeichnet.«

Adam starrte auf seine Hand. Sie umklammerte den Griff des Messers.

»Vorsicht, mein Lieber. Sonst schneidest du dich noch.«

Wutentbrannt rammte Adam das Messer in die Tischplatte und rannte aus der Küche. Hurst kicherte und tippte mit dem Finger gegen den Griff. Das Messer zitterte ein bißchen, blieb aber stecken. Hurst betrachtete es fasziniert.

»Mein Lieber«, flüsterte er, »das Ding könnte tödlich sein!«

Kapitel 13

Autorenanfrage

An die Redaktion: Für eine Biographie von Ben Bentley (Bergheim), der am Dienstag, dem 11. Juni, gestorben ist, suche ich Informationsmaterial, Fotos etc.
Seth Piro
203 West End Ave.
New York City

Seth hatte keine Vorstellung davon, wie viele Leute die Literaturbeilage der Sunday Times lasen, aber selbst wenn er nur ein Dutzend Antworten bekam, war das ein Erfolg. Die Anzeige verfolgte sowieso hauptsächlich den Zweck, allen zu zeigen, daß er es ernst meinte. Er war begeistert, als er sie gedruckt sah. Es war das erstemal seit fast zwei Jahren, daß ein Text von ihm nicht abgelehnt worden war.

Er saß in Pyjama und Morgenmantel an seinem Schreibtisch, die Haare zerzaust, die Augen noch verklebt vor Müdigkeit, die Gedanken unruhig nach einem grauenhaften Alptraum, das Herz noch schwer von den gräßlichen Abschiedsminuten mit Veronica, die Finger noch verkrampft, weil er endlos getippt hatte – bis sechs Uhr morgens.

Der Telefonhörer lag immer noch neben dem Telefon, als er das Telegramm, das unter seiner Tür durchgeschoben worden war, noch einmal durchlas. KOMMEN SIE WIE SIE SIND. CHEZ MOI. DIENSTAG. AB NEUN. GROSSE GALA. HURST. Dann blätterte er die zwanzig getippten Seiten noch einmal durch, wobei er immer wieder innehielt, wenn sein Blick auf eine besonders interessante Zeile fiel. Zum Schluß überflog er den letzten Abschnitt noch einmal – mindestens zum zehntenmal an diesem Morgen.

Jawohl, dachte er, sehr einleuchtend, ein höchst plausibler Mörder. Er goß sich die dritte Tasse Kaffee ein, zündete sich die sechste Zigarette an und legte den Hörer zurück auf die Gabel. Vielleicht hatte ja schon jemand seine Anzeige gelesen und wollte mit ihm in Kontakt treten. Er legte die Fotokopien zurück in den Ordner, verschloß ihn sorgfältig und ging zum Wäscheschrank. Er zog einen Stapel gebügelte Laken nach vorn und verstaute den Ordner dahinter.

Im Badezimmer holte er die Flasche Mundwasser aus dem Schrank. Er spülte sich gründlich den Mund, flüsterte dabei den Millionen winziger Bakterien, die das Mundwasser zu zerstören versprach, ein stummes Lebewohl zu und spuckte sie dann ins Waschbecken. Dann zwinkerte er verschwörerisch seinem Spiegelbild zu. Er konnte sich nicht erinnern, wann er das letztemal so stolz auf sich gewesen war.

Wieder am Schreibtisch klammerte er die getippten Seiten zusammen, zog die unterste Schublade auf, holte einen Ordner mit der Aufschrift »Einkommensteuer« (kleiner Scherz!) heraus und hängte den Papierstapel hinein. Dann legte er sich aufs Sofa. Die Zigarette im Mundwinkel, die Hand über den Augen versuchte er, sich möglichst viele Details seines Alptraums wieder ins Gedächtnis zu rufen. Er wollte sich genau erinnern und vor seiner nächsten Sitzung bei Dr. Shlacher alles gründlich analysieren.

Zuerst listete er die Personen auf, die vorgekommen waren, ohne dabei allerdings eine bestimmte Reihenfolge einzuhalten. Wenn er das schaffte, würden ihm die Ereignisse von selbst wieder einfallen. Da war Veronica, dann Adam, gefolgt von Hurst und Ella und der unvergeßliche Pharoah Love, der nicht besonders vorgestellt werden mußte. Außerdem Ada und Ida und Mrs. Bergheim und im Badezimmer ein kleiner Junge mit wunderschönen großen Augen und einem Pagenkopf, der sich mit raschen Bewegungen abtrocknete und aus Leibeskräften zu einer Melodie aus dem Radio sang.

Und natürlich war da noch der Star des Alptraums, ein gewisser Seth Piro, der von Veronica zu Ida eilte und zu dem merkwürdig gesichtslosen Mann, der mit halb offenem Hosenladen in einem Sessel saß und mit dem Ende seiner Krawatte seine Brille putzte und Seths verzweifelte Hilfeschreie nicht zu hören schien. »Helfen Sie mir! Au secours! Ayudame!« Seth lachte leise. Ein spanischsprachiges Mädchen aus den Südstaaten. Ayuda Mae. Hilfe. Retten Sie mich! Bitte! »Die große schwarze Katze!« schrie er. »Retten Sie mich! Da kommt die große schwarze Katze!« Das Monster verfolgte ihn von einem Zimmer ins andere, es war fast zwei Meter groß, mit messerscharfen Krallen und funkelnden gelben Augen, die Seth drohend fixierten. Jetzt fletschte es die Raffzähne – es gab kein Entrinnen, er versuchte, sich im Wandschrank zu verstecken, aber die Katze stürzte sich auf ihn, drückte ihn gegen die Wand, leckte ihm das Gesicht ab und schnurrte dabei zufrieden. Seth war mit einer Erektion erwacht.

Heiße Asche fiel ihm auf die Brust, und er setzte sich schnell auf und spuckte die Kippe in den Aschenbecher. Er zupfte das Zigarettenpapier und die Aschekrümel, die an seiner Lippe klebten, vorsichtig ab und lehnte sich dann zurück, die Hände hinter dem Kopf verschränkt. Leise pfiff er eine muntere Melodie vor sich hin, klopfte mit dem rechten Fuß den Takt, zufrieden mit sich und der Welt. Alles war klar, und er, Seth Piro, hatte die Sache im Griff. Sämtliche Nischen waren besetzt und sorgfältig beschriftet – Veronica. Pharoah. Adam. Ella. Hurst. Sogar Dr. Shlacher. Seth Piro wurde nicht mehr herumgeschubst und manipuliert. Das war seine Show, seine eigene Produktion. Gott ist mein Zeuge – ich werde die Fäden nicht mehr aus der Hand geben. Glockengeläut begleitete seine euphorische Stimmung, und er grinste in sich hinein, bis er merkte, daß jemand an der Tür war.

Pharoah Love. In buntem Hemd und Sportsakko, in der Hand eine braune Papiertüte.

»Na, so was!« sagte Seth, nicht weiter überrascht. »Komm doch rein.«

»Ich grüße dich, Cat.« Pharoah trat ein, und Seth schloß die Tür. »Ich hab' versucht, dich anzurufen, aber es war ständig besetzt, Cat.« Er hielt ihm die Tüte hin. »Ich tausche ein paar Donuts gegen eine Tasse sehr schwarzen, sehr starken Kaffee.« Er blickte sich um, während Seth in die Küche ging, um Tassen und Teller zu holen. »Sind wir allein?«

»Wen hast du erwartet?« fragte Seth. Er klapperte mit den Tellern, damit man das Zittern in seiner Stimme nicht hörte. »Die Schola Cantorum?«

»Hast du Aspirin im Haus?«

»Im Arzneischränkchen im Bad. Bedien dich.«

Ein paar Minuten später war das Aspirin geschluckt, der Kaffee eingegossen, und die Donuts lagen auf einem Teller. Pharoah hing in einem Sessel, und Seth saß am Tisch.

»Ich hab' einen schlimmen Kater, Cat.« Pharoah seufzte und nahm seine Tasse. »Hab' ich dich gestern abend eigentlich zu einer, wie man so sagt, gottlosen Zeit angerufen?«

»Allerdings.« Seth nickte und wischte seine klebrigen Donut-Finger an einer Serviette ab.

»Und worum ging's?«

»Na ja«, meinte Seth und leckte sich den Puderzucker von den Lippen. »Du hast mir gesagt, ich sei dein Lieblings-Cat, und dann hast du aufgelegt, hattest aber ziemliche Schwierigkeiten mit dem Hörer.«

Pharoah grinste verkrampft. »Immerhin habe ich nicht gelogen. Ich denke schon den ganzen Morgen an dich.«

Ich hab' während meiner kurzen Nacht auch die ganze

Zeit an dich gedacht, Pharoah Cat, aber das würdest du nicht verstehen, weil du den Kontext nicht kennst.

Pharoah nahm sich einen Donut, musterte ihn eingehend und legte ihn dann zurück auf den Teller. »Ich hab' die Times gesehen. Offenbar meinst du es wirklich ernst, Cat.«

»Hast du das je bezweifelt?«

»Ja, schon. Ich hab' mich vor einer Stunde mit meinem Vorgesetzten getroffen. Diese kleine Anzeige hat in anderen Zeitungen eine gewisse Aufmerksamkeit erregt. Wir werden nicht viel länger verheimlichen können, daß Ben Cat ermordet worden ist. Wenn die Bluthunde erst mal die Fährte aufgenommen haben, Seth Cat, dann beginnen sie zu heulen, und wir müssen ihnen etwas in den Rachen werfen. Wieviel hast du gestern abend noch geschafft?«

»Einiges. Ich habe einen Entwurf für sämtliche Kapitel, was sich natürlich noch ein bißchen verschieben kann, je nach dem, was meine Anzeige bringt.«

»Und wenn sie nichts bringt?«

Seth zuckte die Achseln. »Dann muß ich mich mit dem begnügen, was ich habe.«

»Erzähl mir vom letzten Kapitel.«

»Noch nicht.«

»Warum nicht?«

»Das ist nicht fair.«

»Wem gegenüber?«

»Mir gegenüber.«

»Warum?«

»Weil ich mich vielleicht irre und den Mord der falschen Person anhänge.«

»Angenommen, es stellt sich heraus, daß wir beide der gleichen Meinung sind?«

»Warum hast du mir gestern abend nachspioniert?«

»Wechsle jetzt bitte nicht das Thema, Cat.«

»Wir kommen darauf zurück. Warum hast du mich beschattet?«

»Eine Schutzmaßnahme.«

»Schutz wovor?«

»Wie ich schon sagte – es gibt Leute, die nicht wollen, daß dieses Buch geschrieben wird.«

»Ich hab' keine Angst.«

»Ohhhh.« Pharoah stöhnte. »Ich weiß, daß du keine Angst hast. Deshalb mag ich dich ja von allen Cats am liebsten. Du wagst dich auf ein Terrain, wo selbst Engel vorsichtig wären ... und es gibt irgendwo einen Engel, der sich überlegt, mit seinem Heiligenschein Diskuswerfen zu spielen.«

»Ist es kein weiblicher Engel?«

Pharoah lachte. »Tja, Cat – das gibt mir doch immerhin einen kleinen Hinweis.«

»Cat« – Seth grinste – »vielleicht war das auch nur ein Täuschungsmanöver.«

Pharoah zündete sich bedächtig eine Zigarette an. Seth goß sich noch eine Tasse Kaffee ein und pfiff wieder leise vor sich hin, während er sich ausmalte, wie er im Rampenlicht stehen würde, wenn »Ben: Ein vergeudetes Leben« erst einmal auf dem Markt war. Vielleicht wurde es auf der ersten Seite der Literaturbeilage in der Sonntagsausgabe der *Times* und der *Tribune* besprochen. Die Kritik in der *Times* würde bestimmt von einem berühmten Psychoanalytiker verfaßt oder vielleicht von John Rechy, wenn jemand viel Sinn für Ironie hatte. Ein Interview unter der Überschrift »Ein Autor trifft seinen Kritiker« war durchaus denkbar, und womöglich wurde er sogar von Johnny Carson in die Talkshow eingeladen, um mit ihm spöttisch-geistreiche Bonmots auszutauschen. In der »Today«-Show wurde es mit Sicherheit erwähnt. Nach der sechsten oder siebten Auflage würde es literarische Lunchpartys geben, Autogrammstunden bei Brentano, Doubleday und womöglich auch bei Korvette, eine Lesereise und dann einen fetten Vorschuß auf sein nächstes Buch. Vielleicht kaufte sogar jemand die Filmrechte, da zur Zeit ja die Zensur etwas nachließ. Regie könnte jemand wie William Wyler führen oder auch Richard Brooks (Lord Ben!), Warren Beatty in der Hauptrolle – nein, eher Fabian (»Er kommt bei den Jugendlichen gut an, Seth, und du bekommst zehn Prozent des eingespielten Profits. Und sperr dich bitte nicht gegen den neuen Titel. Er ist in Oklahoma getestet worden – der absolute Renner! Beach Blanket Ben! Die Filmmusik komponiert Henry Mancini. Ein vergeu-de-tes Le-e-e-ben! Das geht rein, was, Junge?«)

»Wo bist du, Cat?«

»Was?«

»Du grinst fröhlich in dich rein und hörst kein Wort von dem, was ich sage!«

»Ich hab' gerade an Hursts Party gedacht.«

»Mich hat er auch eingeladen.«

»Typisch!« lachte Seth. »Absolut typisch! Hurst wird in meinem Buch als das große Original unserer Zeit dargestellt. Sollen wir zusammen hingehen, Arm in Arm?«

»Einverstanden!« Seths übertrieben gute Laune störte Pharoah. »Was ist mit Lollipop Cat?«

»Du meinst Hurst?« Pharoah nickte. »Was soll mit ihm sein?«

»Ist er der Täter?«

»Adam sagt, Hurst war zu Hause, als er in Bens Wohnung war.«

»Das sagt er. Aber stimmt es auch?«

»Wenn Adam in diesem Punkt lügt, dann stimmt es vielleicht auch nicht, daß er Ben tot vorgefunden hat.«

»Genau. Ich glaube trotzdem nicht, daß er ein Killer ist, aber im Krieg ist manches anders.«

»Warum hörst du nicht auf zu spekulieren und machst lieber mit mir eine kleine Spritztour? Oder hast du schon was anderes vor?«

»Willst du nicht in der Nähe des Telefons bleiben, falls sich jemand auf deine Anzeige meldet?«

»Das erledigt mein Telefondienst.« Seth erhob sich und

ging ins Badezimmer. »Ich mach' mich nur noch ein bißchen frisch.«

»Cat.« Er blieb stehen und sah Pharoah an. »Was soll eigentlich diese Party? Hast du eine Ahnung?«

Seth lehnte sich an die Wand. »Ich kann mir Verschiedenes vorstellen. Vielleicht hat Jameson einfach nur Lust, eine Party zu geben. Er macht das öfter. Oder er benimmt sich wie ein altes Scheusal und will Adam den Abschied versüßen.«

»Weißt du, was Adam vorhat?«

»Er hat ein Zimmer in der West Side gemietet. Anscheinend will er einfach raus aus Jamesons Bett – er langweilt sich.«

»Aber, aber!«

»Gieß dir noch 'ne Tasse Kaffee ein. Ich bin gleich fertig.«

Pharoah versuchte sich daran zu erinnern, ob er im Badezimmer ein Radio gesehen hatte.

Ada Bergheim faltete die Literaturbeilage der *Sunday Times* zusammen und starrte aus dem Schlafzimmerfenster. Ein Wort über meine Abtreibung, Seth Piro, ein einziges Wort, und ich stoße dir ein Messer zwischen die Rippen. Wieviel wird über mich in diesem Buch stehen? Himmelherrgott. Ich. In einem Buch. In einem Buch über Ben. Aber er muß etwas über mich in diesem Buch bringen. Ada Bergheim. Ist das ein Buch über Ihren Bruder? Meine Güte! Jeder würde fragen! Ich möchte Ihnen Ada Bergheim vorstellen, und alle wispern: Das ist Ben Bentleys Schwester ... Können Sie sich vorstellen, daß so eine wunderbare Frau einen dermaßen verkommenen Bruder hat? Sie hält sich großartig, trotz des Skandals. Sie sind also Ada Bergheim! Ja, Dr. Spock, ich bin Ada Bergheim. Ich würde sehr gern zu Ihnen zum Dinner kommen. Was? Ich soll mich Ihrem neuen Forschungszentrum anschließen? Aber gern! Nein, der ganze Wirbel stört mich nicht. Ehrlich gesagt, ich liebe es, so im Mittelpunkt zu stehen.

Es klopfte leise an der Tür. »Ada?« rief Mrs. Gabriel. »Mein Moishe ist hier, um sein Beileid auszusprechen.«

»Ich komme gleich.« Sie stand auf. Sonnenlicht flutete durchs Fenster und warf ihren Schatten auf die gegenüberliegende Wand. Ihr Gesicht leuchtete vor langersehntem Glück, und in diesem kurzen Augenblick schloß sie Frieden mit ihrem toten Bruder.

Ward Gabriel las die Notiz in der U-Bahn nach Brooklyn. Sapperlot, dieser kleine Dreckskerl kriegt wirklich ein ganzes Buch. Okay. Okay. Ich werd's nie lesen. Aber mit einem Buch wird er unsterblich. Scheiße. Manche Leute haben einfach Glück. Also, was nun, Moishe? Entschuldige, Ward. Irgendwo gibt es ein Podest, in das auch *dein* Name eingemeißelt ist. Eines Tages wirst du zu den ganz Großen gehören. Ein heißes Doppel im LaRue, Ward Gabriel und Tuesday Weld (Sheila Graham). Ward Gabriel unterwegs mit Carol Linley (Sidney Skolsky). Richard Burton ist täglich auf dem Set der Ben Bentley Story. Lag das etwa an den heißen Liebesszenen zwischen Liz und Ward Gabriel, Metros neuestem Topstar (Mike Connelly)? Richard Burton und Ward Gabriel (Walter Winchell). Und der Gewinner ist – Ward Gabriel – The Ben Bentley Story! Ich habe den Oscar gekriegt! Meine Damen und Herren. Das ist – Mrs. Norman Maine! Ich meine, Ward Gabriel!

Die Passagiere, die dem jungen Mann gegenüber saßen, wurden immer nervöser. Er grinste breit, aber gleichzeitig liefen ihm die Tränen übers Gesicht. Hatte er womöglich unter dem Stapel Zeitungen ein Springmesser versteckt?

Ruthelma Kross drohte der senilen alten Dame, die auf dem Toilettenstuhl saß, scherzhaft mit dem Finger. »*Nicht* vergessen! Ruf mich erst, wenn du fertig bist.« Sie lächelte, warf ihr eine Kußhand zu und ging zurück ins Wohnzimmer, wo die *Sunday Times* über Fußboden, Sessel und Tisch verstreut lag. Sie setzte sich an den Tisch, strich Butter auf ein kaltes Croissant, gab noch einen Löffel Himbeermarmelade auf die Butter und steckte das Ganze dann in den Mund, wo es erbarmungslos zermalmt wurde. Autorenanfrage. Mein Gott, er will das Buch tatsächlich schreiben. Du liebe Güte. (Sie wischte sich die Marmelade vom Kinn.) Das ist mein viertes Kribbeln heute morgen. Ganz eindeutig. Vielleicht gelingt ihm wirklich ein Bestseller. Auf jeden Fall wird das Buch in den Katholischen Buchclub aufgenommen (Ruthelma, Ben war Jude! Na und? Wir integrieren doch alles, oder?) Und für die Taschenbuchausgabe ein Vorschuß von mindestens fünfzigtausend. Ich könnte Mutter endlich in ein Altenheim geben, ich könnte eine Kreuzfahrt durch die Westindischen Inseln machen und vielleicht einen Witwer kennenlernen!

»Ich bin fertig!« erklang eine zittrige Stimme.

»Das *kann* nicht sein. Es ging viel zu schnell.«

Wo war ich gerade? …

Ida las die Literaturbeilage der *Sunday Times*, um auf dem laufenden zu bleiben und um mit ihren Gästen mithalten zu können. Sie hatte die Zeitung auf dem Fußboden ausgebreitet, las die Autorenanfrage ein zweitesmal, schnaubte verächtlich und kippte dann den Mülleimer auf die Zeitung. Mit fünf flinken Bewegungen packte sie ein sauberes Päckchen, trat damit an das Fenster, das auf den Hinterhof hinausging, riß es mit der linken Hand auf, streckte den Kopf hinaus, zielte auf die Mülltonne direkt unter ihr, ließ das Päckchen fallen, traf daneben, schloß das Fenster, setzte sich in einen Sessel, zündete sich eine Zigarette an, atmete den Rauch aus und sagte: »Scheiße.«

»Ich kann einfach nicht aufhören zu weinen, Daniel, ich kann nicht! Daniel, bist du da?«

»Miss Urquist«, sagte die sehr geschäftsmäßige Stimme am anderen Ende der Leitung, der Ehefrau zuliebe, »kann das bis morgen warten?«

»Wahrscheinlich schon«, schluchzte Veronica. »Wahrscheinlich schon.« Sie legte auf und ließ sich weinend auf den Fußboden sinken. Ständig sah sie Seth vor sich, wie er mit ausgestreckten Händen auf sie zukam, als wolle er sie erwürgen. Na ja, vielleicht wollte er sie nur ein bißchen schütteln, aber sie hatte große Angst gehabt. Sie war die fünfundzwanzig Stockwerke hinuntergerast, wie von Furien gejagt, vorbei an dem verdutzten Nachtportier. Sie hatte dem Taxi nachgeschrien, das gerade an der roten Ampel wartete. Dreckskerl! Seth, nicht der Taxifahrer. Dreckskerl. Du hast das Steuer übernommen, was? Na ja, es ist schon vorgekommen, daß Autos von der Straße abgedrängt wurden, mein Süßer. Ich werde dich mit Zähnen und Klauen bekämpfen, dich und dieses miese Buch. Ich habe mein ganzes Leben lang gut auf mich aufgepaßt, und das wird jetzt nicht anders. Du hast gehört, was ich sage. Alles ist erlaubt.

Sie schlang die Arme fest um sich, wiegte sich hin und her und wartete darauf, daß ihre Rachegedanken konkretere Formen annahmen. Ob ihr Anwalt wohl etwas von Verleumdungsklagen verstand?

»Sei bitte nicht so muffig. Tut mir leid, wenn ich dich gestern abend geärgert habe. Ich finde, wir sollten versuchen, unsere letzten zweiundsiebzig Stunden möglichst angenehm zu gestalten. Lächelst du?« Er schlug seinen Schmeichelton an. »Bitte, lächle doch!«

Ach, was soll's. Adam lächelte. Der Garten würde ihm fehlen, aber es gab auch andere Gärten. Als er Seths Namen schwarz auf weiß gesehen hatte – Hurst hatte ihm die Anzeige unter die Nase gehalten –, hatte er sich leise gefreut. Jameson ging gerade eine Liste durch und machte irgendwelche Häkchen, während er mit ihm sprach.

»Ella glaubt nicht, daß er das Buch je schreiben wird.« Seine Worte kamen anmarschiert wie ein kleines Soldatenbataillon, ausgerüstet mit Schwertern und Schilden, aber sie kämpften gegen die Luft, denn er wußte, daß kein Gegenangriff kommen würde. »Sie ist fest davon überzeugt, daß er einen Rückzieher macht.« Adam trank einen Schluck Kaffee. »Vielleicht passiert ja etwas, was ihn umstimmt.«

»Er könnte auch von einem Auto überfahren werden«, schlug Adam vor.

»Spar dir deine makabren Scherze, mein Lieber. Ich habe in den letzten Tagen mehr als genug mit Todesfällen zu tun gehabt. Adam, was wollte denn der Schwarze über Mutters Tod erfahren?«

Adam schlug die Beine übereinander und griff zu einer Zigarette. »Er wollte wissen, wer bei ihr war, als das Unglück passierte.«

»Verstehe. Hast du übrigens daran gedacht, mir für den Morgen von Bens Tod ein Alibi zu geben?«

»Ich habe ihm gesagt, du seist hier gewesen, als ich das Haus verlassen habe.«

»Du bist ein Schatz. Ich werde dich sehr vermissen.«

»Hör auf damit«, sagte Adam. »Ich bin ja nicht aus der Welt. Es gibt keinen Grund, warum wir uns nicht ab und zu sehen sollten, wenn du zurück bist.«

»Glaubst du, daß ich wiederkomme?«

Adam seufzte und schwieg. Jameson kratzte sich mit dem Bleistift am Kinn, musterte Adam aufmerksam und verfluchte insgeheim den Schönheitschirurgen, der bei der letzten Operation das Grübchen im Kinn entfernt hatte, wodurch seine – wenn auch nur entfernte – Ähnlichkeit mit Cary Grant verschwunden war.

»Sehr seltsam, Adam – wußtest du, daß Ella Seth sehr ins Herz geschlossen hat?«

»Er ist ja auch nett.«

»Sie denkt, daß er mehr Format hat, als man auf den ersten Blick annimmt. Natürlich will er dieses Buch nur als eine Art Katharsis schreiben. Ein letzter Versuch, die Sache mit Ben zu verarbeiten.« Er seufzte. »Ben wird man nicht so leicht los. Selbst jetzt ist er lebendiger und bedrohlicher als je zuvor. Wirklich verblüffend. Ein Knabe, der nur genommen und so gut wie nichts gegeben hat, weil er im Grunde gar nichts zu geben hatte, erwirbt nun eine Form der Unsterblichkeit, von der er nie zu träumen gewagt hätte, und das nur, weil er ermordet wurde. Und dann haben wir Seth, der sich auf seine Art ebenfalls um Unsterblichkeit bemüht und sich deshalb jetzt an Bens Rockschoß klammert. Ella hätte es gern, daß er damit Erfolg hat. Sie hofft, daß er es schafft, das Buch fertig zu schreiben – egal, was passiert.« Seine Augen blitzten auf. »Ella wird alles tun, um ihm dabei zu helfen. Sie hat vor, ihn zumindest von einer Furie zu befreien, die ihn ihrer Meinung nach mit Sicherheit verfolgt. Sie will ihm den Weg in die Zukunft ebnen.«

»Und was ist, wenn er nichts von Ella annehmen möchte?«

»Ella ist fest entschlossen, also bleibt ihm gar nichts anderes übrig. Am Dienstag abend wird sie ihm alles erklären.« Jameson schrie erschrocken auf, als Adam mit der Faust auf den Tisch schlug.

»Du mußt verhindern, daß sie am Dienstag kommt!«

»Aber warum denn, mein Kleiner, warum? Sag bloß nicht, du hast Angst vor Ella?«

»Ella ist wahnsinnig!« stieß Adam hervor.

»Das ist deine Meinung, mein Lieber«, entgegnete Jameson ruhig. »Es gibt andere, die würden sie voller Bewunderung als außergewöhnlich bezeichnen. Zünd mir doch bitte eine Zigarette an, mein Lieber. Meine Hände zittern leider.«

Dr. Shlacher saß in seinem Sprechzimmer, den Hosenladen halb offen, und hielt das Mikrophon seines Tonbandgeräts ein paar Zentimeter vom Mund entfernt.

»Sechzehnter Juni. Seth Piro. Der Patient unternimmt extreme Anstrengungen, um sein Ego wiederzufinden. Es besteht nun Hoffnung, daß er sich nicht mehr vor der Analyse fürchten wird und aufhört, sich und andere zu belügen. Es besteht außerdem Hoffnung, daß er aufhören wird, alles zu verdrängen, und sich statt dessen dieser Behandlung öffnet.«

Er starrte zur Decke, als würde dort ein Teleprompter ablaufen und ihm den Text eingeben.

»Der Patient hat angerufen, um seinen morgigen Termin abzusagen. Als Entschuldigung brachte er vor, er müsse die Notizen für sein Buch zusammenstellen. Sein Tonfall war selbstsicher und positiv. Es war keine Spur kindlicher Angst vor Zurückweisung zu hören. Und dennoch sehe ich darin auch ein gefährliches Zeichen. Warum ist das so?«

Er stellte das Tonbandgerät ab und legte das Mikrophon auf den Tisch. Dann nahm er sich eine Zigarre, biß ein Ende ab, spuckte es auf den Teppich, klickte mit dem Daumen das Tischfeuerzeug an, hielt die Zigarre in die Flamme und machte in kurzen Abständen fünf kräftige Züge, bis die Zigarre glühte. Dann schob er das Feuerzeug energisch zurück und betrachtete das signierte Foto von Sigmund Freud. Betrübt schüttelte er den Kopf.

»Ach, Sigmund. Warum sind wir Menschen nur so dumm?«

Kapitel 14

Der Tankwart hatte die Windschutzscheibe des Jaguars geputzt. Pharoah gab ihm ein Trinkgeld, und Seth schlenderte lässig von der Telefonzelle zurück zum Wagen und setzte sich neben Pharoah.

»Entschuldige, daß ich so lange gebraucht habe«, sagte Seth gut gelaunt, als Pharoah sich wieder in den Verkehr von Long Island zurück nach New York einfädelte. »Ich habe mit meinem Telefondienst und mit meinem Analytiker gesprochen.«

»Ich wollte es gar nicht so genau wissen.« Seth wußte, daß das nicht stimmte. »Hat jemand angebissen?«

»Seltsamerweise nicht«, antwortete Seth. »Kein einziger Anruf. Vielleicht kommt morgen etwas mit der Post.«

»Vielleicht hast du ja gar nicht erwartet, daß jemand anbeißt.«

»Wie kommst du auf die Idee?«

»Sei doch mal ehrlich, Cat. Wie viele Leute, die Ben Cat Bentley Bergheim kannten, würden das zugeben? Vielleicht seine ehemaligen Mitschüler oder so. Die übrigen kratzen sich am Kopf und fragen sich, ob er ein Prinz oder ein Bettelknabe war. Wenn ich diese Autorenanfragen lese, denke ich meistens, wer ist wohl diese Sophie Satchmo, daß jemand ein Buch über sie schreiben möchte? Komm schon, Cat, du hast die Anzeige aufgegeben, um dich selbst in Zugzwang zu bringen. Alles andere sind Schnörkel und Verzierungen.«

»Du hast wohl eine Charakterstudie gemacht, was?«

»Stimmt.«

»Hast du mich deshalb beschattet?«

»Das hab' ich doch schon erklärt.«

»Ich weiß, und ich habe mir nichts anmerken lassen, während ich dir zugehört habe.«

»Was willst du damit sagen, Cat?« fragte Pharoah.

Seths Stimme klang viel zu selbstbewußt. »Du hast Interesse an mir. Nicht, weil ich der Täter sein könnte, sondern einfach so. Was hast du vor, Pharoah?«

»Soll ich dir das sagen, Cat?«

»Ja, sag's.«

»Also gut«, begann Pharoah, den Blick fest auf die Stoßstange des Wagens vor ihm geheftet. »Ich hab' gedacht, ich suche mir eine größere Wohnung, die ich mit jemandem teilen kann.«

»Und du erweist mir jetzt die Ehre –«

»Nicht so hastig, Cat«, unterbrach ihn Pharoah. »Ich habe dich als möglichen Kandidaten in Erwägung gezogen. Aber niemand zwingt dich. Laß es dir in Ruhe durch den Kopf gehen. Ich bin einsam, das ist alles. Und ich glaube, wir würden einander guttun. Ich brauche einen Freund, und du brauchst vieles von dem, was ich zu bieten habe.«

»Vergiß nicht – ich bin immer noch dabei, mich von einem eher unangenehmen Mitbewohner zu erholen.«

»Ja, klar, Cat, aber ihr habt's euch nicht leichtgemacht. Mein Naturell verlangt nach etwas anderem. Aber egal – denk mal darüber nach. Das Biest würde jedenfalls grün werden vor Wut.«

Es klappt hervorragend. Seth hätte sich am liebsten selbst in die Backe gekniffen. So hätte Ben das auch gemacht. Diskret. Clever. Bis sämtliche Details mehrfach überprüft waren und Ben am Schluß der Sieger war.

An jenem Tag im Zoo im Central Park hatte Ben gesagt: »Ich weiß nicht, Seth. Glaubst du wirklich, das könnte funktionieren? Ich weiß, wir hätten viel Spaß miteinander und so, aber es gibt Zeiten, da muß ich für mich sein. Verstehst du, was ich meine? Ach, wer weiß. Nach Jamie bist du wahrscheinlich die reinste Erholung.«

Und er hatte die ganze Zeit gewußt, daß das Angebot demnächst kommen würde. Er wollte Seth nur eine Weile hinhalten und dann zustimmen. Ben hatte alle Aspekte wochenlang überprüft. Seth hatte außer seinen emotionalen Bedürfnissen gar nichts überprüft. Aber diesmal analysierte Seth alles gründlich. Oh, Dr. Shlacher, Sie werden Ihr blaues Wunder erleben!

»Fahren wir zu deiner Wohnung, oder was?« fragte Pharoah.

»Wie du willst.« Seth grinste. »Ich habe nichts vor.«

»Keine Arbeit?«

»Heute nicht. Ich muß erst ein bißchen die Spinnweben wegfegen. Aber morgen setze ich mich in aller Frühe daran und arbeite ohne Pause durch.«

Pharoah lachte. »Komm schon, Cat. Hör auf, mich auf die Folter zu spannen. Wen hältst du für den Mörder?«

»Ich sag's dir, wenn ich soweit bin, Pharoah.«

Als Seth kurz vor Mitternacht nach Hause kam, teilte ihm sein Telefondienst mit, daß eine gewisse Ada Bergheim angerufen habe. Er befand, daß es noch nicht zu spät war, den Anruf zu erwidern, und wählte Adas Nummer. Ada meldete sich sofort.

»Hallo. Hier ist Seth. Wie geht es Ihnen? Wie geht's Ihrer Mutter?«

»Mom geht es ganz gut. Ich wollte Ihnen nur sagen, Seth, daß Mom und ich darüber gesprochen haben. Wir werden Ihnen bei dem Buch behilflich sein. Aber Sie müssen mir versprechen, daß Sie eine bestimmte Geschichte auslassen. Sie wissen schon, was ich meine.«

»Das Thema kann ich leider nicht ganz auslassen.«

Sie atmete schwer.

»Aber ich verspreche Ihnen, ich werde nicht ausdrücklich sagen, daß es sich um eine Abtreibung handelte. Ich will nur verdeutlichen, daß Ben sich auch seiner eigenen Familie gegenüber mies verhalten hat. Das muß sein, Ada.

Glauben Sie mir – ich werde Sie in einem sehr sympathischen Licht zeigen.«

»Ich muß Ihnen vertrauen.« Sie schwieg eine Weile. »Meine Mutter fährt für eine Woche zu meiner Tante in die Catskills. Am Dienstag – da ist die Trauerzeit zu Ende. Können Sie warten, bis sie zurückkommt?«

»Selbstverständlich.«

»Da ist noch etwas.« Die plötzliche Leichtigkeit in ihrer Stimme ließ ihn aufatmen. »Wollen Sie etwas Lustiges hören?«

»Lachen ist gesund.«

»Ich bin zu Jameson Hursts Party am Dienstag abend eingeladen. Finden Sie, ich sollte hingehen?«

»Haben Sie Lust?«

»Wollen Sie damit sagen, daß ich nicht so bald nach Bens Tod zu einer Party gehen sollte?« Selbst wenn Seth schwerhörig gewesen wäre, hätte er die Enttäuschung in ihrer Stimme bemerkt.

»Nein, nein. Wenn Sie sich danach fühlen, sollten Sie auf jeden Fall kommen! Aber ich muß Sie warnen – diese Party ist anders als alle Partys, die Sie bisher erlebt haben.«

»Ach, ich könnte gut ein bißchen Abwechslung vertragen.«

»Dann nichts wie hin. Ich werde auch dort sein und mich um Sie kümmern.«

»Oh, wirklich?«

Mein Gott, dachte Seth, hat noch nie jemand zu ihr gesagt: »Ich werde mich um Sie kümmern«?

»Versprochen.«

»Ach, dann ist ja alles gut. Um wieviel Uhr soll ich da sein? Ich meine – kommen nicht alle Leute immer sehr spät zu solchen Festen?«

»Kommen Sie kurz nach zehn. Dann bin ich auch schon da.«

»Okay. Ach – und vielen Dank, Seth!«

»Ich danke Ihnen, Ada.«

Sie legte auf, und ihre Mutter rief vom Schlafzimmer: »Wer hat so spät noch angerufen?«

»Ach, nur eine Freundin, Mama.« Irgendwie brachte sie es nicht fertig, »Das war Seth« zu sagen. Der Seth von gestern war der Mann, der mit ihrem Bruder gelebt hatte. Der Seth von heute war der Mann, der versprochen hatte, sich um sie zu kümmern. Sie ging zum Spiegel und fand, daß sie viel zu unscheinbar aussah. Ich gehe zur Kosmetikerin und vielleicht – verdammt noch mal, warum denn nicht? –, vielleicht lasse ich mir noch eine Hennatönung machen. Wäre es nicht verrückt, wenn ich und Seth ... Warum nicht ... Warum nicht?

Ben würde sich im Grab umdrehen.

Seth war schon im Schlafanzug und summte fröhlich vor sich hin. Er mußte über Pharoahs Vorschlag nachdenken und wie er damit umgehen sollte. Konnte er die Entscheidung vielleicht so lange hinauszögern, bis er mit dem Buch fertig war? Außerdem mußte er irgendwann mit Ella unter vier Augen sprechen, aber er beschloß, damit bis nach der Party zu warten. Bis Adam aus Jamesons Wohnung ausgezogen war. Er konnte sich genau vorstellen, wie Ella reagieren würde, wenn er ihr gegenüber andeutete, wer der Mörder war. Er würde mit ihr spielen, und Ella konnte solchen Spielen nicht widerstehen. Und wenn Ella die Person so haßte, wie er vermutete, dann war die Sache gelaufen. Das Telefon klingelte. Cat?

Seth streckte sich auf dem Bett aus und nahm den Hörer im Schlafzimmer ab. »Ja?«

»Ich bin's.« Es hätte Judith Anderson in Medea sein können. »Veronica.«

»Ich hätte *dich* anrufen sollen. Es tut mir wirklich leid wegen gestern abend. Wahrscheinlich bin ich einfach nervös.«

»Seth.« Jetzt klang sie wie das kleine Mädchen mit den

Schwefelhölzern. »Wenn du nicht schon eine Analyse machen würdest, dann würde ich dir jetzt sagen, du brauchst unbedingt professionelle Hilfe.«

»Ich hab' mich doch schon bei dir entschuldigt«, entgegnete er verärgert.

»Ich habe diese Seite von dir noch nie erlebt, Seth.« Portia. »Ich hatte keine Ahnung, daß du auch gewalttätig sein kannst.«

»Veronica«, entgegnete er mit matter Stimme. »Es ist schon spät, und ich bin todmüde.« Ich war elf Stunden mit Pharoah Love zusammen gewesen. Vom Frühstück zu einer Spazierfahrt aufs Land zu einem langweiligen italienischen Film zu einem Drink in Greenwich Village zu einem Abendessen im Harlem Chicken Roost zu einem Drink in Elaine's Restaurant und dann endlich nach Hause.

»Ich habe mich mit Lew Porsch auf einen Drink getroffen.«

»Wie geht es Lew?«

»Er hat mir geraten, ich soll mich in Mexiko scheiden lassen.«

»Angeblich ist es dort um diese Jahreszeit sehr schön.«

»Also gut.« Hedda Gabler. »Dann wäre das ja geregelt.«

»Seth.« Er konnte seinen Namen bald nicht mehr hören. »Um der guten alten Zeit willen« – war die wirklich so gut gewesen? überlegte er – »würdest du mich zu Jamesons Party begleiten?«

»Tut mir leid, aber ich gehe mit Pharoah Love hin.«

»Tatsächlich?«

»Und ich treffe mich dort mit Ada Bergheim. Ich habe ihr versprochen, daß ich mich um sie kümmere.«

»Ada Bergheim! Was hat sie denn dort zu suchen?«

»Wahrscheinlich ist sie für die Erste Hilfe zuständig. Woher soll ich das wissen?« Könntest du bitte auflegen? Es reicht! »Sie ist eingeladen, und sie kennt niemanden, also nehme ich sie unter meine Fittiche. Wenn noch Platz ist, kannst du ja mit ihr gemeinsam unterkriechen.«

»Was ist denn in dich gefahren?« keifte Veronica. »Bist du völlig übergeschnappt? Was hat dieser Psychiater bloß mit dir angestellt?«

»Er hat mir Mumm eingepustet!« Seth knallte den Hörer auf die Gabel.

Veronica rannte ins Badezimmer, ließ kaltes Wasser laufen, hielt ein Handtuch darunter, wrang es aus und drückte es sich gegen die Stirn. Er hat einen Nervenzusammenbruch! Anders ist das nicht zu erklären. Er hat bestimmt einen Nervenzusammenbruch! Wunderbar! Dann kann er dieses blöde Buch nicht schreiben. Sie starrte in den Spiegel. Eindeutig Medea. Ein Nervenzusammenbruch. Bei so etwas kann man ein bißchen nachhelfen.

Seth drehte sich auf die Seite und vergrub sein Gesicht im Kopfkissen. Schon wieder das Telefon! Nein, nein, nein! Warum nahm denn der verdammte Anrufdienst nicht ab? Er griff zum Hörer.

»Was gibt's denn jetzt schon wieder?«

»Se-e-e-eth! Ich bin's, *Ruthelma*. Bei Ihnen war besetzt, und da wußte ich, Sie *schlafen* noch nicht.« Sie biß in die Pizza. Gefrorene Pizza ist nicht so gut wie frische, aber wenn man die ganzen Reste draufpackt, Roastbeef, Salami, Velveta, dann kann sie auch ganz schön sättigend sein.

Seth entspannte sich. »Was essen Sie gerade?«

»Ach, einen *Cracker*. Ich hab' Ihre Notiz gesehen, und seither bin ich *ganz* aufgeregt, ehrlich wahr. Ich muß ja zugeben, daß ich mir wegen des Buches *wirklich* Sorgen gemacht habe, aber jetzt ist das anders. Deswegen wollte ich Sie *unbedingt* anrufen. Machen Sie sich an die Arbeit – und machen Sie Ihre Arbeit *gut*! Ja?«

»Klar. Tausend Dank, meine Liebe.«

»Wir reden morgen weiter. Jetzt *schlafen* Sie erst mal gut. *Küßchen*!«

Den morgigen Tag hatte er zur freien Verfügung. Pharoah wollte einige der Personen aus Bens Adreßbuch aufsuchen. Vielleicht kamen ja ein paar Reaktionen auf seine

Anzeige. Spannend! Den Termin bei Dr. Shlacher hatte er abgesagt. Das war die richtige Entscheidung. Er wollte nicht über den Alptraum von vergangener Nacht reden. Schließlich wußte er ganz genau, was der Traum bedeutete. Der Therapeut mußte noch eine Weile warten, bevor er diesen Festschmaus serviert bekam. Ich habe den wichtigsten Scheideweg in meinem Leben erreicht. Weg mit allem Alten. Vorwärts zu neuen Ufern.

Er rollte sich zusammen und schlief den Schlaf des Gerechten.

Adam schreckte im Bett hoch. Jemand sang draußen im Garten. Er ging zum Fenster. Meine Güte! Das Gewächshaus war hell erleuchtet, und unten auf dem Rasen tanzte Jameson, eine Rose hinter jedem Ohr, und sang dazu eine Arie aus der Lustigen Witwe. Er war splitterfasernackt.

Adam zog den Morgenmantel über und rannte die Hintertreppe hinunter in den Garten. In den anderen Häusern brannte nirgends Licht, und er hoffte inständig, daß er es schaffte, Hurst zurück ins Haus zu bugsieren, ehe der Krach alle aufweckte. Der schwachsinnige Alte hatte sich bestimmt einen Peyote-Button geholt.

Hurst kam an einem Busch vorbei, riß eine Blüte ab und warf sie Adam zu.

»Komm, tanz mit mir!«

»Jamie! Bist du verrückt geworden?« Adam wollte sich auf ihn stürzen, aber mit einem triumphierenden Kichern, das wie ein Welle an- und abschwoll, wich Hurst sehr geschickt aus. Adam stolperte und fiel in ein Fuchsienbeet.

Hurst wirbelte um den Fliederbusch herum, aber Adam rappelte sich auf und packte ihn am Fuß, als er gerade vorbeitänzeln wollte.

»Du kriegst mich nicht!« schrie Hurst siegessicher und trat Adam mit der Fußsohle ins Gesicht. Dann hüpfte er behende ins Gewächshaus, verließ es durch die Tür am anderen Ende wieder – und landete mit einem graziösen

Hopser direkt vor Adam, der ihn mit einem geschickten Hieb k.o. schlug. Hurst sackte zusammen, Adam griff ihm unter die Arme, zog ihn hoch und legte ihn sich über die Schultern.

So trug er Jamie ins Haus und hinauf in sein Schlafzimmer, wo er ihn unsanft aufs Bett warf. Er wußte, daß Hurst den Rest der Nacht nicht wieder zu sich kommen würde. Also rannte er hinunter in die Küche und riß alle Schubladen auf. Er brauchte ein Gerät, um die übrigen Kakteen zu zerstören. Das Brotmesser war nirgends zu finden. In einem Schrank entdeckte er den Werkzeugkasten. Er öffnete ihn und fand darin ein kleines Beil. Mit erhobenem Beil ging er hinaus in den Garten, ganz das Ebenbild seiner Vorfahren auf der Jagd nach menschlichen Skalps, und begab sich ins Gewächshaus. Von den drei Peyote-Kakteen waren nur noch zwei übrig. Die Überreste des dritten lagen auf dem Boden. Adam schlug mit dem Beil auf den ersten Kaktus ein, und schon nach wenigen Sekunden hatte er ihn komplett niedergemacht. Dann nahm er sich den zweiten vor, und als er mit ihm fertig war, verspürte er den heftigen Wunsch, sämtliche Fenster des Gewächshauses zu zertrümmern, alle Pflanzen zu vernichten, jeden Blumentopf einzeln zu zerschmettern!

Mit dem Beil in der Hand ging er in die Küche zurück. Er starrte zur Hintertreppe, zitternd vor Wut. Wenn er die Waffe nicht gleich in den Werkzeugkasten zurücklegte, konnte er für nichts garantieren.

Fünf Minuten später lag er im Bett, immer noch zornbebend. Er machte seine Atemübungen, und nach einer Weile setzte die Entspannung ein. Er wurde ruhig, immer ruhiger … bis er endlich einschlief.

Er träumte den gleichen Traum, den er in den letzten zwei Jahren oft geträumt hatte.

Man hatte ihn im Zirkus an ein Brett gefesselt, und der Messerwerfer wurde hereingeführt – von einem Blindenhund.

Kapitel 15

Menschen, die Montage nicht mögen, hätten Seth Piro gehaßt, weil er diesen so unpopulären Tag mit großer Freude begrüßte. Er sprang um acht Uhr aus dem Bett, pfiff fröhlich vor sich hin, während er den Kaffee vorbereitete, sich vier Minuten lang rasierte, ohne sich zu schneiden, eine eiskalte Dusche nahm, dabei aus Leibeskräften schmetterte und sich dann mit der Hingabe eines Flagellanten kräftig abrubbelte. Fünf Minuten später trug er Sporthemd und Hose, paffte eine Zigarette und trank eine Tasse heißen Kaffee. Zehn Minuten später war die Tasse leer, und mit einem Taschenmesser bewaffnet betrat er den großen Wandschrank.

Er zog einen großen, verschnürten Karton hervor. Mit drei schnellen Schnitten zertrennte er die Schnur und entnahm der Schachtel je ein Exemplar der beiden Bücher, die er verfaßt hatte, und außerdem buntes Geschenkpapier, das Ben vor mindestens zwei Jahren für Weihnachten ausgesucht hatte. Mit diesen Schätzen begab er sich zum Schreibtisch, zog die oberste Schublade auf, holte einen Umschlag und ein Blatt von seinem persönlichen Briefpapier heraus und schrieb relativ leserlich darauf: »Hey, Cat! Vielleicht interessieren dich diese Bücher. In Dankbarkeit, Seth!«, wobei er seine verschnörkelte Unterschrift noch dreimal unterstrich.

Er packte die Bücher ein, und weil er keinen Geschenkband finden konnte, klebte er das Papier mit Tesafilm zusammen. Dann rief er Western Union an und bestellte einen Kurier. Falls man bei Western Union erstaunt darüber war, daß das Päckchen für das Polizeirevier bestimmt war, ließ man es sich nicht anmerken. Seth trat zum Schrank, verschnürte den Karton wieder und ging dann systematisch seine Notizen und Manuskripte durch. Das tat er etwa jedes halbe Jahr, um überholtes Material auszusortieren.

Nach einer Stunde war der Stapel mit dem überflüssig gewordenen Papier schon mehr als knöchelhoch. Er fügte noch eine hölzerne Bonbonkiste hinzu, auf der oben eine kleine Karte mit der Aufschrift »Ablehnungen« klebte. Er öffnete die Schachtel, starrte auf den Brief der *Saturday Evening Post* vom September 1946, konnte sich aber nicht erinnern, welche seiner Kurzgeschichten damals abgelehnt worden war. Er griff in die vollgepackte Schachtel, tastete nach unten, war zufrieden, und trug dann alles in den Müllverbrennungsraum draußen im Flur.

Auf dem Weg zurück zu seiner Wohnung traf er den Kurier der Western Union, der gerade aus dem Fahrstuhl kam. Er stellte sich vor und ging mit ihm in die Wohnung, übergab ihm das Päckchen und eilte dann zum Schreibtisch, weil das Telefon klingelte. Ein schneller Blick auf seine Armbanduhr teilte ihm mit, daß es halb zehn war.

»Hallo.«

»Mr. Seth Piro?«

Er kannte die Stimme nicht. Guter Gott! Vielleicht antwortete jemand auf seine Anzeige!

»Am Apparat«, sagte er eifrig.

»Mr. Piro, hier spricht Mr. Zitzer.«

»Was kann ich für Sie tun, Mr. Zitzer?«

»Mr. Piro, ich vertrete das Fred Astaire Dance Studio und –«

Seth unterbrach ihn abrupt. »Das ist ein sehr grausamer Scherz, Mr. Zitzer. Ich bin seit Jahren an den Rollstuhl gefesselt.« Er legte auf setzte sich an den Schreibtisch, zündete sich eine Zigarette an und wählte Jameson Hursts Nummer.

Nach dem fünften Klingeln wollte er schon auflegen, aber da meldete sich Adams Stimme. Sie klang sehr verschnupft. »Hallo.«

»Adam? Hier ist Seth. Hab' ich dich geweckt?«

Adam räusperte sich. »Nein, überhaupt nicht. Ich bin schon seit Stunden wach.«

»Ich wollte dich gestern noch anrufen, aber ich bin leider nicht dazugekommen. Wie war's mit Pharoah Love?«

»Ganz gut. Er hat gesagt, er hält mich nicht für einen Killer.« Fast hätte er hinzugefügt: Aber er hätte mich gestern abend mal sehen müssen, mit dem Beil in der Hand!

»Wo ist Jameson?«

»Er ist in seinem Zimmer, und da will er heute und morgen auch bleiben, bis zur Party.«

»Macht er dir das Leben schwer?«

Nach einer kurzen Pause antwortete Adam: »Es ist ja bald vorbei. Ich kann ganz gut damit umgehen. Jetzt fahr' ich ins Fitneßcenter und reagiere mich ein bißchen ab. Hättest du vielleicht Lust mitzukommen?«

Seth überlegte einen Moment. »Nein, lieber nicht. Ich will heute in der Nähe des Telefons bleiben, falls mich jemand anruft. Hast du meine Anzeige gestern in der *Sunday Times* gesehen?«

»Ja, klar!« Die Begeisterung in Adams Stimme freute Seth. »Das war das erstemal, daß ich den Namen eines Freundes gedruckt gesehen habe. Fand ich richtig aufregend!«

Ich wüßte gern, wie viele andere Leute die Anzeige »aufregend« fanden, dachte Seth.

»Na gut, Adam – ich wollte eigentlich nur sehen, ob alles in Ordnung ist. Dann spätestens bis zur Party.«

»Okay.« Adams Stimme klang wieder bedrückt.

»Das wird wahrscheinlich ein Riesenfest, was?«

»Bestimmt. Mit viel Trara. Seth …?«

»Ja, Adam?«

»Hast du diese Woche irgendwann mal Zeit, um mit mir zu Abend zu essen?«

»Aber natürlich! Schlag einen Termin vor.«

»Wie wär's mit Mittwoch? Das ist mein erster Abend ohne … na ja, du weißt schon, mein erster Abend allein.«

»Ausgezeichnet, Adam. Ich würde sagen, um acht in Ida's Bar.« Bis dahin habe ich mit Ella gesprochen, und dann ist die Kacke am Dampfen!

»Vielen Dank, Seth. Wenn wir uns nachher nicht sehen, dann bis morgen abend. Tschüs.«

Seth legte auf und begann wieder vor sich hin zu pfeifen.

Adam hielt den Hörer noch für einen kurzen Moment ans Ohr, und wie erwartet hörte er ein leises Klicken: der Hörer des anderen Anschlusses wurde vorsichtig auf die Gabel gelegt. Er legte ebenfalls auf, nahm das Tablett mit Jamesons Frühstück (gedünstete Pflaumen, Haferschleim, feine Kekse aus Dänemark, mit Schokolade überzogen, und eine Kanne Tee) und ging die hintere Treppe hinauf.

Jameson saß im Bett und drückte sich einen Eisbeutel gegen die Stirn. Als Reaktion auf das Klopfen an der Tür rief er schwach: »Komm rein, Adam.« Adam gehorchte. Als Jameson das Tablett sah, stöhnte er laut auf.

»Oh, nein, ich kann nicht. Unmöglich! Nimm das wieder mit.«

»Möchtest du nicht wenigstens eine Tasse Tee?«

»Nein, nichts … gar nichts.« Erschöpft nahm er den Eisbeutel weg. »Mir tut alles weh. Einfach alles. Du hast mich gestern nacht k.o. geschlagen, stimmt's?«

»Ich konnte nicht anders. Du hast nach mir getreten und mich im Gesicht getroffen.«

Jameson gab sich keine Mühe, sein Entzücken zu kaschieren. »Tatsächlich?« Er musterte Adam aufmerksam. »Ich sehe gar keine blauen Flecken.«

»Du warst barfuß – bis zum Hals.«

»Oh, Gott, oh, Gott. Habe ich die Nachbarn gestört?«

»Ich glaube nicht.«

»Was hast du jetzt vor?«

»Du weißt genau, was ich vorhabe.«

»Und woher sollte ich das wissen, bitteschön?«

»Du hast doch am anderen Apparat mitgehört.«

»Na und – warum nicht?« entgegnete Jameson trotzig. »Das Telefon gehört mir! Wollen wir wetten, daß Seth die Verabredung am Mittwoch abend wieder absagt?«

»Jamie«, sagte Adam ruhig. »Mach bitte nicht so einen Aufstand.«

»Du bist ja so naiv! Du bist so naiv, daß es schon lachhaft ist! Merkst du denn nicht, was sich zwischen Seth und diesem widerlichen Detective abspielt? Integration, mein Lieber, die höchste Stufe der Integration! Wie lange sind wir zwei jetzt schon zusammen? Hat meine Wahrnehmungsgabe denn gar nicht auf dich abgefärbt? Selbst Veronica ist schon dahintergekommen! Ich verstehe allerdings nicht, was Seth daran findet«, fügte er gehässig hinzu. »Vor allem, weil er ja diese Therapie macht. Aber er hat sicher seine Gründe.« Jameson klopfte sich graziös mit den Fingern auf die Brust. »Beobachte die beiden morgen abend. Zwei gegen die Welt. Wann kommst du zurück?«

»In ein paar Stunden. Nachher fange ich an, meine Sachen zusammenzupacken.«

»Ja, natürlich. Das steht ja auch noch an«, sagte Jameson mit einem Seufzer. »Aber paß auf, daß du im Dampfraum nicht verschrumpelst, während du auf Seth wartest!« Adam verließ wortlos den Raum. Das Tablett hinterließ er auf dem Toilettentisch, weil er genau wußte, daß Jameson sich gierig auf das Frühstück stürzen würde, sobald er allein war.

Hurst starrte ihm nach, und als er hörte, daß die Haustür ins Schloß fiel, blinzelte er, weil er merkte, wie ihm Tränen in die Augen stiegen. Oh, Ben, Ben. Warum habe ich dich gehen lassen? Warum habe ich nicht gekämpft? Wir waren füreinander bestimmt. Du wärst noch am Leben, und der morgige Abend wäre überflüssig. Die große Gala. Er trocknete sich die Augen mit einem Taschentuch und wählte die Nummer des Partyservice.

»Hier ist Jameson Hurst.« Er klang, als wolle er ein Edikt verkünden. »Verbinden Sie mich bitte mit Mr. Rachel.«

Seth preßte den Hörer ans Ohr. Die Stimme am anderen Ende war so leise, daß man denken konnte, sie käme von jenseits des Atlantiks.

»Um wieviel Uhr, sagten Sie, Mr. Montrose?«

Gemurmel.

»Könnten Sie bitte etwas lauter sprechen? Die Verbindung ist sehr schlecht. Ich kann Sie kaum verstehen.«

Plötzlich wurde die Stimme ganz deutlich. »Zwölf Uhr mittags.«

»Wie erkenne ich Sie?«

»Ich kenne Sie.« Mr. Montrose legte auf.

Vielleicht ist es ja ein Irrer, dachte Seth. Bestimmt antworten viele Verrückte auf solche Anzeigen – wie die Spinner, die alle Todesanzeigen studieren und dann zu den Beerdigungen gehen, um sich auszuheulen. Ach, was soll's, dachte er, vielleicht hat Mr. Montrose ja tatsächlich was Interessantes zu berichten. Außerdem war ich seit dem Tag, an dem ich Ben gefragt habe, ob er mit mir zusammenleben möchte, nicht mehr im Central Park Zoo.

Ben.

Merkwürdig.

Er zog an der Zigarette und sah aus dem Fenster auf den Hudson hinab, wo ein paar Schlepper einen Passagierdampfer zum Kanal zogen.

Ben. Vor vier Tagen habe ich an deiner Bahre gestanden und geweint. Vor vier Tagen habe ich Dr. Shlacher erzählt, daß ich immer noch an dir hänge. Und jetzt ist alles anders. Wann ist der Schmerz gewichen? Am Freitag? Am Samstag? Gestern abend? Du kleiner Dreckskerl, wenn du noch am Leben wärst, würdest du mir nicht mal mehr so viel bedeuten – er schnippte mit dem Finger, blickte auf seine Hände und begann zu lachen.

Es war herrlich, frei zu sein.

Das Telefon klingelte.

»Hallo?«

»Hi, Cat. Ich bin gerührt. Sehr schöne Geschenke.«

Seth grinste. »Weißt du, Pharoah Cat« – er wußte, das würde Pharoah freuen –, »es gibt nicht viele Leute, denen ich meine Bücher zu lesen geben würde. Aber ich habe gedacht, du findest sie vielleicht amüsant.«

»Ich fange gleich heute abend an zu lesen.«

Keine Verabredung? Verliere ich an Boden?

»Ich habe das Gefühl, ich muß mich ein bißchen ausruhen – wegen morgen abend. Gestern nacht habe ich nicht besonders gut geschlafen. Wollen wir uns zum Mittagessen treffen?«

Ich verliere nicht.

»Ich treffe mich um zwölf mit einem gewissen Mr. Montrose im Central Park Zoo. Wir wollen zusehen, wie die Seehunde gefüttert werden.«

»Und wer ist dieser Mr. Montrose?«

»Er hat gestern die *Sunday Times* gelesen.«

»Hm.«

»Außer ihm hat bisher niemand reagiert, also muß ich versuchen, möglichst viel aus ihm rauszukriegen. Soll ich dich anrufen, wenn ich fertig bin?«

»Ja, klar. Wenn ich nicht da bin, hinterlaß einfach eine Nachricht. Ich hab' einen von den Typen in Bens Adreßbuch geschnappt, aber er hat nur in der Mittagspause Zeit. Sonst rufe ich dich einfach später an. Und vielen Dank noch mal für die Bücher, Cat.«

»Keine Ursache. Es gefällt mir, wenn ich mir vorstelle, daß jemand mich liest.« Der Gedanke machte ihm gute Laune.

»Bis später, Cat.«

Pharoah legte auf. Du wirst gelesen, Seth Cat. Es ist sehr tiefsinnig, und der Druck ist klein, aber dafür mit doppeltem Zeilenabstand, so daß ich mit Bleistift kleine Anmerkungen machen kann. Und wenn die Überarbeitung fertig ist, dann werde ich dich in limitierter Auflage herausgeben – ein einziges Exemplar.

Pharoah machte sich an das erste Kapitel von Seths erstem Buch. Vorher ärgerte er sich noch über die Widmung: »Für Veronica, ohne die dieses Buch nie geschrieben worden wäre.« Er las den ersten Satz: »Wo habe ich einen Fehler gemacht?«

Ja, wo, Seth Cat?

Ruthelma las die Einladung zu Hursts Party immer wieder durch. Ich kenne den Mann doch gar nicht! Klar, mit seiner Schwester hatte ich zu tun, als dieser *grauenhafte* Ben Bentley mir mitteilte, sie wolle ihre *Memoiren* schreiben. Damals hat er etwas sehr Merkwürdiges zu mir gesagt – wie war das noch mal?

»Ella ist ein bißchen daneben, wissen Sie.« Er saß mit ausgestreckten Beinen da und rieb sich provozierend die Innenseite seiner Schenkel (sexbesessen!). »Wenn sie eine ihrer selbstzerstörerischen Anfälle hat, beschließt sie, ihre Memoiren zu schreiben. Wissen Sie, ich habe auch schon angefangen, meine Memoiren zu schreiben. Vielleicht haben Sie Interesse, mal reinzuschauen?« Er grinste sein hinterhältiges Haifischgrinsen, das weniger kluge Menschen vielleicht faszinierend fanden.

Ob Ella Hurst wohl *tatsächlich* etwas aufgeschrieben hatte? Dieser *grauenhafte* Ben hatte angedeutet, daß sie mit einigen sehr prominenten Herren *Affären* hatte. Du, und deine Affären!

Ich hoffe bloß, daß ich morgen abend einen Babysitter für Mama finde.

Sie biß in das Eiersandwich und war empört. Sie hatten wieder den Ketchup vergessen.

»Was ist los mit dir?« fragte Daniel Saber scharf.

»Ich weiß auch nicht«, antwortete Veronica. »Vielleicht

hat es damit zu tun, daß ich jetzt endgültig die Sache mit der Scheidung angehen muß. Ich habe schlecht geschlafen, Dan. Ich glaube, er steht kurz vor einem Nervenzusammenbruch,«

»Wer?«

»Seth!«

Saber blickte von seinen Texten auf und seufzte kopfschüttelnd. »Veronica, Veronica. Du wirst dich nie ändern, stimmt's?«

»Wie meinst du das?« erwiderte sie ärgerlich.

»Wenn wir einen Autor verlieren, heißt es normalerweise: ›Ach, er taugt sowieso nichts‹ oder ›Seien wir doch ehrlich, Dan, er bringt's nicht mehr‹. Du verlierst Seth für immer, und schon heißt es: ›Ich glaube, er steht kurz vor einem Nervenzusammenbruch.‹

»Er klingt aber so!« schimpfte sie. »Und ich habe eine Vorahnung. Lach jetzt bloß nicht, aber ich habe das Gefühl, daß bald etwas Furchtbares passiert. O Gott!« Sie griff nach ihrem Taschentuch, um die Tränenflut aufzuhalten. »Ich kann nicht aufhören zu weinen!«

»Veronica«, sagte Saber geduldig, »warum nimmst du heute morgen nicht frei und gehst zum Arzt? Wenn du dich so reinsteigerst, kriegst du selbst noch einen Nervenzusammenbruch.«

Seth lehnte sich an das Geländer des Seehundbeckens und klopfte ungeduldig mit dem Fuß auf den Boden. Er sah mindestens zum zehntenmal auf seine Armbanduhr und verfluchte Mr. Montrose, der ihn seit fast einer Stunde hier warten ließ. Die Seehunde hatten zu fressen bekommen, aber Seths Magen war leer, und das fand er unfair. Er fand Warten unfair. Ben war immer zu spät gekommen.

»Ich hab' doch gesagt, ich konnte nichts machen! Warum bist du so wütend? Wenn du so sauer bist, warum hast du dann überhaupt noch gewartet?«

Dreckskerl. Das gilt auch für Sie, Mr. Montrose. Sie haben mir eine Stunde meines Lebens gestohlen, und ich kann es nicht leiden, wenn man mich beklaut. Manchmal rufen mich zu merkwürdigen Tageszeiten Leute an, die ich nicht kenne, und man hat mir gesagt, das machen Einbrecher, wenn sie eine Wohnung überprüfen. Wie viele Einbrüche hat es vergangenes Jahr in unserem Gebäude gegeben? Über fünf wurde in der Zeitung berichtet, und ich weiß, daß es noch mindestens drei weitere gegeben hat.

Seth wurde blaß. War der Telefonanruf eine Falle gewesen? Hatte ihn jemand absichtlich von seiner Wohnung weggelockt?

»Hey, paß auf, du Trottel!« rief ein Mädchen, als er an ihm vorbeiraste und es dabei am Ellbogen streifte, so daß sein Eis hinunterfiel.

Fünfzehn Minuten später stieß Seth die Tür zu seiner Wohnung auf. Er war außer Atem, hatte aber wütend die Fäuste geballt.

»Ist da jemand?« brüllte er.

Keine Antwort.

Er blickte sich in der Küche um, überprüfte den großen Wandschrank. Er öffnete die Badezimmertür, zog den Duschvorhang beiseite. Er raste ins Schlafzimmer, schaute in den Schrank, unters Bett. Er zog sämtliche Schubladen auf, aber alles schien unberührt. Zurück ins Wohnzimmer, zu seinem Schreibtisch. Auch hier sah alles ganz normal aus.

Er zog die unterste Schublade auf, griff nach dem Ordner mit der Aufschrift »Einkommensteuer« und legte ihn auf den Schreibtisch. Er nahm den Stapel mit seinen Notizen heraus. Die Büroklammer fiel zu Boden.

Sie war locker gewesen.

Seth wischte sich mit dem Ärmel den Schweiß von der Stirn. Dann blätterte er seine Notizen durch.

Aus irgendeinem Grund hatte er das Gefühl, er müsse verräterische Fingerabdrücke finden.

»Hallo, Cat«, sagte Pharoah. »Ich bin gerade zurückgekommen und habe deine Nachricht gekriegt. Was ist passiert?«

»Mr. Montrose war ein falscher Alarm.« Seth gab sich große Mühe, locker zu klingen.

»Mein Informant ebenfalls.«

»Ich glaube, es war ein Trick, um mich aus der Wohnung zu locken, damit sie durchsucht werden konnte.«

Pharoah runzelte die Stirn. »Fehlt etwas?«

»Nein«, antwortete Seth. »Soviel ich weiß, nicht. Aber ich bin mir ziemlich sicher, daß die Wohnung gefilzt wurde.«

»Hat jemand einen Schlüssel zu deiner Wohnung?«

»Nein.«

»Weißt du, ob du doppelt abgeschlossen hast, als du gegangen bist?«

»Nein, die Tür war nicht doppelt abgeschlossen. Ich mußte mich beeilen.«

»Diese Schnappschlösser sind für jeden Profi eine Bagatelle. Möchtest du, daß ich vorbeikomme?«

»Nein«, sagte Seth. »Nein, das ist nicht nötig.« Doch nach einer kurzen Atempause rief er: »Wart mal kurz! Ich habe gar nicht nachgeschaut, ob die Fotokopien noch da sind!« Er ging zum Wäscheschrank, tastete nach dem Ordner hinter den Laken. Alles war an seinem Platz. Seth nahm den Hörer wieder auf.

»Die Panik war umsonst. Sie sind genau da, wo ich sie verstaut habe.«

»Dann kannst du dich ja beruhigen. Wenn nichts fehlt, ist doch alles okay, oder?«

Seth studierte die maschinengeschriebenen Notizen auf seinem Schreibtisch. Er wollte sagen: »Ich glaube, jemand hat meine Aufzeichnungen gelesen. Jemand weiß, wen ich für Bens Mörder halte. Wenn diese Information in falsche Hände gerät, kann das sehr gefährlich sein. Ich habe meine Theorie noch nicht überprüft. Falls sie nicht stimmt, ist ein unschuldiger Mensch in Gefahr.«

Statt dessen sagte er: »Das stimmt. Also dann, bis später.« Er legte auf, zündete sich eine Zigarette an, inhalierte und mußte husten. Rasch ging er in die Küche, um sich ein Glas Wasser zu holen.

Pharoah verließ sein Büro, ging über den Flur, klopfte an und streckte dann den Kopf zur Tür hinein. »Haben Sie einen Moment Zeit für mich, Chef?«

»Kommen Sie doch rein.«

Es dauerte eine halbe Ewigkeit , bis bei der Western Union jemand abnahm.

Schließlich meldete sich die Stimme, die immer wie ein Roboter klang: »Western Union.«

»Ich möchte gern ein Telegramm aufgeben«, sagte Seth und begann langsam zu diktieren: »Miss Ella Hurst … »

Jameson saß im Bett und starrte auf den Fernsehschirm. Er tastete sich mit der Hand über den Kopf, um sicherzugehen, daß die Wickler richtig eingedreht waren, und rieb sich dann das Gesicht mit Hormoncreme ein.

»John«, sagte die Schauspielerin zu dem blonden jungen Schauspieler mit dem feinen Schnurrbart auf der Oberlippe. »Du mußt etwas unternehmen.«

Der blonde junge Schauspieler blickte etwas starr, während er sich an seinen Text zu erinnern versuchte.

»Joan«, sagte er, und die Schauspielerin wußte, daß er Textprobleme hatte.

»Was ist mit Joan?« fragte sie. Im Film hieß sie Arabella. Jameson kicherte. Er liebte Seifenopern. Immer ging irgend etwas schief, bei den Schauspielern sogar noch öfter als in der Handlung.

»Ohhhh«, ächzte der nervöse Schauspieler. »Vielleicht kann Joan uns helfen.«

Die Schauspielerin ließ sich nicht aus der Ruhe bringen. »Du mußt jetzt dringend etwas unternehmen.«

»Arabella«, sagte der Schauspieler. Die Schauspielerin

und Jameson konnten sich entspannen. Jameson griff nach einem Papiertuch, um sich die Finger abzuwischen, und stellte dann den Apparat mit der Fernbedienung aus. Den Seifenopern-Kult hatte er von Ben übernommen.

»Sie sind so schön kitschig! Ich finde sie wunderbar.«

Morgen abend. Du hättest den morgigen Abend ebenfalls wunderbar gefunden, Ben. Er wird unvergeßlich kitschig, Darling – wo immer du jetzt sein magst.

Ada verließ den Schönheitssalon und fragte sich, ob alle Leute auf der Straße den Unterschied bemerkten. Nun ja, *sie* spürte den Unterschied, und das war das Entscheidende. Mrs. Bergheim hatte sich schrecklich aufgeregt, als Ada gegangen war.

»Wir sind in Trauer! Was sollen denn die Nachbarn sagen? Es ist eine Schande.«

Was scheren mich die Nachbarn, hatte Ada gedacht. Jetzt ging sie mit raschen Schritten die Straße hinunter. Ihr Gesicht war wie von einem unsichtbaren Heiligenschein umgeben. Was wird Seth wohl sagen? Jemand pfiff, und obgleich Ada vor Freude am liebsten einen Luftsprung gemacht hätte, drehte sie sich nicht um.

Sie hätte gesehen, wie ein kleiner Straßenköter eifrig zu seinem ungeduldigen Herrchen rannte.

Es war zwar schon halb dunkel in der Wohnung, aber Seth stand nicht auf, um Licht zu machen. Er starrte auf das Telefon. Vielleicht konnte er es ja hypnotisieren, damit es endlich klingelte. Der Aschenbecher quoll fast über, und die dunklen Ringe unter Seths Augen wurden immer tiefer. Ella hatte sein Telegramm vor mindestens fünf Stunden erhalten. Er mußte sie vor morgen abend sehen! Was sollte er tun, wenn sie nicht anrief?

Dann tritt Plan »B« in Aktion.

Der Speck brutzelte in der Pfanne. Pharoah gab drei Eier in eine Schüssel. Im Takt zu den Rock-and-Roll-Klängen, die aus dem Radio dröhnten, schlug er sie schaumig. Sehr bald schon, Pharoah Cat, werden acht Speckstreifen in der Pfanne brutzeln, und ich werde sechs Eier schlagen, und ich werde befördert.

»Das ist ganz schön kompliziert«, hatte sein Chef vergangene Woche gesagt. »Es kann Monate dauern, bis Bentleys Mörder sich verrät.«

»Vielleicht ist es ja eine Mörderin, Chef«, hatte Pharoah grinsend entgegnet.

»Okay, Pharoah. Der Fall gehört Ihnen. Aber passen Sie auf, daß Sie nicht umgelegt werden.«

Nein, keine Sorge. Ich krieg' das schon hin. Ich bin ein Sieben-Tage-Wunder. Morgen ist es genau eine Woche her, daß Ben so gnadenlos um die Ecke gebracht wurde.

Ich glaube, morgen abend ziehe ich meinen neuen Anzug von Brooks Brothers an. Ich hab' ihn für einen besonderen Anlaß gekauft, und morgen ist ein besonderer Anlaß.

Seth betrat das Gebäude, in dem Ella wohnte. Der Portier saß im Foyer auf einem Stuhl und las die Abendzeitung. Er erhob sich und nahm die Brille ab.

»Was kann ich für Sie tun?«

»Wissen Sie, ob Miss Hurst da ist?«

»Nein, das weiß ich leider nicht. Ich habe gerade erst meine Schicht begonnen. Aber ich schau mal, ob sie antwortet«, sagte er und ging zum Schaltbrett. »Sie nimmt allerdings nicht immer ab.« Er stöpselte die Verbindung ein und drückte auf den Knopf. »Nein, sie reagiert nicht.«

»Es ist sehr wichtig. Ich muß unbedingt nach oben und an der Tür klingeln.«

»Das können Sie ruhig tun.« Der Portier zuckte die Achseln. »Aber sie öffnet nie, wenn sie keinen Besuch erwartet.«

Seth ging zum Fahrstuhl. Ein paar Sekunden später war er in Ellas Stockwerk. Als er vor ihrer Tür stand, wußte er, daß es aussichtlos war. In der Tür steckte ein kleiner Zettel. Es war eine Mitteilung der Western Union: In der Zentrale liege ein Telegramm für Miss Hurst.

Seth klingelte. Dann klopfte er und rief: »Ella? Ella? Sind Sie da? Ich bin's, Seth Piro. Ich muß unbedingt mit Ihnen reden.«

Fünf Minuten später war er wieder draußen und schlenderte gedankenverloren die Straße entlang. Dann faßte er einen Entschluß.

Er ging nach Hause und betrank sich sinnlos mit sechs tockenen Martinis.

Kapitel 16

»Entspann dich, Cat. Du bist ja ganz blaß um die Nase. War es so schwer, mir zu erzählen, wer deiner Meinung nach Ben Cat umgebracht hat?«

»Nein«, antwortete Seth und drückte seine Zigarette im Aschenbecher aus. Wenn doch seine Cola endlich käme! »Nachdem ich mich entschieden hatte, war's kein Problem mehr. Ich hab' nur 'nen ziemlichen Kater.«

»Bist du gestern abend durch die Kneipen gezogen?«

»Nein, es war eine Solovorstellung zu Hause. Irgend jemand hat gestern meine Notizen gelesen. Und bevor es zu gefährlich wird, wollte ich es dir lieber sagen. Du kannst nichts unternehmen, oder? Ich meine, es ist ja nur eine Hypothese. Du brauchst immer noch Beweise, nicht wahr?«

»Der Mörder verrät sich bestimmt selbst«, erklärte Pharoah und gab dem jungen Assistenten, der gerade den Kopf zur Tür hereinstreckte, ein Zeichen. Er reichte Seth die Cola und zog sich gleich wieder zurück. Seth trank einen kräftigen Schluck und seufzte erleichtert. Pharoah rieb sich das Kinn und schaute aus dem Fenster. »Du bist also ganz sicher, daß Ella Hurst etwas weiß?«

»Ja, ganz sicher. Sie hat sich verplappert, als wir am Samstag bei ihr waren.«

»Vielleicht hast du recht«, meinte Pharoah. »Vielleicht gibt es ja heute abend bei der Party die große Enthüllung.«

»Vielleicht auch nicht. Jameson hat ja gesagt, es ist eine Abschiedsparty. Wenn er wegfährt …«

»Er fährt nirgendwohin.« Pharoah sprang auf und sah Seth ins Gesicht. »Cat, du bist ein ausgezeichneter Detective. Deine Argumentation ist hieb- und stichfest.«

»Mach dich nicht über mich lustig. Du hast doch selbst schon die gleichen Schlüsse gezogen.«

»So ungefähr.« Pharoah trank einen Schluck Cola. »Du mußt heute abend vorsichtig sein, Seth Baby. Es werden sehr viele Leute kommen. Da kann einiges passieren, ohne daß jemand etwas merkt. Halt dich an mich, Cat.«

»Tue ich das nicht schon?« Seth grinste, und Pharoah konnte den Duft von acht brutzelnden Speckstreifen und sechs Spiegeleiern riechen.

Adam inspizierte die Tapete in dem möblierten Zimmer nun schon das drittemal und fragte sich, ob der Vermieter wohl zu Renovierungsarbeiten verpflichtet war. Im Nebenraum stritten sich lautstark eine Männer- und eine Frauenstimme – spanischer Flamenco, begleitet von klappernden Kastagnetten. Daran werde ich mich mit der Zeit schon gewöhnen, dachte Adam. Er kickte die leeren Koffer unters Bett und ließ dann an dem einzigen Fenster die Jalousie herunter. Ich finde einen guten Job. Hier bleibe ich nicht lange. Ich suche mir eine Wohnung mit Blick über den Hudson, Südseite, hell und luftig, so komfortabel wie die von Seth. Jameson wird sich verabschieden, Ella ebenfalls, und der Mord an Ben wird in Vergessenheit geraten. Den heutigen Abend werde ich auch noch überstehen. Ich weiß zwar nicht wie, aber ich werde es schaffen. Aber wenn Ella da ist … O Gott, wenn Ella da ist …

Mr. Rachel stampfte mit dem Fuß auf, und die drei dienstbaren Geister stoben erschrocken auseinander. »Warum paßt ihr Schlafmützen nicht auf? Ich habe gesagt, grüne Lampions hinten im Garten, nicht am Gewächshaus entlang. Grün und Grün neutralisiert sich gegenseitig!«

Jameson erschien auf dem Balkon, die Haare in einem Netz. Sein langer rosafarbener Morgenrock bauschte sich in der frischen Brise. »Rachel!« rief er laut, und Rachel blickte nach oben. Du liebe Güte. Wenn sie jetzt auch noch zu singen anfängt, falle ich in Ohnmacht.

»Was gibt's, Jamie?«

»Müßt ihr da unten so einen Lärm machen?«

»Wenn du willst, daß diese Wildnis hier nachher so aussieht, wie du dir das vorstellst, dann geht das nicht ohne Lärm!« Jamie ging kopfschüttelnd ins Haus zurück, wo ihn in seinem Zimmer der Friseur erwartete, der ihm das Haarnetz abnahm und seine flachsblonden Locken toupierte, bis sie um Erbarmen flehten.

Mr. Rachel legte Wert darauf, daß er bei der abendlichen Gala auch anwesend war. »Hör zu, Jamie! Angenommen, es geht etwas schief mit dem Buffet? Wir können nicht riskieren, daß du alles vom Tisch fegst und es einem deiner Haustiere zu fressen gibst.« Mr. Rachel saß mittlerweile in einem Korbstuhl und zündete sich seine Maiskolbenpfeife an. Das letztemal, als er diese Pfeife in der Öffentlichkeit geraucht hatte, hatte jemand gemurmelt: »Sieh dir nur diese Provinzschwuchtel an!« Guter Jamie. Wie lange ist es jetzt schon her, daß wir ein Paar waren? Bette Davis war damals neu im Geschäft, und das war vermutlich in dem Jahr, als Haley den Kometen entdeckte. Man sehe sich Jamie an – und man sehe sich mich an! Ich könnte sein Onkel sein! Und Ella gibt es auch noch. Hat Jamie das wirklich ernst gemeint? Kommt Ella wirklich zu der Gala heute abend?

Dieser Spinner!

Veronica ging nicht ins Büro, sondern blieb fast den ganzen Tag im Bett. Der Arzt hatte ihr etwas verschrieben und versprochen, bis heute abend um zehn würden sich ihre strapazierten Nerven erholt haben. Süß, dieser Arzt. Seltsam, daß mir das bisher nie aufgefallen ist. Wie nett er mir gesagt hat, daß ich lernen muß, meine Wutanfälle besser zu beherrschen. Als könnte ich Seth tatsächlich umbringen! Ich könnte ihn zugrunde richten, aber das heißt nicht, daß ich ihn umbringe. Sie seufzte zufrieden. Wollen wir doch mal sehen, wer zuerst zusammenbricht. Hab' ich's nicht geschafft, diesen kleinen Mistkerl von Ben dahin zu kriegen, wo ich ihn haben wollte (mit Ellas Hilfe, versteht sich)? Aber vielleicht hilft mir Ella ja auch, das Buch im Keim zu ersticken. Ich bin nicht so dumm, wie sie denkt.

Seth lag auf dem Bett und ließ seine Haut von der kühlen Brise trocknen, die vom Hudson herüberwehte. Bleib heute nüchtern, Baby. Du hast den schwierigsten Abend deines Lebens vor dir. Und wenn du diese Mission erledigt hast, wartet schon die nächste, nämlich Pharoah. Wer weiß? Vielleicht mußt du wirklich eine Weile die Wohnung mit ihm teilen. Aber es braucht ja nicht für immer zu sein. Nichts ist für immer. Die Erfahrung hat Ben auch gemacht.

Ada hielt ein pfauenblaues Cocktailkleid vor sich hin und bewunderte sich in dem großen Spiegel. Gott sei Dank ist Mama bei ihrer Cousine in den Catskills. Das Haus ist sauber, in allen Vasen stehen frische Blumen. Überall riecht es nach Lavendelspray. Seth kommt bestimmt auf einen Drink herauf, wenn er mich heute abend nach Hause bringt. Es macht ja nichts, daß er kein Jude ist. Sammy Davis Jr. hat auch May Britt geheiratet.

Sie ging zurück ins Schlafzimmer und hängte das Kleid an die Tür. Vorsichtig strich sie mit der Handfläche über den Stoff und trat dann einen Schritt zurück, um das Kleid zu bewundern. Pfauenblau. Ich sehe immer sehr hübsch aus in Pfauenblau.

»So 'ne scheußliche Farbe! Du siehst aus wie 'ne Nutte aus Flatbush!«

»Ma! Sag Benny, er soll still sein! Halt die Klappe, Benny!«

Ich trage, was mir gefällt, und dich hat jemand zum Schweigen gebracht. Für immer.

Ruthelma schaute auf ihre Armbanduhr. Erst *fünf* nach acht! Es war doch schon vor *mindestens* einer Stunde acht Uhr gewesen! Na ja, ich kann nicht als *erste* kommen. Gut, dann esse ich noch ein Stück Kuchen und trinke ein Glas Milch. Oder *doch* lieber *nicht*, sonst krümle ich wieder alles voll und ruiniere mein echtes Lucy-Brombart-Kleid.

Die Babysitterin schaute wie gebannt auf den Bildschirm. Sie saß neben Ruthelmas Mutter auf dem Sofa, hielt ihre Hand und tätschelte sie immer wieder. »Wie kannst du nur diesen *Mist* ansehen?« fragte Ruthelma die Siebzigjährige.

»Mach du, was du willst, und ich mache, was ich will.«

Ruthelma marschierte in die Küche, goß sich ein Glas Magermilch ein, schnitt ein großes Stück von dem Kuchen ab, band sich ein Geschirrtuch wie ein Lätzchen um, setzte sich an den Tisch und machte, was sie wollte.

»Du kleiner Schlingel!« Die gefärbte Blondine mittleren Alters, die neben Ward Gabriel an der Bar stand, lachte. »Ich sollte Sie übers Knie legen und küssen.«

»Ward!«

»Entschuldigen Sie mich kurz. Das ist meine Chefin«, sagte Ward und ging ans andere Ende der Bar zu Ida. Sie trug eine Glitzerbluse und einen gelben Ballonrock, dazu eine Stola mit Paisleymuster und grüne Ohrhänger.

»Hör gut zu«, sagte sie zu Ward. »Wenn es irgendwelche Probleme gibt, rufst du mich an, verstanden? Ich bin nicht lange weg, ich will mich dort nur kurz sehen lassen, dann bin ich wieder da.«

»Du kannst ruhig bleiben, so lange du willst, Ida! Dienstags ist hier doch nie was los. Wann lernst du endlich, dich mal zu amüsieren?«

»Warum kümmerst du dich nicht um deinen eigenen Scheiß? Ich war schon öfter auf diesen Partys bei Hurst, die sind todlangweilig. Ich gehe nur aus geschäftlichen Gründen hin. Ach, noch was.« Ihre Augen wurden schmal und sie drohte ihm mit dem Finger. »Wenn du auch nur im geringsten an den Quittungen herumpfuschst, dann ...«

»Ach, Ida!«

»Spar dir diesen ›Ach, Ida!‹ – Quatsch!« zeterte sie. »Für ein bißchen Kohle würdest du sogar einen Mord begehen. Wo ist denn dieser verdammte Cadillac?« Sie watschelte zum Fenster, und Ward betrachtete sie teils verächtlich, teils amüsiert. Eines Tages, wenn du in der Badewanne sitzst, du fette Schlampe, wäre ich gern ebenfalls da, mit einem laut plärrenden Radio, und dann ...

»Da ist der Wagen. Also, nicht vergessen! Wenn irgendwas ist, sofort anrufen!«

Ich muß ihn rausschmeißen, dachte sie, als sie zu dem Wagen ging und dem Fahrer, der die Tür für sie aufhielt, kurz zunickte. Der Chauffeur überlegte, ob er nachhelfen sollte, während sie sich mühsam in den Wagen zwängte.

Sie schaffte es ohne seine Hilfe.

Er knallte die Tür zu, ging um den Wagen herum und fuhr los, während sich Ida eine Gitane anzündete.

Ich hab's doch gewußt, dachte der Chauffeur und schnüffelte. Gras.

Ja, dachte Ida, er muß weg. Wenn sie schwierig werden, müssen sie weg.

Der Cadillac bog ostwärts in die Seventy-second Street ein und überholte einen roten Jaguar, der zur West End Avenue fuhr.

Pharoah steuerte den Wagen lässig durch den dichten Verkehr, in Gedanken schon bei der Party. Er wiederholte sein stummes Gebet, daß alles glattgehen möge und er seinen Mörder zu fassen bekam. Dann konnte das Leben richtig beginnen. Er hatte Seth in der Tasche, das wußte er. Aber wußte Seth es auch?

Seth überprüfte sein Aussehen noch einmal im Spiegel des Frisiertischs (er mußte diesen schrecklichen Frisiertisch

Veronica endlich zurückgeben, ob sie nun in ihrer Wohnung Platz hatte oder nicht) und war zufrieden mit sich. Er brauchte sich nur an Pharoah zu halten. Und wenn er sein Stichwort bekam, mußte er auf eine bestimmte Person zugehen und sagen: »Jetzt bin ich betrunken genug, um zu sagen, daß ich gesehen habe, wie Sie Bens Wohnung betreten haben, nachdem ich gegangen bin.« Würde es klappen? Es gab keine andere Möglichkeit.

Es klingelte, und er eilte zur Gegensprechanlage.

»Hallo?«

»Cat? Deine Kutsche erwartet dich.«

Adam starrte Jameson an, der in seinem Schlafzimmer auf und ab schritt wie ein Model bei einer Pariser Modenschau.

»Na, wie findest du mich?«

Die flachsblonden Locken waren zu einer Pompadourfrisur aufgetürmt. Er trug ein grünes, mit Maiglöckchen verziertes Samtjackett. Seine Hose war violett und hatte auf jeder Seite einen karminroten Streifen mit gelben und blauen Pailletten. Dazu hatte er eine karierte Seidenkrawatte umgebunden, auf der eine große Opal-Krawattennadel prangte. An acht von zehn Fingern steckten Ringe, bei denen es Paulette Goddard den Atem verschlagen hätte. Die roten Samtpumps waren mit gelben Pompons verziert, die lackierten Fingernägel glänzten.

»Jamie«, sagte Adam, »du bist ein Gedicht.« Er wandte sich zum Gehen, um die Tür zu öffnen. In seinem marineblauen Anzug und der rotblaugestreiften Krawatte sah er extrem gut aus.

»Bleib stehen!« flüsterte Hurst heiser.

»Was ist los?«

»Bleib einfach einen Moment stehen. Ich möchte dich so, wie du jetzt bist, im Gedächtnis behalten.« Dann ging er an ihm vorbei, eingehüllt in eine Wolke aus Fliederduft. Adam nieste und folgte ihm.

Über sechzig Personen tummelten sich im Erdgeschoß und im Garten. Mr. Rachel stand neben der fünfköpfigen Combo, den Blick unverwandt auf die Treppe gerichtet. Als Hurst im Blickfeld erschien, gab er dem Dirigenten ein Signal. Der Dirigent nickte, klopfte mit dem Taktstock auf das Notenpult und gab dann den Einsatz. Dröhnend erklang »Land of Hope and Glory«, und Jameson schritt langsam die Stufen hinunter, mit hoch erhobenem Kopf, die Schultern gestrafft, die eine Hand ausgestreckt, um das Gleichgewicht zu halten, die andere elegant in die Hüfte gestemmt. Alle Augen waren auf den Gastgeber geheftet, und Ida biß sich auf die Lippe, um keinen hysterischen Anfall zu bekommen. Veronica verzog keine Miene. Ruthelma hielt gerade in der linken Hand einen Teller, in der rechten eine Kelle mit tropfendem Hummersalat. Ada hatte sich in eine entlegene Ecke verkrochen, todunglücklich und puterrot vor Verlegenheit. Es klingelte an der Tür, aber der gemietete Butler hatte Anweisung, jetzt nicht zu öffnen. Er konnte es kaum erwarten, nach Hause zu kommen und seiner Frau alles brühwarm zu erzählen – oder hatte sie womöglich wieder eine Fehlgeburt, wenn sie zuviel lachte? Pharoah und Seth mußten draußen warten. Seth erkannte die Musik.

»Das dauert sicher eine Weile. Hurst hat gerade seinen großen Auftritt.«

Adam blieb oben an der Treppe stehen. Hoffentlich wird Hursts Drohung, daß Ella kommt, nicht wahr, dachte er. Hoffentlich war es nur ein schlechter Scherz.

Als Hurst am Fuß der Treppe angekommen war, verstummte das Orchester. Er lächelte gewinnend und rief: »Willkommen, meine Lieben! Willkommen!« Tosender Applaus. Jetzt öffnete der Butler die Tür, Seth und Pharoah durften eintreten. Hurst begrüßte die beiden mit ausgebreiteten Armen.

»Laßt jede Hoffnung hinter euch, ihr, die ihr eintretet!« Das Orchester begann wieder zu spielen; Gelächter vermischte sich mit Stimmengemurmel. Hurst trat zu Seth und nahm seine Hand. »Ich hoffe, das wird für uns alle ein denkwürdiger Abend.«

»Diese Hoffnung wird sich sicherlich erfüllen«, erwiderte Seth mit einem Lächeln. Dann winkte er Adam zu, der jetzt die Treppe herunterkam. Adam lächelte und überlegte, was mit dem Detective nicht stimmte. Ihre Blicke begegneten sich kurz, und Adam war sicher, daß er in seinen Augen eine gewisse Feindseligkeit erspähte. Aber vielleicht irre ich mich ja auch, sagte er sich. Es liegt an mir. Jeder kommt mir heute abend feindselig vor. Wann hat Jameson die Zeit gefunden, alle darüber zu informieren, daß wir uns trennen? Der Dirigent überprüfte die Liste mit Hursts Lieblingsmelodien und gab dann den Einsatz zu einer schwungvollen Version von »Love, Your Magic Spell Is Everywhere.«

Hurst nahm Pharoah am Arm und führte ihn ins Getümmel. »Ich freue mich ja so, daß Sie gekommen sind. Vermutlich haben Sie nicht die geringste Ahnung, wer alle diese Leute sind. Nun, ich werde es Ihnen sagen: Jeder der hier Anwesenden hatte irgendwann mit Ben Bentley zu tun. Haben Sie das gehört, Seth?«

»Faszinierend«, erwiderte Seth. Er sah, daß Adam sich zur Bar durchkämpfte.

»Im Moment befindet sich mindestens die Hälfte der Personen, die Sie für Ihr Buch brauchen, unter diesem Dach«, fuhr Hurst gutgelaunt fort. »Machen Sie sich an die Arbeit, es ist alles bereit!« Mit seiner freien Hand tätschelte er Pharoahs Arm. »Wäre das nicht phantastisch? Wäre es nicht absolut großartig, wenn Sie heute abend Bens Mörder überführen könnten? Hier in diesem Haus? Fänden Sie das nicht auch wunderbar, Seth? Es wäre die Krönung eines gelungenen Abends! Was für eine Art, Abschied zu nehmen.«

»Wohin geht die Reise?« fragte Pharoah.

»Weit weg!« rief Hurst mit einer ausholenden Handbewegung, bei der er Mr. Rachel das Champagnerglas aus der Hand schlug. »Oh, tut mir schrecklich –« Er musterte Mr. Rachel empört. Dieser trug genau das gleiche Dinnerjackett wie er. »Rachel«, knurrte Hurst, »du mieses Stück!« Rachel verzog den Mund und schnaubte verächtlich. Dann winkte er einen Diener herbei, der die Scherben wegschaffen sollte. »Rachel war einer meiner ersten Geliebten, vor tausend Jahren, während des Bürgerkriegs, glaube ich.«

Von ihrer Zimmerecke aus erspähte Ada, daß Seth mit Hurst und Pharoah durch die Menge gegangen kam. »Seth!« rief sie, und sofort richteten sich fünfzehn Augenpaare auf sie. Sie verkroch sich erneut und wagte sich erst nach einer ganzen Weile wieder hervor.

Wie krieg' ich diesen Trottel bloß wieder los, überlegte Veronica. Ein öder junger Mann hielt sie mit Beschlag belegt. Er hatte winzige Augen und eine winzige Nase – aber dafür nahm sein Mund um so mehr Platz ein. »Was ich sagen will«, erklärte der Knabe gerade atemlos, »ist, daß mir diese Theaterstücke über den Mangel an Kommunikation langsam auf die Nerven gehen. Also gestern abend habe ich eine Aufführung gesehen, Off-Broadway – wirklich sehr weit weg, in der Delancey Street, glaube ich –, da sitzen zwei Leute auf entgegengesetzten Seiten der Bühne und führen irgendwie ein Ferngespräch, und dann werden sie getrennt, und es dauert etwa drei Akte, bis sie wieder zusammenkommen – wenn überhaupt. Wird Ihnen solches Zeug auch angeboten, ich meine, als Manuskript?«

Veronica begegnete Adams Blick. Er verstand, was sie ihm sagen wollte, und eilte ihr zu Hilfe. »Entschuldigen Sie bitte«, sagte er zu dem Knaben. Dann wandte er sich an Veronica: »Sie haben mir diesen Tanz versprochen.«

»Oh, Adam, entschuldigen Sie! Ich war so ins Gespräch vertieft mit Mr. – äh – äh ...«

»Yumptov.«

»Ja, genau, Mr. Yumptov. Bitte, nehmen Sie es mir nicht übel, Mr. Yumptov, aber …«

Mr. Yumptov nickte gnädig, sah den beiden nach und machte sich dann auf die Suche nach dem nächsten Opfer.

Hurst führte Pharoah und Seth von einem Gast zum anderen und stellte sie mit blumigen Worten vor. »Ein Detective, meine Lieben. Ein waschechter Detective! Er ist Ben Bentleys Mörder auf der Spur. Audrey, machen Sie nicht so ein schuldbewußtes Gesicht!« Audrey war eine hochgewachsene Frau Ende vierzig mit einem Männerhaarschnitt. Sie machte überhaupt kein schuldbewußtes Gesicht, vielmehr hatte sich gerade ein spitzer Absatz in ihren Turnschuh gebohrt. Sie mußte also einen Schmerzensschrei unterdrücken – sowie den Impuls, die Missetäterin mit einem rechten Aufwärtshaken zu bestrafen.

»Oh, das tut mir schrecklich leid!« rief Veronica und drehte sich in Adams Armen um, weil sie sehen wollte, wem sie da auf die Füße getreten war.

»Hallo, Baby«, sagte Audrey, »lange nicht gesehen!« Seth verschränkte die Arme vor der Brust und grinste Audrey begeistert an. Ob sie auf Fotos genauso gut aussah wie in Wirklichkeit?

»Oh«, japste Veronica. »Audrey!«

»Wen hast du erwartet?« entgegnete Audrey trocken. »Simone de Beauvoir?«

»Hallo, Seth!« sagte Veronica schnell. »Ich wußte gar nicht, daß du schon da bist.«

»Hallo, Baby.« Seth grinste. »Lange nicht gesehen.« Veronica kniff wütend die Augen zusammen, und Pharoah erwartete fast, daß Seth gleich von einem tödlichen Blitzstrahl getroffen würde. Veronica machte sich von Adam los und trat auf Seth zu.

»Ich bin sicher, daß Adam nichts dagegen hat, wenn wir beide diesen Tanz zu Ende tanzen.« Sie schmiegte sich an Seth, so daß ihm keine Wahl blieb, dann wandte sie sich den anderen zu und verkündete laut: »Hat er es euch schon erzählt? Ich reiche die Scheidung ein.«

»Großer Gott!« schrie Hurst händeringend, den Blick zur Decke gewandt. »Eine Ära geht zu Ende. Jetzt weiß ich, wie sich die Habsburger gefühlt haben, als Österreich zusammengebrochen ist. Kommen Sie, Audrey«, sagte er dann und nahm Audrey an der Hand. »Ich werde Ihnen beibringen, wie man ein Menuett tanzt.«

Adam blieb allein mit Pharoah zurück und blickte ihn unsicher an.

»Wie geht's denn so, Cat?« fragte Pharoah.

»Ganz okay«, erwiderte Adam düster.

»Sie sehen nicht besonders glücklich aus. Kopf hoch! Das Schlimmste kommt noch.«

»Genau davor habe ich ja Angst.«

Pharoah klopfte ihm besänftigend auf die Schulter und machte sich auf den Weg zur Bar.

»Wenn du dich nicht anständig benimmst«, sagte Seth zu Veronica, »übergebe ich dich an Audrey.«

»Nur zu, Liebling«, entgegnete Veronica. »Klopf ruhig noch ein paar Nägel in meinen Sarg.«

»Dann hör auf, mir ständig deinen Schenkel zwischen die Beine zu drücken.«

»Was gibt's da zu drücken?«

Seth ließ sie mitten auf der Tanzfläche stehen und begab sich zur Bar.

»Allein und verlassen!« rief Hurst, als er und Audrey an Veronica vorbeikamen. »Und das in der Blüte ihrer Jahre!«

»Hallo, Baby«, sagte Audrey.

Veronica verließ eilig die Tanzfläche und stieß mit Ida zusammen.

»Aua«, sagte Veronica.

»Hallo, Baby«, sagte Ida. »Wo gibt's denn hier was zu trinken? Die Bar ist so bevölkert, daß man nicht durchkommt.«

»Sag's dem Kellner«, sagte Veronica und strebte weiter.

»Du mich auch!« murmelte Ida und winkte dem Kellner.

Der dünne Mann war mindestens zehn Zentimeter größer als Pharoah. »Oh, hallo«, sagte er herzlich. »Ich glaube, wir kennen uns noch gar nicht.«

»Stimmt«, antwortete Pharoah, der darauf wartete, daß der Barkeeper ihm seinen Drink brachte.

»Ich heiße Herbee Howard. Hinten mit zwei E. Und wie heißen Sie?«

»Pharoah Love.«

»Was für ein wunderschöner Name! Sind Sie ägyptischer Abstammung?«

»Nein«, entgegnete Pharoah trocken. »Ich bin Halbjude.«

»Ach, tatsächlich!« rief Herbee mit zwei E. »Sie sehen gar nicht jüdisch aus. Ich bin Schaufensterdekorateur. Was tun Sie?«

»Wann?«

Herbee kicherte. »Wenn Sie arbeiten, Sie kleiner Schelm!«

»Ich bin Detective.«

»Ooh. Entschuldigen Sie bitte. Meine Mutter gibt mir gerade ein Zeichen.« Er drängte sich an Pharoah vorbei. Der Barkeeper brachte Pharoah gerade einen Scotch mit Soda, als Seth zu ihm trat.

»Für mich auch einen«, sagte Seth. Dann wandte er sich Pharoah zu. »Meine Frau sucht Streit.«

»Soll ich ihr einen Kinnhaken verpassen?« fragte Pharoah freundlich.

»Nein, vielen Dank. Ich schaff' das schon allein.«

»Dein Freund Adam macht einen etwas unglücklichen Eindruck.«

»Es heißt ja immer, Indianer haben Vorahnungen.«

»Vielleicht führt er gleich einen Tanz auf und vertreibt die bösen Geister.«

»Seth!« keuchte Ada.

»Hallo, Ada! Sie kennen Pharoah?«

»Ja.« Keuch. »Natürlich.« Keuch. »Hallo.« Keuch. »Ich hab's kaum geschafft, mich durch diese Menschenmege zu kämpfen. Wo sind Ihre Fittiche? Ich muß mich darunter verkriechen.«

Seth legte ihr den Arm um die Schulter. »Hier. Sicher und geborgen. Wie wär's mit 'nem Drink?«

»O ja, ich hätte gern eine Pink Lady.« Pharoah zuckte innerlich zusammen.

»Eine Pink Lady!« rief Seth dem Barkeeper zu, der äußerlich zusammenzuckte. »Wen würden Sie denn gern kennenlernen?« fragte Seth Ada.

»Niemanden«, sagte Ada und verzog das Gesicht. »Mir gefällt es da, wo ich jetzt bin.« Sie lächelte matt, Pharoah zuliebe. »Ist es okay, wenn ich mich an Sie beide halte? Ich fühle mich völlig verloren hier. Und ich habe ein Vermögen für das Kleid ausgegeben.«

Seth wußte, was sich gehörte. »Das Geld hat sich gelohnt! Das Kleid ist phantastisch. Ist Ihre Mutter schon abgereist?«

»Ja, ich habe die Wohnung für mich allein. Sie müssen nachher unbedingt auf einen Drink mitkommen.« Pharoah konzentrierte sich auf eine mollige Dame, die es sich gerade am Büffet gutgehen ließ.

»Mmmmmm«, machte Ruthelma, während sie sich eine geräucherte Auster in den Mund schob.

»Schmeckt wunderbar, was?« sagte Mr. Rachel. Ruthelma schenkte dem freundlichen älteren Gentleman mit den blaugrauen Augen ein Lächeln.

»Mmmmmm.« Als sie mit Kauen fertig war, schluckte sie und sagte. »Was für ein *exzellentes* Büffet!«

»Vielen Dank. Ich habe es gestaltet.«

»Nein, *wirklich*!«

»Ich bin Mr. Rachel.« Er sprach seinen Namen »Rahshell« aus.

»Sie sind ein *Genie*! Ich kann mich gar nicht losreißen.«

»Oh, bitte, bedienen Sie sich, ehe sich die anderen wie eine Heuschreckenplage darauf stürzen! Darf ich?« Er nahm eine Serviette und entfernte einen Klecks Hummersalat von ihrem Busen. Ruthelma kicherte. »So!« sagte Mr. Rachel. »Hübsche Mädchen wie Sie wollen doch nicht mit Flecken herumlaufen.«

»*Mädchen*!« quiekte Ruthelma geschmeichelt. »Ich gehöre doch praktisch schon zu den *Senioren*.«

»Unsinn!« Mr. Rachel lächelte und kniff sie neckisch in die Wange. »Sie sind im Herzen jung geblieben, und darauf kommt es an, Miss ...«

»*Kross*!« jubelte Ruthelma. »Ruthelma Kross. Ich bin *Literaturagentin*. Ich repräsentiere einen der Gäste. Seth Piro.«

»Oh, ja.«

»Ich habe allerdings *keine* Ahnung, warum man mich eingeladen hat – es sei denn, wegen Miss Ella Hurst.«

»Ella?« fragte Mr. Rachel mit leiser Stimme. »Sie kennen Ella?«

»Na ja, ich habe sie nie *persönlich* kennengelernt, aber über eine Mittelsperson bin ich gefragt worden, ob ich möglicherweise ihre *Memoiren* vertreten will.«

»Ihre was?« Mr. Rachel brach in lautes Gelächter aus.

Seth sah Ada und Pharoah beim Tanzen zu, als Ida auf ihn zukam. »Ist das nicht alles total beschissen?« sagte sie zur Begrüßung. Seth umarmte sie.

»Hallo, meine Süße! Wer paßt aufs Geschäft auf?«

»Moishe, der Schauspieler. Aber wenn er sich an der Kasse vergreift, breche ich ihm jeden Finger einzeln.« Sie nahm eine Salzstange und zerbrach sie demonstrativ zwischen Daumen und Zeigefinger.

»Dann kommt er also gar nicht?«

»Warum? Was willst du von ihm?«

»Eigentlich nichts. Ich dachte nur, er käme. Er gehört ja schließlich zum Motto.«

»Zu welchem Motto?«

»Zum Motto der Party. Alle Gäste hatten irgendwie mit Ben zu tun.«

»Baby, wenn alle eingeladen wären, die je mit Ben zu tun hatten, würden wir im Shea Stadion feiern. Ich bin schon ganz kribbelig.«

»Aber warum denn?«

»Keine Ahnung. Irgendwas stimmt nicht. Schau mal da rüber – Adam und Hurst. Ich habe das Gefühl, da braut sich was zusammen.«

»Reiß dich gefälligst am Riemen!« herrschte Hurst Adam an. »Du benimmst dich unmöglich!«

»Was ist denn in dich gefahren?« fragte Adam betroffen.

»Wenn Ella zu dieser Gala kommen möchte, dann kommt sie auch! Und versuch ja nicht, sie daran zu hindern, verstanden? Ah, da ist ja Veronica! Ich muß unbedingt mit ihr sprechen! Veronica!« Adam kippte den vierten Scotch pur hinunter und starrte in sein Glas. Als er sich umblickte, sah er, daß Seth neben Ida an der Bar stand. Er bahnte sich einen Weg über die Tanzfläche, an Pharoah und Ada vorbei.

»Sie sind ein ausgezeichneter Tänzer!« rief Ada. »Leute wie Sie haben wirklich Rhythmus im Blut! Ich meine ...«

Pharoah wechselte unauffällig das Thema. »Fühlen Sie sich jetzt besser?«

»Aber natürlich! Können Sie sich vorstellen, daß Ben sich immer hier aufgehalten hat?« Sie sah sich bewundernd um. »Tja – erstaunlich.«

»Sie mochten Ihren Bruder nicht besonders, stimmt's?«

»Stimmt. Ich kann und will es nicht leugnen.«

»Ich nehme an, es ist Ihnen ziemlich egal, ob ich seinen Mörder je zu fassen kriege.«

Ada sah ihm in die Augen. »Wie ich schon gesagt habe – der Täter hätte eine Medaille verdient.«

»Haben Sie schon mal eine Medaille bekommen, Ada?«

Hurst packte Veronica am Arm, als sie gerade in Richtung Garten ging. »Kommen Sie, Sie kleines Biest. Ich muß mit Ihnen reden.«

»Oh, Jamie, was ist nun schon wieder los?«

»Reden Sie nicht in diesem Ton mit mir! Wollen Sie Seth heute abend noch eine Szene machen?«

»Na ja, es könnte sein, daß wir uns prügeln.«

»Seien Sie nicht dumm, meine Liebe. Seine schwarze Glucke wird Sie in tausend Stücke zerreißen. Immer hübsch sachte. Die beiden haben irgend etwas vor. Sie stecken dauernd die Köpfe zusammen und zwinkern sich quer durch den Raum zu. Mich führen sie nicht hinters Licht. Ich habe genau gemerkt, wie sie reagiert haben, als ich sagte, es könne ja sein, daß Love heute abend seinen Mörder überführt. Na, egal, was die beiden aushecken, meine Liebe, gleich werden Sie erleben, wie diese Pläne im Keim erstickt werden. Raten Sie mal, wer heute abend kommt. Ella!« Er eilte davon, denn er hatte keine Lust zu sehen, wie ihr der Mund offenstehen blieb.

»Ich würde nicht darauf wetten«, sagte Seth zu Adam.

»Worauf würdest du nicht wetten?« wollte Pharoah wissen, der mit Ada zu den beiden trat.

»Adam sagt, Ella kommt.«

»Na, so was!« staunte Pharoah. »Supercat persönlich.« Mit einem breiten Grinsen bestellte er sich noch einen Drink. Seth fixierte ihn, weil er ihm signalisieren wollte, daß er ihn privat sprechen mußte, aber Pharoah war ganz in Gedanken versunken.

»Seth!« quiekte Ada. »Sie haben noch gar nicht mit mir getanzt!«

Pharoah nahm seinen Drink und sagte zu Seth: »Nur zu, Cat! Es macht Spaß! Sie hat Rhythmus im Blut!« Seth verstand nicht, warum Ada errötete, und er wußte auch nicht recht, warum er das Gefühl hatte, daß Ellas Erscheinen möglicherweise seine und Pharoahs Pläne durchkreuzen würde.

»Wissen Sie, was ich denke, Adam Cat?« sagte Pharoah und schwenkte die Eiswürfel in seinem Drink. »Ich denke, Ella Cat hat eine Theorie, wer Ben umgebracht hat. Ich hoffe nur, sie kommt bald. Ehe der Mörder sie sich schnappt. Seth Baby hat gestern versucht, sie zu erreichen, aber ohne Erfolg. Sie wissen nicht zufällig, ob ihr Bruder von ihr gehört hat?«

»Doch«, antwortete Adam. »Er hat von ihr gehört. Und sie hat ihm gesagt, daß sie kommen wird.«

»Hm.«

Mrs. Howard saß mit Herbee händchenhaltend auf dem Sofa. Sie war entzückt, weil sie von einem halben Dutzend gutaussehender junger Männer umringt war.

»Also, mein armer Herbee ist letzten Dienstag sehr spät aufgestanden«, fuhr sie mit ihrer Geschichte fort. »Er hat aus dem Fenster geschaut und gesehen, daß alle Fahnen auf Halbmast waren. Er hat laut aufgeschrien und dann furchtbar geweint. Er wußte nämlich nicht, daß Memorial Day ist, und hat gedacht, Barbra Streisand sei tot.«

»Hallo, Baby.« Veronica erstarrte, als Audrey hinter dem Fliederbusch hervorkam. »Renn nicht immer weg, Baby. Ich falle nicht in aller Öffentlichkeit über dich her. Ich brauche nur einen Rat.«

Veronica brachte ein Lächeln zustande und gab sich Mühe, es zu behalten. »Worum geht es?«

»Du bist doch im Verlagsgeschäft?«

»Stimmt.«

»Dann weißt du doch sicher, wie ich die Musical-Rechte für ein Buch bekomme.«

»Na, so was, Audrey!« Veronica war ehrlich überrascht. »Planst du eine Produktion am Broadway?«

»Genau das, Baby.« Sie öffnete das Döschen, das sie an einer Goldkette um den Hals trug, und schnupfte eine kleine Prise Tabak.

»Welches Buch willst du denn haben?«

Audrey nieste, zog eine rote Bandana aus ihren Pulloverärmel und schneuzte sich. »*Der Brunnen der Einsamkeit.*«

Veronica biß sich auf die Lippe.

»Ich hab' schon einen guten Titel. *Sieben Bräute für sieben Bräute.* Wie findest du das?«

»Klingt gut.«

»Ich hab' mir schon gedacht, daß dir der Titel gefällt.«

Ruthelma beendete ihren dritten Tanz mit Mr. Rachel, und er führte sie zur Bar.

»Sie stellen sogar eine Margot Fonteyn in den Schatten«, flüsterte er ihr ins Ohr.

»Ach, du *lieber Himmel*!« stöhnte sie.

»Stimmt was nicht?«

»Sie würden es sicher nicht verstehen – aber ich habe gerade wieder dieses *Kribbeln.*« Mr. Rachel drückte ihre Hand, und Ruthelma war fest überzeugt, daß sie kein Geld für eine Kreuzfahrt ausgeben mußte, um einen einsamen Witwer zu finden.

Adam kam angestürzt und packte Mr. Rachel am Revers. »Wo ist Jamie?« lallte er mit einer schrecklichen Alkoholfahne. Mr. Rachel wich zurück und drehte den Kopf weg, um nicht zu ersticken.

»Oben. Er hat was von einem Besuch gesagt.«

»Mein Gott … mein Gott«, stammelte Adam und drängelte sich durch die Menge zur Treppe.

Inzwischen befanden sich über hundert Leute im Untergeschoß des Hauses. Viele wanderten durch den Garten, und Seth konnte keine ruhige Ecke finden, um sich mit Pharoah zu unterhalten. Schließlich standen sie im Flur unter der Treppe.

»Warum so eilig?« fragte Pharoah. »Ich finde, wir sollten warten, bis Ella Cat kommt.«

»Aber dann funktioniert es vielleicht nicht. Da! Er geht die Treppe hinauf!«

Pharoah sah, wie Adam sich an den Leuten auf der

Treppe vorbeiquetschte, stolperte, sich wieder fing und auf wackligen Beinen weitereilte.

»Keine Sorge, Cat«, sagte Pharoah und drückte seinen Arm. »Alles in Butter.«

»Oh, entschuldigt bitte! Störe ich etwa ein intimes Tête-à-tête?« Veronica hielt ein Glas Champagner in der rechten Hand, mit der linken stützte sie sich an die Wand. »Mir ist einiges über euch beide zu Ohren gekommen. Muß die Ehefrau immer alles als letzte erfahren?«

»Ein bißchen lauter«, entgegnete Seth wütend, »dann können wir Walzer dazu tanzen.«

»Nun, Mr. Love«, fuhr Veronica fort, in der Hoffnung, daß ihre Worte die beiden Männer wie Pfeile durchbohrten, »ich wette, Seth will Ihnen sein Buch widmen. Er hat mir auch mal eins gewidmet. Kurz darauf hat er mich verlassen – wegen dieses kleinen Strichers. Sie müssen gut auf ihn aufpassen, Mr. Love. Wenn man die Tür auch nur einen Spaltbreit offenläßt, ist Seth schon draußen.«

»Komm schon, Pharoah«, rief Seth, »Himmel noch mal, komm endlich!«

Kapitel 17

Adam stürzte in Hursts Zimmer, stolperte über den Teppich und fiel der Länge nach auf den Boden.

»Mein lieber Junge!« quäkte eine vertraute Stimme. »Mein lieber, guter Junge. Du hast dir doch nicht weh getan?«

Adam blickte auf und starrte Ella an, die die Tür schloß und sich dagegen lehnte. Sie war tief verschleiert und trug eine Rose im Haar. Adam rappelte sich mühsam auf. »Du gehst nicht nach unten!« schrie er. »Ich lasse das nicht zu!«

»Warum denn nicht, mein lieber Junge? Wovor hast du Angst? Ist es nicht besser, wir bringen es endlich hinter uns?«

»Du gehst nicht hinunter!« Langsam trat er auf sie zu.

»Ich werde tun, was mir gefällt. Seth und Mr. Love wollen ihren Mörder, und sie sollen ihren Mörder haben. Und dann ist Jamie endlich frei. Und das wird das letzte sein, was ich für ihn tue.«

»Du gehst nicht hinunter!«

Er wollte Ella packen, aber die korpulente alte Dame wich ihm geschickt aus. Er knallte gegen die Tür und schnappte nach Luft. Was war das plötzlich für ein stechender Schmerz im Rücken? Adam versuchte, sich an der Tür festzuhalten, die Augen geschlossen, das Gesicht verzerrt.

»Oh, mein Gott!« schrie Adam. »Oh, mein Gott! Warum ich?«

Seths Hand rutschte aus, und er verpaßte Veronica eine saftige Ohrfeige.

»*Seth!*« brüllte Ruthelma, die gerade in den Flur kam.

»Hör auf, Cat!« schrie Pharoah und drehte Seth den Arm um.

»Du lächerliche Schwuchtel!« kreischte Veronica. »Du lächerliche alte Schwuchtel! Ich werde dich durch sämtliche Schlagzeilen zerren!«

»Ich bring' sie um!« schrie Seth. »Ich bring' sie um!« Er wollte sich losreißen, aber Pharoah hatte ihn fest im Griff. Wie angewurzelt stand Ada in der Tür zwischen Flur und Salon. Sie verfolgte die Szene voller Abscheu. Sie wollte nach Hause. Nur raus hier! Weg von diesen ekelhaften Menschen. Weg von diesen widerlichen Kreaturen, die gegen alle Naturgesetze verstießen.

»Scheiße«, sagte die fette Frau neben ihr. »Scheiße.« Sie starrte die Treppe hinauf. Oben stand Adam und versuchte verzweifelt, sich etwas aus dem Rücken zu ziehen.

»Seth!« schrie Ida. »Seth!« Plötzlich wurde es totenstill, Seth und Pharoah hörten auf zu kämpfen und schauten fassungslos zu Adam hinauf.

»Lieber Gott!« ächzte Adam. Tränen strömten ihm übers Gesicht. »Lieber Gott, hilf mir!« Er hustete heftig, Blut lief ihm übers Kinn. Ada hörte ein hysterisches Kreischen, und erst als die fette Frau sie schüttelte, begriff sie, daß sie selbst schrie. Veronica schlug entsetzt die Hände vor den Mund. Mit ausgestreckten Armen stand Adam auf dem Treppenabsatz und starrte ins Leere. Ruthelma wimmerte und vergrub den Kopf an Mr. Rachels unzulänglicher Brust, als Adam die Stufen hinunterstürzte. Die Gäste stoben schreiend auseinander.

Zusammengekrümmt blieb er auf halber Treppe liegen. In seinem Rücken steckte ein Brotmesser. Pharoah und Seth eilten zu ihm.

»Da habt ihr euren Mörder!« flötete eine allzu vertraute Stimme von oben. Alle starrten zu Ella hinauf. Ihr Kleid war blutverschmiert, und sie rieb sich nervös die Hände.

»Da haben Sie Ihren Mörder, Seth. Nicht Jamie. Ich weiß, Sie haben gedacht, es war Jamie. Jamie war an dem Morgen bei Ben. Er weiß, daß Sie ihn gesehen haben. Aber ich glaube Jamie. Er hat Ben nicht umgebracht. Er hat Ben geliebt! Diese jämmerliche Kreatur hier hat es getan. Er wollte übrigens verhindern, daß ich heute abend hierherkomme.«

»Wer ist das?« flüsterte jemand. »Ist das die verrückte Schwester?«

»Halt die Klappe!« zischte jemand anderes.

»Das ist eine Lüge!« schrie Seth.

»Sei still!« schimpfte Pharoah. »Laß sie reden. Und du bist still!«

»Warum haben Sie ihn umgebracht?« klagte Seth. »Warum haben Sie Adam umgebracht? Diesen armen, unschuldigen Jungen! Sie sind ein Monster!«

»Seth«, rief Ella gequält. »Ich habe es für dich getan! Ich habe es für dich getan! Ich habe es … ich … ich …«

Ella ächzte laut. Plötzlich erstarrte sie, und ihre Arme bewegten sich ruckartig nach vorn, als jage ein Stromstoß durch ihre alten Adern. Blankes Entsetzen packte Seth, Pharoah und die andern.

»Das kann nicht sein«, hörte Pharoah Seth flüstern. »Das kann einfach nicht sein! Das ist völlig unmöglich! Ich kann's nicht fassen!«

»Fangt sie auf!« hörte er Veronica schreien. »Fangt sie auf! Sie fällt übers Geländer.«

Ella Hurst verlor das Gleichgewicht, stürzte, geschüttelt von einem epileptischen Anfall, über das Geländer und landete auf dem Boden. Der Schleier löste sich von ihrem Gesicht und flatterte in wunderschönen Spiralen durch die Luft. Sie landete auf dem Rücken, und an dem gräßlichen Knacken erkannte Pharoah, daß sie sich das Genick gebrochen hatte. Er bahnte sich einen Weg zu der Leiche. Seth folgte ihm wie benommen, aber Veronica kam beiden zuvor.

»Ich glaub's nicht!« schrie sie und brach in hysterisches Lachen aus. »Oh, Gott! Ich glaub's nicht!« Vor ihr lag Jameson Hurst.

Kapitel 18

Pharoah holte aus und versetzte Seth einen gut plazierten Aufwärtshaken. Seth sackte in sich zusammen, sein hysterisches Schluchzen endete mit einem tiefen Seufzer. Da lag er nun, Blut lief ihm aus der Nase und tropfte auf seinen Wohnzimmerfußboden.

»Hörst du mir jetzt endlich zu, Cat?«

»Bitte, schlag mich nicht mehr«, wimmerte Seth. »Bitte nicht!«

Pharoah kniete neben ihm und drehte ihn auf den Rükken. »Hörst du mir zu, Cat?«

»Ja … ja!« japste Seth. »Ja, ich hör' dir zu.«

»Dann laß dieses Getue.« Pharoahs Stimme klang etwas sanfter.

»Ich lass' es. Ich höre auf damit. Ich versprech's. Ich höre auf.«

»Adam Cat ist tot. Jameson-Ella Cat ist tot. Nichts bringt sie wieder zurück. Du hast gesehen, wie sie auf die Trage geschnallt und weggetragen wurden. Sie liegen jetzt im Kühlfach, Cat, mit einem kleinen Zettel am großen Zeh. Morgen stehen sie in den Schlagzeilen, und übermorgen sind sie vergessen. Damit ist für die Öffentlichkeit der Fall abgeschlossen. Es ist vorbei. Unser kleiner Trick hat funktioniert. Seth Cat, du Lieber.« Er holte ein Taschentuch und hielt es Seth unter die Nase. »Ich wollte dir nicht weh tun. Aber ich mußte dich zwingen, mir zuzuhören.«

»Ich höre dir zu«, flüsterte Seth. »Aber bitte, schlag mich nicht mehr. Ich hör' dir zu. Ich tue alles, was du sagst.«

»Natürlich tust du alles, was ich sage, Baby Cat. Weil ich dich liebe und weil ich weiß, was das Beste ist.«

»Ich weiß. Ich weiß.« Seth nahm das blutbekleckerte Taschentuch.

Pharoah lachte leise. »Du hast es in deinen Aufzeichnungen genau beschrieben.«

»Du hast sie gelesen.«

»Das hast du doch gewußt, Cat. Wer würde denn sonst hier einbrechen und sich deine Notizen ansehen? Ich mußte dafür sorgen, daß du dir nicht selbst schadest. Ich mußte dafür sorgen, daß ich dich nicht verliere, Cat.«

Seth richtete sich auf und starrte wie gebannt auf das blutige Taschentuch. »Es ist wegen Adam. Ich habe doch nicht geglaubt, daß er Adam umbringen würde! O Gott. Wie soll ich damit leben?«

»Du wirst dich wundern, womit man alles leben kann«, erwiderte Pharoah, half ihm auf die Beine und führte ihn zum Sofa. Dann setzte er sich neben ihn und reichte ihm ein Glas Scotch.

Seth trank einen kleinen Schluck. Dann lehnte er sich seufzend zurück.

»Und dein Chef hat die Geschichte geglaubt.«

»Warum nicht? Alles paßt wunderbar zusammen. In meiner Akte ist das ein Pluspunkt. Eine Beförderung.«

»Ehrlich?«

»Jawohl, Cat. Jetzt bin ich genauso gut wie die weißen Detective-Schnösel.«

»Und was ist, wenn eines Tages die Wahrheit ans Licht kommt?«

»Sie kommt nicht ans Licht, Baby Cat. Nicht so lange du und ich zusammenhalten.«

»Das tun wir, Pharoah Cat.« Seth tastete nach Pharoahs Hand und drückte sie. »Wir halten zusammen.«

»Der arme alte Jameson. Seit seiner Kindheit hat er dieses Doppelleben geführt. Schubst die Mama aus dem Fenster, weil sie vermutlich an dem Morgen gesagt hat: ›Schluß mit Ella, Jamie. Es ist nicht normal, daß ein kleiner Junge so tut, als wäre er seine eigene Schwester.‹ Ist das nicht eine tolle Geschichte für deinen Psychiater?« Pharoah lachte leise.

»Ich geh' nicht mehr zu ihm. Ich trau' mich nicht.«

»Das ist okay, Cat. Ich hab' gewußt, daß du dich so entscheidest. Siehst du, wie einfach alles ist? Hurst muß gedacht haben, daß du gesehen hast, wie er an dem Morgen Bens Wohnung betreten hat. Er hat gewußt, daß ein eifersüchtiger Mann rauskriegen will, wen sein Exlover empfängt. Und Adam Cat hat die ganze Zeit gedacht, Hurst Cat hätte das Radio in die Badewanne geworfen, weil Ben Cat die Wahrheit über Ella bekannt machen wollte. Sie waren zu dumm, um zu kapieren, wie's wirklich war. Das kommt daher, daß du wirklich cool und clever warst.«

(Mach dir nichts vor, Pharoah Cat. Ich bin immer noch cool und clever. Gib mir nur noch ein bißchen Zeit.)

»Wie war das denn, Baby Cat«, fuhr Pharoah fort, »hat Ben Cat dich gereizt? Hast du ihn deswegen umgebracht?«

Seth trank einen kräftigen Schluck Scotch.

»Nein, es war folgendermaßen, Pharoah Cat: Ich habe ihn gebeten, zu mir zurückzukommen, weil ich es ohne ihn nicht ausgehalten habe. Und er hat geantwortet, er kommt nicht zu mir zurück, weil er nichts mit Versagern zu tun haben will. Verstehst du?«

»Ja, ich verstehe.«

»Ich hatte nicht vor, ihn umzubringen, als ich hingegangen bin. Mit keinem Gedanken. Ich bin nur zu ihm gegangen, um zu betteln. Er saß in der Badewanne, das Radio laut gedreht, und da sagt er zu mir, ich soll abhauen und ihn nicht mehr belästigen. Ich soll ihn nicht mehr anrufen, ihm nicht mehr nachspionieren, ihm keine Briefe mehr schreiben, ihm keine Geschenke mehr machen. Am Anfang dachte er wohl, ich würde das große Geld verdienen, aber ich habe versagt.«

»Du hast nicht versagt, Baby Cat. Du wirst das Buch

schreiben und Millionär werden. Fand Ben Cat diese Idee nicht gut?«

Seth sah Pharoah verständnislos an. »Welche Idee?«

»Daß du ein Buch über ihn schreibst.« Pharoah zwinkerte. »Es dauert mindestens drei Wochen, bis man so eine Autorenanfrage in die Literaturbeilage der *Sunday Times* kriegt.« Pharoah sprach sehr leise. »Du hast schon vor drei Wochen gewußt, daß du das Buch schreiben wirst.«

Das Eis im Glas klirrte, weil Seths Hand zitterte, aber seine Stimme war ruhig. »Die Idee hat ihm überhaupt nicht gepaßt. Er ...« Seths Stimme wurde lauter. »Er hat gesagt, ich bin nicht gut genug, um so ein Buch zu schreiben. Das hätte er nicht sagen dürfen. Er wußte doch, wie jähzornig ich bin. Er wußte, daß es mich plötzlich überkommt, und dann kann ich mich nicht mehr beherrschen.« Das Glas glitt ihm aus der Hand und zerbrach auf dem Fußboden, aber sie schienen es beide nicht zu bemerken.

»Er hat nicht aufgehört, er hat mich immer weiter beleidigt und beschimpft, bis ich schließlich das blöde Radio genommen und nach ihm geworfen habe. Er hat geschrien und wurde ganz starr und wollte sich irgendwo festklammern, aber er hat nur in die Luft gegriffen, und ich bin rausgerannt. Ich bin die Treppe hinuntergerannt und hinaus ins Freie, auf die andere Straßenseite. Da habe ich mich in einer Toreinfahrt versteckt, und in diesem Moment kam ein Taxi, und Jameson stieg aus. Wenn er mich gesehen hätte ...«

»Ich weiß, Baby Cat, ich weiß. Aber selbst wenn er dich gesehen hätte – seine Schwester Ella hätte nie zugelassen, daß er dich verpfeift.« Er lachte leise. »Ella mochte dich. Sie hat getan, was sie konnte, um Adam die Schuld zuzuschieben. Sie hat ihn dafür sogar umgebracht.« Er strich Seth über den Rücken. »Ich glaube, Hurst wußte, daß er bald stirbt. Ihm war alles egal. Jedenfalls hatte er einen unglaublich starken Abgang. Was hast du mit den Negativen gemacht, Baby Cat?«

»Ich habe sie in den Verbrennungsofen geworfen, in einer Schachtel mit der Aufschrift ›Ablehnungen‹.«

»Wie waren sie?« fragte Pharoah mit einem leichten Grinsen.

»Keine Ahnung«, antwortete Seth mit müder Stimme. »Ich hab' sie mir nicht angeschaut.«

Pharoah sah ihn ungläubig an. »Warst du denn nicht neugierig?«

Seth erwiderte seinen Blick. »Ich hatte Angst. Ich wollte wenigstens eine Illusion über Ben bewahren. Verstehst du das nicht?«

»Doch«, erwiderte Pharoah. »Klar verstehe ich das.« Ich hab' auch meine Illusionen, Cat. Und ich habe vor, sie sehr, sehr lange zu behalten.«

Pharoah erhob sich. »Okay, Baby Cat, du mußt jetzt schlafen. Ich mach' das Bett für dich. Gieß du dir noch einen Scotch ein.« Er ging aus dem Zimmer, und Seth starrte auf das zerbrochene Glas und den Fleck auf dem Teppich.

Okay, Pharoah Cat. Du hast gewonnen. Du hast deine Beförderung und du hast Seth Baby Cat. Aber eines schönen Tages wirst du in der Badewanne sitzen und dich einseifen, das Radio auf volle Lautstärke gestellt. Du wirst mir vom Badezimmer aus zurufen: »Hey, Baby Cat! Komm doch rein und unterhalt dich ein bißchen mit mir.« Und ich werde ins Badezimmer gehen und sehen, wie du dich einseifst, und plötzlich werde ich mich wieder hassen, weil ich der bin, der ich bin, und weil ich das getan habe und weil ich das Steuer wieder aus der Hand gegeben habe und weil ich nicht mehr selbst bestimme, und ich werde dich ansehen und dich mit meinem Blick anklagen, und dann wird der Haß in mir aufsteigen, und plötzlich werde ich nach dem Radio greifen und …